棄婦好威

下

風 文創 814

飲歲 著

風
文創
814

目錄

第十一章

當葉未晴迷迷糊糊轉醒的時候，看到周焉墨靠坐在一旁，閉眼好像睡著了一樣。她稍微動了動，就把他惹醒了。

「哪裡不舒服？」他問，低沈的嗓音微啞。

不知道是不是夜晚柔化了他的面目，沒有以前那麼盛氣逼人。

葉未晴沒回答他的問題，反而說道：「你回來了，有沒有傷到哪裡？」

「無礙。」他微微勾唇，為她醒來第一句話便是關心他而欣喜。「證據已找到，不必擔心。」

葉未晴長吁一口氣。「那就好。」

這時候，她才開始覺得身上難受極了，怎麼腿疼頭也疼的，但不想讓人擔心，累極的她迷迷糊糊地說：「辛苦你了，我也不疼，沒有不舒服。」

周焉墨沒有戳穿她的逞強，無奈地看著她。「好好睡吧，乖，明早起來就好了。」

有了他的陪伴，心裡踏實多了，這回葉未晴一閉上眼睛就入眠了。

隔日一早，葉未晴的頭疼已好了許多，脖頸上被重擊那一下也沒那麼疼了，只有腿上的傷不時還隱隱作痛著。

她接過周焉墨遞來的一大碗補氣血的藥，一口灌了下去，苦得她幾乎快要嘔吐出來。貼心的周焉墨此時遞給她一小塊糖，葉未晴歡喜地接過。她已經很多年沒有喝過苦藥後吃糖了，被人當作孩子一樣照拂，還是很開心的。

然而糖一進口，她就皺起了臉，呸呸兩聲，抗議道：「怎麼這麼酸，你故意的吧！」但她只是做個樣子，沒有真的把糖吐出來。

周焉墨笑了兩聲。「再酸也比苦好。」

糖溶掉表面那一層酸之後，裡面逐漸變甜，蓋過了口中的苦味，香甜的水果味在唇舌間蔓延。

葉未晴開始倒苦水。「你不知道，昨天那夥人太卑鄙了！用暗器就算了，竟然還有裝死的！我好好地站著，一個本來已經倒在地上的人突然又起來捅了我一刀，幸虧只是捅在腿上，不然我真的難逃一死。」

周焉墨點點頭，附和道：「嗯，妳運氣真好。」

「咦？」葉未晴注意到自己手腕上的長命縷，問道：「你不要了？」

「嗯，還妳。」周焉墨淡淡道。

「你想要的話，明年我編個更好看的送你，綴很多珠子的那種。」手上這條小破繩的確不怎麼新奇，大概是他看膩了吧。

此時門口傳來一聲輕咳，葉銳背著手走進來，一副興師問罪的架勢。「昨晚到底幹麼去了？」

葉未晴看到哥哥，知道他也關心自己，但下意識不想讓他知道太多細節，畢竟她所做的一切都是針對周衡，她對周衡恨之入骨，這種情緒不是單單他花心薄倖便能解釋的。

她斟酌著說：「沒什麼，只是我們得到情報，說馮山貪污銀兩，又與盛京的權貴多所勾結，每年都轉手大筆款項流入那權貴手中。現在王爺已拿到了罪證，回去後他自然會處理，我們葉家就不必再摻和這件事了。」

「妳一開始就硬要跟來涉平，是不是就因為這事？」葉銳皺了皺眉。「葉家不必摻和，妳摻和什麼？」

「我……我也有我自己的考量。」葉未晴不想再多說，於是揉了揉頭。「哎呀，頭好疼，我要休息了，你們都出去吧。」

葉銳用瞧白癡的眼神瞧了她一眼，他們兄妹在一起雖然總是打打鬧鬧，可也能一眼就看出她心裡在打什麼算盤，有問題就是有問題，但她不說也沒辦法。葉銳無奈地搖搖頭，逕自去尋二皇子了。

葉未晴躺在床上，用被子捂住自己的頭。周焉墨沒有走，她猶豫許久，悶悶的聲音才從被子裡傳來。「其實我一直有個問題想問你，但是沒好意思問。」

周焉墨好奇地問：「什麼？」

「我睡在你房裡，衣服也換過了……」她拉下被子，僅僅露出一雙眼睛，瑟縮又赧然地瞧著他。「你如實說，是不是……呃，你、你給我換的？」

「被妳發現了。」周焉墨嗤了一聲。「所以說，我該瞧的都瞧過了，妳也嫁不了別人了，本王是正人君子，願意對妳負責。」

看他態度這麼大方，葉未晴反而放心了，又玩笑幾句，周焉墨開始忙自己的。

葉未晴躺在床上，側身拄著胳膊，看周焉墨自己束髮冠。纖長的手指從烏髮中穿過，又正了正銀冠，當真賞心悅目。

然後兩個人又一起用了早飯，以前早飯的白粥到她這裡被換成了大棗紅糖粥，貫徹了補氣血的宗旨。

但周焉墨喝的還是白粥，紅糖和大棗在涉平也是稀罕東西，看來只熬了她這一碗。她的粥甜絲絲的，可比白粥好喝多了，心情都愉悅許多。

周焉墨把碗收起來，囑咐道：「妳就躺著歇息吧，別亂動。」

葉未晴聽話地慢慢躺平，問道：「你今天幹什麼去？」

「發放食鹽、布疋，督促修建房屋。」他端著碗轉身。「走了。」

葉未晴突然想起什麼，驚呼一聲。「啊！對了，馮山現在在哪裡？」

她真是被捅了一刀，腦子也跟著糊塗，竟然將這麼重要的事忘記了。

原本按照她和周焉墨的計劃，最好的情況便是拿到了帳本，然後以假亂真矇混過去，馮山沒發現帳本不見了，也就不會驚動周衡。

最糟的情況就是馮山發現帳本被偷，立即通知了周衡，但他們不知道是誰偷的。涉平原有的可疑人士再加上遠從盛京而來的他們，足夠擾人耳目，任誰也無法馬上確定哪些人真正有嫌疑。

這幾種情況都不用特地對付馮山，他放出消息也不怕。

可是現在她有傷在身，雖然那一日大夥兒都蒙著面，但周衡只要一得到消息派人來查，她想瞞也瞞不了。

「我已經派人將他抓起來了，現在軟禁在刺史府。我找到他的時候，他揹著一個包袱正準備偷偷出城，被我的人攔了下來。」周焉墨摸了摸她的頭。「這樣妳就不用擔心了吧？我不會讓他傳出任何消息給周衡的。」

「不……不行，」葉末晴略微慌張地搖了搖頭。「這樣周衡還是會知道的。只要他察覺任何不對，一定會馬上找過來，甚至可能不到一天的時間，如果帳本我們帶不走，一切就都前功盡棄了……」

周焉墨蹙眉，面色稍稍嚴肅。「馬上找過來？不會的，帳本在我們手上的事還是機密，馮山就算捎信通知他，也需要幾天的時間才能送到。」

「就是這麼快，一天！」葉末晴心中煩亂，完全沒有意識到自己在說什麼。「周衡根本要他們天天……」

她突然止住，掐滅了後半截的話。

她只是想到上一世的周衡，因為生性多疑，所以要求在遠地的下屬定期傳訊到盛京，越到關鍵時刻，甚至得每天傳一封信確認平安。這樣，如若臨時有變，他一天之內就能確定出了事。

可是這種消息，當然不能叫周焉墨知道。

「嗯？」周焉墨輕輕反問，面色更加嚴肅，盯著她的眼睛，觀察她的神色。

「沒什麼，我也不知道自己在說什麼。」她掩飾地笑了笑。「對！我想出辦法了，你帶我去見馮山，我想試著勸勸他。」

周焉墨眸色一深，但沒有多說什麼，垂眸間便將濃重的疑色抹去。

「好，我先帶妳去見馮山。」

葉未晴行動不便，於是周焉墨去外面替她尋了一張軟轎。

軟轎進不來屋裡，葉未晴為難地看著周焉墨，她現在的腿根本無法下地走路，就連踹個被子都是撕裂般地疼。

周焉墨完全可以叫白鳶來揹她，可是葉未晴沒想到，他竟然自己動手。

「我來抱妳吧。」

葉未晴點了點頭，彆扭地說道：「別、別讓其他人看見。」

「放心，我把別人都屏退了。」他勾了勾唇畔，將她橫抱起來，溫香軟玉在懷，一隻手放在膝彎，另一隻手放在背後。

她怕掉下去，雙手緊緊環住了他的脖子。

果然這樣一點都沒碰到傷口，若是用揹的，也許還會碰到。

兩張臉貼得十分近，甚至能感受到微熱急促的鼻息噴在肌膚上，周焉墨微微側頭，不小心與她直視，她卻窘迫地看向別處去了。

才幾步路，周焉墨很快把她輕輕放在轎子內的座位上，說道：「好了。」

而後，他把自己的幾個心腹下屬叫了出來，要他們輪流給葉未晴抬轎子。

白鳶和飛鸞馬上現了身，剛剛他們雖然明面上是退下去了，可其實根本藏在邊角裡看著呢。

白鳶還偷偷和飛鸞咬耳朵。「王爺終於開竅了！」

飛鸞說道：「行吧，我輸了！」

他們兩個不久前才打賭，賭王爺什麼時候開竅，學會主動跟葉未晴示好。飛鸞認為照這個情況看來，要等他孩子都生出來了，王爺才會表態爭取。可沒想到這葉姑娘一受傷，王爺就像變了個人似地主動積極得很，可惜了他大把白花花的銀子就要奉送給白鳶，買她相中已久的昂貴短刀了。

軟轎顛簸，兩側的簾子時不時被搖開一條縫，順著這條縫，葉未晴恰好能看到周焉墨的側顏，眼尾修長，鼻梁高挺，嘴唇薄，下頷曲線堪稱完美，絲毫挑不出毛病。

上輩子她究竟看中周衡什麼呢？大概是模樣和氣度吧，可是如今一比，周衡被碾得渣都不剩。若是上一世待嫁的那幾年裡她先看到了周焉墨，她大概會不顧一切地撲上去吧……可惜，那幾年他在邊關，兩人就這樣硬生生地錯過了。

不過這一世，她也不會再以貌取人，這可是血淋淋的教訓啊！

周焉墨似有所感，慢慢側過頭，葉未晴驟然低下頭，成功掩飾了自己的目光。

到了刺史府，周焉墨先是屏退眾人，又原樣把葉未晴從轎裡抱了出來。

這回葉未晴沒有用雙手環著他的脖子，他心裡有些不舒服，問：「怎麼不環著了，不怕掉下去？」

「沒事的，不會掉。」葉未晴慢吞吞地低聲說：「這樣不好，太親密了。」

周焉墨心中「咯」一下，表面依然淡定，嘴硬道：「哦？是嗎？我不覺得。」

葉未晴想到他的身世，早年母親便離開了，他自小孤單長大，也沒什麼人管教，也許對這些事不大懂。她好心教導。「是的，以後不要這樣抱女子。」

「誰都不能這樣抱嗎？」周焉墨故意問。

「也不是。」葉未晴正色道：「妻子可以。」

周焉墨意味深長地微微笑了，葉未晴頓時反應過來，捶了他胸口一下，周焉墨突然隱忍地蹙起了眉。

「你這裡受傷了？」她緊張地問，頓時手足無措。

「沒事，小傷。」

周焉墨將她抱到軟禁馮山的屋子，只見馮山被綁著，坐在房間的角落裡。

她看向周焉墨。「你先出去吧，我有話想單獨和馮山說。」

周焉墨沈默片刻，輕輕說了句。「好。」然後便走了出去，將房門緩緩合上。

但是他想了想，卻沒有離開，輕輕站在門邊，聽著裡面在說什麼。

門內，葉未晴看著馮山，不禁笑了，看到這笑容，馮山不知怎的感到很大的壓力。

「馮刺史，你和周衡的人把我傷成這樣，真是好能耐。」

馮山冷哼一聲，一改先前討好的樣子，語氣滿含威脅。「既然你們都知道我的靠山是誰，勸你們早早將我放了！三殿下的人馬上就會來到涉平，他們不可能坐以待斃讓你們將證據拿走，到那時，怕是你們還有沒有命在都不知道了！」

葉未晴依然笑道：「馮山，你對周衡如此有信心，不過就是仗著你給周衡的每天一封信吧？無事時寫家書，有事時寫情報，從不署名。」

馮山臉色一變，驚恐地看著她。「妳、妳怎麼知道！」

門外的周焉墨眸中顏色也變換了幾番，指節用力攥得青白一片。

「你是不是想破罐子破摔？罪證被找到了，你勢必逃不了斬首的罪刑，說不準你的家人也會被連坐。」葉未晴無所謂地慢悠悠說道：「你不會坐以待斃，我們就像會坐以待斃的人了？」

「妳什麼意思，我、我聽不懂！」馮山額頭上流下豆大的汗珠。

「不過還好，這些年馮刺史如此積極地為自己鋪路，貪了這麼多銀子，應該也不是要給自己花的吧？」葉末晴托腮看著他。「你的妻兒還在等你去找他們呢！人啊，有錢有什麼用？也得有命花才行。」

馮山越聽越心虛，涉平地震後的第一天，料到朝廷會派官員下來巡查災情，為免貪污的事東窗事發連累家人，他急著先將妻兒送走，送到哪裡他誰都沒告訴，就不信這個小ㄚ頭片子有那麼大能耐給找出來！

「哼，妳也就嘴上說說，恐嚇誰不會？別想這樣就套出我的話，我能坐到今天這個位置，也不是吃白飯的！」馮山冷笑一聲，又迅速鎮定下來。

葉末晴用沒有受傷的那條腿輕輕點著地，一下一下，從容不迫。

「你兒子脖子這裡，」她點了點脖子上的一處。「有顆痣，大概這麼大，小眼睛、厚嘴唇，我應該沒找錯人吧？哎呀，找錯就殺了算了。」

「妳、妳……」馮山緊張得說不出話，心臟快要跳出胸膛，他再也抑制不住情緒，哀求道：「求求妳別動我兒子，妳要我做什麼，我做就是了！求求妳，放我兒子一條命吧……」

總算騙到他了！葉末晴心中竊喜，上一世因馮山後來回到盛京當官之故，她見過他的小兒子，活生生一紈袴子弟，到處喝酒玩鳥鬥蛐蛐，一看就是被溺愛著長大的，因此她猜測馮山八成對他這兒子極為看重，她正好利用這一點讓他聽話。

「我也不要你做什麼，只要每日照常給周衡寫信就夠了。」葉未晴笑了笑。「別想耍什麼花招，我知道很多關於你的事情，一眼就能識破你的伎倆。」

聲音隱隱約約地穿過窗櫺，周焉墨眼中有暴風席捲，漆黑一片。

他們連馮山兒子長什麼樣、去哪裡都不知道，更遑論抓到他。

能這麼順利讓馮山聽話的人，恐怕只有葉未晴了。早在最初就知道她不簡單，現在發生這一連串的事讓他更加捉摸不透。他親眼見證的便有這麼多，他沒見到的呢？她身上到底還有什麼秘密？

可就算這樣，也磨損不了他半點的愛意。

周焉墨，你真的無藥可救了。

他對自己說。

狠狠地威脅馮山一通後，葉未晴又冷笑道：「如果你不想你兒子死的話，就別對任何一個人提你兒子的事，不然，我可保不準哪個恨你恨得牙癢癢的聽到了，馬上去弄死他。」

馮山冷汗涔涔。「我知道了，知道了……妳吩咐什麼我都照做，只要饒我兒子一條命……」

周焉墨知道，葉未晴提點馮山這話，是為了不讓自己知道。

原來她也知道，旁人聽到會起疑心。

葉未晴辦完事，大喊幾聲。「周焉墨！」

腳步聲由弱變強，然後門被打開。周焉墨出現在門口，淡淡地問：「說完了？」

葉未晴絲毫沒有起疑，點點頭，自覺地張開雙臂讓他抱，被抱起後頭埋到他頸側，語氣中頗含得意，悄悄地說：「我都搞定了！」

「這麼厲害？」周焉墨淡淡笑了。「怎麼搞定的？」

葉未晴想了一下。「當然是用本小姐的聰明才智。」

不想說。意料之中。

周焉墨沒有再追問，反而徵求她的意見。「現在是要送妳回去休息還是……」

「我可以不回去嗎？」她從他的話中捕捉到了重點。

葉未晴當然不願回去躺著，她又沒受什麼重傷，沒到那種不得不臥床休養的地步。她只是傷了腿，行動不便而已。

「當然。」他不假思索。

「嗯……」葉未晴想了想。「那你去哪兒我就去哪兒吧。」

軟轎仍然來到那條最熱鬧的街上，葉未晴坐在轎子內，幾處簾子都被撩起，讓她可以看到三面的景象。

百姓排起長隊領取物資，井然有序，許多人的臉上開始洋溢起幸福的笑容，精神比他們第一天施粥的時候好了許多，街道也不再那樣骯髒，幾棟房屋正在開始重建。

這說明他們的努力成果顯著，所有的一切都按照著二皇子的計劃進行，不至於讓他們幾個沒有經驗的人手足無措。

葉未晴心裡升起一種奇異的感覺，像是滿足與踏實的結合，還夾雜著許多她說不清道不明的東西。

她還是能為大周做許多事的，縱然曾身處泥濘，她還可以幫助別人從泥濘中爬出來。現在的她能得到百姓的讚譽，上一世的葉皇后卻甘願囿於一方小小的皇宮，成為周衡手中的刀子，背負天下罵名，在周衡稱病不上朝時，由她出面心狠手辣地清理幾位權臣。說不準，現在這些感激她的百姓，上一世也曾大肆辱罵過她。

真是恍若隔世。

她是被一陣稚嫩的讀書聲喚回意識的，一名女童在她的軟轎附近席地而坐，手中拿了一本有些破舊的書唸著，口齒含糊不清，還連連讀錯好幾個字。

葉未晴不由得笑了笑，笑聲傳到女童耳中，她羞赧地說：「哎呀姐姐不要笑我，這幾日教書先生不上課，我怎麼知道自己讀得對不對！」

葉未晴好奇地問：「教書先生沒上課，妳卻還在看書，怎麼這麼勤奮？」

「我爹娘每天都督促我不要落了功課，他們說，人窮但不能志短！」女童振振有詞。

「妳爹娘怎麼不教妳讀？」

「他們不識字呀！」

葉未晴勾了勾手，說道：「這樣吧！妳把書拿過來，我教妳。」

女童頭上梳的兩個包子似的小髻隨著走路一晃一晃，煞是可愛，她乖巧地將書遞到葉未晴的手中。葉未晴翻了翻，這本書她幼時啟蒙用過，比這個女童還小的時候便能通讀全文了。

她慢悠悠地讀起剛才那一篇，為了咬字清楚讓女童記得住，語氣不知不覺間很是溫柔。女童入迷地聽著，旁邊的災民看到了，也叫著自家孩子過來湊熱鬧，慢慢地，軟轎前竟然圍了一圈小孩子。

「姐姐，這講的是什麼意思啊？」女童水汪汪的大眼睛望著她。

「這是一個很有名的故事，說大周曾出過一位官吏，他憂國憂民，無論身在高位或低位，無論身處廟堂或江湖，都將百姓放在首位。當自家房舍都遮蔽不住寒風的時候，他都還在想，如果建一座防風的大房子，能將所有人都裝進來就好了。」葉未晴解釋道。

「可是他連自己家的生活都顧不了，還去關心別人，有什麼意義呢？」女童陷入了深深的疑問。

「每個人的願望本來就不同。有的人只要全家快樂安康就夠了，這當然很好。」葉未晴頓了頓，又道：「可是命運是不公平的，不是每個人都能實現這看似簡單的願望。朱門酒肉臭，路有凍死骨。權貴人家有一袋小米漏在地上，他們可能會嫌棄得扔掉，可是將這落了滿地的米收集起來，放到現在的涉平，又能救多少人的命？」

一群孩子認真聽她說著。

「所以如果有能力，我們就應該幫助別人。當然，絕大部分人的力量可能都是微不足道的，但是為了這一點點進步，該做的事還是要做。」葉未晴斟酌著用最簡潔易懂的話解釋給他們聽。

但有的孩子年紀還是太小了，懵懂地看著她，葉未晴揉了揉站在最前面的那個女童的頭。「等妳長大，也許就會認同我了。」

葉未晴翻了翻手中的書，想再找一個寓意深刻的故事。「還有什麼想學的？我唸給你們聽。」

女童卻突然說道：「姐姐，妳相公一直看著妳呢！」

葉未晴聞言，忽然回頭，撞進了周焉墨的視線。他那邊只能聽見隱約唸課文的聲音，完全不知道這女童說了句什麼，看她在看他，他微微勾了勾唇。

她立刻偏頭回來，雪白的脖頸染上淡淡的粉色，忍不住掐了幾下女童滑嫩彈性的臉，找她算帳。「胡說什麼呢，誰是我相公？」

「就是妳剛才看的那個人呀！」女童模樣無知，卻一語驚人。

「別亂說啊，姐姐還沒出嫁呢！再瞎說就不教妳讀書了！」葉未晴霎時羞紅了臉，宛如一隻羊皮衣服掉落的狼，只好亮出尖牙嚇唬小朋友。

「哦……對不起，姐姐……」

葉未晴突然陷入思考。「妳為什麼說他是我相公？」

剛被警告完不許瞎說，可是她又自己問了出來，女童糾結地眨巴著大眼睛，猶豫著說：「看起來像呀……我爹爹和娘親平時就和你們差不多，不管娘親在做什麼，爹爹都會遠遠地看著娘親笑。」

葉未晴再度被說得滿臉通紅，連忙拿起書翻看起別的故事，引開孩童們的注意力。

不知不覺地，她和這群孩童在一起待了一天，臨走之前，還約定好明天繼續在同一個地方為他們講學。

回去的路上，葉未晴特地將軟轎兩側的簾子勾了起來，時不時有微風吹過，愜意得很。她臉側的頭髮被風吹得勾啊勾的，勾得周焉墨心裡直癢癢。

周焉墨看著她臉上抑制不住綻放開的笑容，問道：「女先生，給別人講書就這麼開心？」

「以前做學生不開心，現在做了先生才能品味出其中樂趣。」她高深莫測地說：「你知道樂趣為何嗎？」

「不知道。」周焉墨搖頭。

「就是給他們留一大堆功課去做。」葉未晴輕眨了一下眼睛。

周焉墨無奈地笑了笑。

想到已經拿到指認周衡的罪證，葉未晴的心情就越發好，甚至學著輕佻小公子那樣吹起了口哨，可惜她不會吹，一直以來都是無論怎樣嘗試，吹出來的大部分都是氣音。

周焉墨倒是沒說什麼，覺得她這樣十分可愛，但飛鸞聽了一會兒便受不了了，求饒道：「姑奶奶您別吹了，再吹一會兒我就要去如廁了。」

氣得葉未晴打了他兩下方才罷休。

用過晚飯後，葉未晴覺得身子十分疲乏，早早就回自己屋子裡歇著了。

星星掙破夜幕探出頭，月光籠罩大地，涉平城內一片寂靜。

二皇子很晚才從外面回來，周焉墨正巧在院中，碰見了他，隨口道：「怎麼這麼晚回來，晚飯也沒回來吃。」

二皇子右手提了兩罈酒，左手臂上掛著褪下來的外衫，爽朗一笑。「幫了一戶人家的忙，他們非要留我下來吃飯，最後還硬塞給我兩罈酒，說是自己用好料釀的。小皇叔，要不要一起喝？」

「好啊。」周焉墨應下，突然看到周景手中拿的外衫上沾有血跡，便問：「你受傷了？」

「不是我的血。」二皇子把衣衫攤開，給他瞧了瞧，然後隨手放進一邊的桶中。「是那戶人家要殺隻雞招待我，我怕麻煩他們便說我自己殺，好歹也是習過武的。誰承想，我沒殺過雞瞎逞能，弄得自己滿身血，先前幫他們整理倉庫就沾了滿身土，結果又沾到血，這狼狽的。」

二人說喝就喝，爬上房頂，一人拿著一罈酒。甫一開蓋，酒香四溢。

周焉墨聞了聞，說道：「是好酒。得了好酒不忘孝順長輩，真是好姪兒。」

二皇子笑了笑。「皇叔就愛扯輩分，和小時候一樣，明明和我們年紀差不多，卻總是冷著一張臉要我們叫皇叔。」

「哪是我讓你們叫，那麼多人看著，想叫別的也不行。」周焉墨想起小時候，也染上了點笑意。

幼時的他，雖然被環境逼著成熟，可小孩總會有幼稚好玩的一面。這幾個姪兒和他年歲相仿，雖然他矜持地冷著一張臉，但內心還是嚮往著能和他們一起玩的。

二皇子有些傷懷地說：「猶記那時，我母妃纏綿病榻，所以對我管教甚少，我很是頑劣。三弟那時候粉嫩得跟個小妹妹似的，我一開始還因為他是弟弟難過了許久。後來他長大一點，我就釋然了，帶著他四處做壞事，他想勸阻我卻勸不了，只能哭啼啼地跟在我後面。我們要是被抓被訓斥了，他哭得更慘，這時候大哥就會因為心疼他，出來幫我們頂事。」

「這些我有印象，那時候我還在宮裡。」周焉墨道。

二皇子繼續道：「後來皇叔搬出去了，也就不知道後面的事。三弟後來再也不陪我胡鬧，每天找他都說在唸書，我們就漸漸生疏了。我看著他那知書達禮的樣子就感覺眼睛疼，不明白三弟怎麼突然就變得如此穩重無趣了。」

周焉墨和二皇子拿著罈子輕輕撞了一下，又飲了一口下去。

「後來我母妃去世，讓我突然懂了許多道理。這宮中暗潮洶湧，是我以前沒看到，長大之後再也尋不到一個真心的玩伴了。」二皇子嘆了口氣。「你說，像前幾日宮中出了那檔子事，最後處死幾個庖人（注）便結束了，這算什麼？我雖不與他們爭，但我也不是傻的，什麼都看得明白。」

周焉墨道：「你既已在外多年，又何必為了這些事心煩。」

「我在外面，不僅是為百姓奔波，更是為表明自身立場。可是看到兄弟鬩牆，」二皇子拍了拍自己的胸口。「我這裡還是難受啊！明明曾經大家感情那麼好，怎麼就變成了這樣！皇室親緣淡薄，果然不是說說而已，還不如普通人家，災難中仍能以身相護。」

周焉墨拍了拍他的肩，勸解道：「天下如此廣闊，總能找到志同道合的人，做真正的兄弟。」

就比如他，能在年少時結識裴雲舟，是知己，亦是親人。

二皇子喝完整整一罈酒後，心中的鬱結也散了，他有些醉意，腳步虛浮地告別了周焉墨，回到自己屋子睡覺。

周焉墨突然很想去看看葉未晴，白鳶正守在她屋前，看到周焉墨便小聲道：「王爺，葉姑娘已經睡下許久了。」

注：御膳房裡的廚師。

周焉墨點了點頭，仍然站在門前猶豫著，不知該不該進。算了，還是讓她安靜歇息，不去打擾她了。

他剛轉身要走，便聽見裡面傳來瓷器碎裂的聲音，在寂靜的夜裡極其突兀。他顧不得多想，直接推門進去。

只見葉未晴倒在床邊，上半身伸出了床，手邊是碎裂的茶杯。

她睡了一覺醒來，只覺頭又重又燙，渾身乏力得更加嚴重了，昏沈沈的。她舔了舔唇，發現已經乾到破皮，便想喝一點水，床邊有一杯冷茶，可是還沒喝到嘴，無力的手就將杯子摔了。

周焉墨連忙將她扶回床上，隔著薄薄的中衣摸到她滾燙的皮膚，臉色陰沈沈的，對白鳶道：「快去請曾太醫，將葉銳也叫來。」

葉未晴虛弱地躺在床上，說道：「我發燒了。」

「沒事，已經請曾太醫過來了。」他把被子蓋到她的身上。

「我不會染上瘟疫了吧……」葉未晴皺眉，唇上沒有半分血色。

「瞎說。」周焉墨刮了刮她的鼻子。「我染上都不會輪到妳。」

曾太醫和葉銳齊齊趕過來，曾太醫檢查一番後，說道：「目前看來是由於這些日子顛簸疲勞再加上受傷，才導致身體虛弱發熱，得觀察幾日看看，如果熱病很快退了，那就沒什麼問題。」

「辛苦太醫了，我這個身子，一出遠門就容易生病。」葉末晴說道。

「那妳還非要跟來，還受了傷，活該。」葉銳憤憤地唸道，都是周焉墨帶壞了自家妹妹，雖然自家妹妹也不老實。

喝過藥之後，周焉墨擰了一條毛巾放在她額上。葉末晴舒服了許多，很快便沈沈睡去。發燒使她的身體感覺寒冷，迷糊中撈過周焉墨的手，像揣了個小暖爐似的，放在懷中便不撒手了。

葉銳和周焉墨並肩坐著，守在葉末晴的身邊，看見她這個動作越發生氣，他試圖抽出周焉墨的手，卻掙不過葉末晴的力道。

可惡，熟睡中哪來這麼大的勁！

他又把自己的手往她手上放，示意她換抱他的手，卻被她皺著眉一把推開了。

真是拿她沒辦法，他不管了。

葉末晴一貫淺眠，有心事的時候更容易睡不著，但不知何故，這一晚卻睡得很沈，也許是發燒的緣故，只隱隱感覺到額上的毛巾換了幾次。

天將亮，葉銳早已經睏得不行，整個人坐著打盹，頭一晃一晃的，一會兒就驚醒，最後，看妹妹燒退了，他忍不住先回去睡了。

周焉墨還坐在床邊守著，一隻手仍被葉末晴抱緊緊，護在懷裡有種誰也別想搶的架勢。

雖然到了天亮，葉末晴手上力道漸鬆，他完全可以將手抽出來，卻終究沒有動。

曾經那些年如履薄冰的生活讓他每夜都不敢入睡，習慣了這樣的作息，不打算睡的時候，就感覺不到一點睏意。

他就靜靜地看著葉未晴，眼前的小姑娘睡著之後安靜得不像話，呼吸綿長而深沈，唇也逐漸恢復了水潤。

也就只有在這種時候，她才會顯露出一點少女未脫的稚氣，清醒的時候總是把自己偽裝得像個刺蝟似的，也不知道為什麼，明明葉家足以將她保護得好好的。

清晨的陽光照在葉未晴的臉上，帶著暖洋洋的舒服。她睡醒後，呆愣了一會兒才弄清楚狀況。

她看著被自己雙手籠著的那隻手，明明纖長又白淨，該是白玉一般冰涼，可卻像熱源似地散發無盡的炙熱。她慢吞吞地將胳膊移開，臉上爬上了一抹不自然的紅暈。「你怎麼把手放這裡？」

周焉墨看著她剛醒來霧濛濛的眸子，彎了彎唇，將手抽了回來，故意開玩笑道：「也不知道誰，整夜抱著我這隻手不放，搶也搶不走，一搶就哼唧，不好好睡覺。」

葉未晴尷尬許久，她真的做出這種事情？努力回想，卻記得不是很清楚了……

周焉墨另一隻手揉著胳膊，說道：「一夜不敢動，都麻了。」

「那你就用力抽回去啊，管我做什麼。」葉未晴嘟囔道。

周焉墨輕笑一聲，笑得她心裡毛毛的。他湊過來，聲音低沈又微啞。「妳說呢？」

眼前的臉驟然放大，葉未晴大部分注意力都集中在上面，這張臉居然看不出絲毫疲意，只有眼底的紅血絲出賣了他一夜未睡的事實。

等回過神，周焉墨已經走了出去，只留那一句曖昧不明的話在耳邊迴響。

還不如不說呢！讓人浮想聯翩。

葉未晴摸了摸臉頰溫度，好像又發了一場洶湧的熱病。她深吸幾口氣，平復下心情後，使勁捶了捶被子，對自己道：「真是越活越回去！」

用過早飯後，周焉墨、葉銳和二皇子先行出了門，都沒有問葉未晴要不要出去，好像默契地打定主意今天要讓她在房間裡歇著。

但葉未晴想起昨日自己和那群孩童約好了，怎能爽約？就還是找了人和白鳶用軟轎把她送到昨天街上的同一個地方去，待她到時，發現已經有幾個孩子等在那裡。

葉未晴問的第一句話便是：「昨日留的功課有沒有做？都交上來看看。」

結果沒幾個交的，一開始認識的那女童眼巴巴地將功課交上來，想要幾句誇獎。

「你們其他人年紀比她大，做得卻不如她，回去後都反省一下！」葉未晴板著臉，扮演先生扮演得十分到位，嚴肅地敲了敲一個皮孩子的頭。「你說說，你的功課呢？」

「地震把我家的房子震壞了，東西都亂了，我一個沒注意，本來寫好的功課就泡水了。」他說出昨晚就編好的理由。

孩子的世界，最大的煩惱不過是功課與玩耍的平衡，想好令自己滿意的藉口，在大人那裡卻彆扭得蹩腳，她小時候也說過這種難以自圓其說的謊話。

葉未晴道：「撒謊。」

又問了幾個，全是漏洞百出的謊話。葉未晴也不再跟他們計較，又拿起書給他們讀了幾篇。

白鳶在一旁竟然也聽得津津有味，休息時間還悄悄跟葉未晴說：「葉姑娘您講得可真好。」

葉未晴赧然道：「哪有，不過就是照著讀一遍罷了，一點技巧也沒有的。」

「我以前就羨慕可以上學的孩子，可惜我到最後也沒能唸上書，變成了這種在刀尖上謀生的人。」白鳶托著臉的手指動了動，又笑道：「不過也挺好。」

身後有腳步聲傳來，白鳶敏銳地轉頭，一看到來人，頓時鬆懈下來，喊道：「哎喲，王爺！」

周焉墨二話不說，彎下身子坐進軟轎中，轎子空間不大，頂天了能並排坐兩個人，葉未晴往旁邊讓了讓，給他讓了個位子。

白鳶識趣地退了下去，周焉墨和她肩挨著肩，葉未晴卻突然有些緊張，他身上獨有的氣息鋪天蓋地地壓迫過來，讓人侷促不安。

他手中拿著一顆鮮亮的柳丁，拋到空中又落下，反反覆覆，讓葉未晴覺得他好像拋著的是自己的心似的。

「怎麼又出來了？」他問。

「和孩子們約好了，不想爽約。」葉未晴看了看在外面玩的那些稚嫩的孩子。「再說，在這兒的時間也不多。」

「妳很喜歡小孩子？」

「應該是很喜歡的。」葉未晴笑笑，看著他們就覺得充滿了希望，可自己也沒實際養過，不知其中艱辛。

周焉墨輕咳了一聲，問了一個看似唐突又不著邊際的問題。「那妳……想生幾個孩子？男孩還是女孩？」

「幾個都好，男女隨緣。」葉未晴想起曾待在她腹中幾月的那個孩子，神情帶上了遙遠的溫柔。

周焉墨看不懂她懷念的神情，拿出一把刀，說道：「吃柳丁吧。」

刀鋒利極了，柳丁就放在手心上，將將貼著肌膚劃過，看得葉未晴心驚。「你小心點，別切到手。」

周焉墨沈默，幾下過去，柳丁分成了八瓣攤在他手心上。橙黃的果肉勾得人眼饞，葉未晴拿了一瓣吃，甜甜的汁水流入口中。

「好甜。」她彎著眼笑了。

「都是妳的。」連柳丁帶人。

葉未晴邊吃邊問：「你昨晚是不是沒睡好？」

「嗯。」不是沒睡好，是壓根兒沒睡。

「那你累不累呀？」

「累。」

「那你要不要靠著後面小憩片刻？這後面倚著很舒服。」葉未晴往後面一靠，柔軟的墊子貼合在脊背上，很是舒服。

周焉墨學著她的樣子，閉上眼睛，沒多久氣息就變得綿長。

一個腦袋慢慢地靠到她肩上，葉未晴瞥了一眼，既然累成這樣，就……勉強讓他靠會兒吧。

周焉墨感覺到葉未晴沒有推開他，唇角揚起一個微不可見的弧度。

第十二章

馬上便到了要回京的日子，葉未晴已經不用去哪兒都被人抱著，她可以單腳蹦來蹦去，像隻活蹦亂跳的小白兔似的。

臨走前一天的晚上，四人商量好做幾個簡單的菜，又買了幾壺酒，準備放鬆地吃一頓。連吃了這麼多天乾糧，現在即使是很平常的炒菜，也能叫他們食指大動。

葉未晴看著那幾人喝酒喝得暢快，自己卻撈不著半滴，不免鬱悶地問：「你們有酒喝，我喝什麼？茶還是水？」

葉銳用筷子敲了下她的頭，說道：「有茶水喝還不夠，還想要什麼？」

葉未晴理直氣壯地挺直腰。「我當然也要酒！」

二皇子卻笑了，看向周焉墨。「你怎麼猜得這麼準？」

周焉墨會心一笑。「這小姑娘的德行，認識久了自然知道。」

葉未晴迷茫地看著幾人，問道：「你們在說什麼？我怎麼聽不懂。」

二皇子道：「上街買酒的時候，葉兒就說晚上沒有妳的分兒，因為病號不能喝酒，皇叔卻說若是少了妳的分兒，妳肯定要鬧起來，所以還是特意給妳找了一壺特別的，這一壺啊只有妳能享受，我們都沒那福分。」

葉未晴眼睛頓時亮起來，搖著周焉墨的袖子。「真的？快拿出來。」

他變戲法似地從背後拿出一個小瓷瓶，上面繪著精緻的梅花，瓶口處用絲帶打著結。女孩子都喜歡外觀精緻的東西，這一小瓶一看便知是女子飲的酒。

「只有這麼多。」他食指輕輕敲了敲瓷瓶，發出清脆的聲音。「喝多傷身。」

「謝謝王爺。」葉未晴不忘客套，拿過瓷瓶拔出塞口，頓時溫柔的花香與酒香散開。

四人邊吃飯邊閒聊，在門外都能感受到這熱鬧的氣氛，一隅小天地裡格外溫暖。

涉平城內是凋謝是殘敗，簡陋的餐桌旁卻是友情、親情，和愛情。

直到菜都吃光了，四人卻還沒盡興。他們將桌子收拾乾淨，葉銳貢獻出在小巷子裡淘的紙牌，開始玩葉子戲，輸了的人要罰酒。

鑑於葉未晴的特製果酒已經喝完，只有她輸了沒有任何懲罰。正因如此，她毫無負擔，竟然手氣極好，灌他們喝了不少酒。

她已經許久都沒這樣開心過。玩至夜深，二皇子和葉銳已經醉醺醺的了。

二皇子跑到周焉墨面前作揖，說話慢吞吞的。「姪兒……拜見皇叔，姪兒、姪兒的嘴怎麼這麼……不索利，深感歉意，皇叔……不要怪罪……」

葉銳在旁邊迷茫地看著他倆，彷彿不知自己正置身何地。

周焉墨倒是沒像他們二人一樣東歪西倒，只不過話更少了，一個字都不吐，看人的眼神也更深沈，觸到那眼神的人活像被扔進了深潭。這樣的才最麻煩，因為根本看不出他究竟醉沒醉。

葉未晴感覺十分好笑，不遺餘力地笑了幾聲。「殿下此時倒是守起輩分來了，看來小時候被周焉墨管束還記憶猶新哪！」

二皇子聽進去了一點，聲音很大地說悄悄話。「我、我也只是口頭叫一叫，誰把他……當皇叔？」

周焉墨定定地看著他不作聲。葉未晴想，八成這人也是醉了，清醒的時候說不準要怎麼還嘴呢！

「行了行了！」葉未晴喚來飛鸞他們幾個。「幫忙把他們都扶到自己屋去！」

飛鸞笑嘻嘻道：「成！不過，王爺醉了可一貫都不讓我們扶的，您要是不怕他摔著，就讓他自己走吧！」

「不讓你們扶，難道還能讓我扶？」葉未晴攤手，表示自己亦無可奈何。

「您試試唄，試試不就知道了？」飛鸞說完，扶著二皇子走了。

葉未晴遠遠衝著他抱怨。「我怎麼試？我腿還傷著，自己走路都費勁，還扶他呢！」

然而，下一刻，葉未晴整個人突然失去重心被抱了起來，她小小地驚呼了一聲，發現周焉墨竟然將她打橫抱起，她怕摔到，下意識地攀著他的脖子。

突如其來的動作，讓她整張臉如同被火燒了一般。雖然前幾天也是這樣被抱著行動的，可是好歹那懷抱溫柔又小心，她也提前有心理準備，哪像現在這樣……

「幹麼呀？」葉未晴小聲問道，又怕讓哥哥和二皇子瞧見。她急忙探出頭，那兩個人早已經不見蹤影。

「送我回去。」周焉墨終於說出四個字。

這四個字不知是不是被酒燙過，帶著呼出的清冽香氣惹人迷醉。

只見周焉墨抱著她走到他們的房間那側，卻沒有在她的房間門口停下，而是又向前走了幾步，進了他的房間。

看來叫她送他回去竟是認真的，葉未晴覺得好笑，周焉墨喝醉了之後思路竟然如此清晰嗎？

不過，即便他喝醉了，抱著她的雙臂也紋絲不動，腳步中也察覺不到喝醉之人的虛浮，原本怕掉下去的擔心也就慢慢放下了。

周焉墨抱著她一路走到自己房門前還不算，竟然還開了門走進屋裡，葉未晴不知他要耍什麼瘋，忐忑地抓著他的衣服，他終於在床前停下。

他坐在床沿，鬆開禁錮著她的兩隻胳膊，葉未晴則順勢直接坐在了他的腿上，自由之後，像受驚的兔子，立刻單腿跳到一邊去。

看在他醉了的分上，不同他一般計較！

告訴自己這樣想著，卻還是有點忸怩。葉未晴語氣彆扭道：「既然把你送到了，我就走了。」

周焉墨卻突然拉住她的手腕。「等等。」

葉未晴皺著眉看他。「都送得不能再到了，你還想怎麼樣啊！我好睏，放我回去睡——」

話還沒說完，尾音被嚇得微微上翹，視線內的景物驟然旋轉，她毫無反抗之力，被一陣力道拉到床上，後腦勺處甚至還溫柔地墊了一隻手，讓她感覺不到絲毫疼痛。

然後，那帶著酒意的眼尾逐漸拉近，端的是風流無比的模樣。

「唔……」

接下來的話都被堵住，他的唇貼上了她的，如此突然，完全是葉未晴沒有想到的走勢。

他慢慢吸吮她的唇珠，磨蹭她的唇角，沒多大的地方被照顧了個遍。

所有的思路都被掐斷，她的視線中，她的腦海裡，彷彿都被一道白光所占據，任何想法都連不成線。後脊爬上酥麻的感覺，就像有一隻手順著那裡一寸一寸地愛撫。

一個人忘了呼吸，另一個人呼吸漸重，動作也越來越粗重。

她緊緊抓著手中能抓的東西，把那條她躺過的床單抓出縐褶。兩個人獨有的氣息慢慢交織，合成一種讓人沈醉的味道，彷彿這兩種味道天生就該遇見彼此才能變得更加迷人。

按理說，葉未晴不該如此手足無措，可面對著他，她就是失控了，腦子一時什麼都反應不過來，出於本能地輕輕掙了幾下，但也一一被周焉墨輕鬆化解，潰不成軍。

還好這個吻沒有持續太久，從他那黑漆漆的深潭般的眸子脫離出來後，葉未晴才像溺水的人一樣，開始記得呼吸。那兩片被蹂躪得通紅的唇微張，呼哧呼哧地，小口急促地喘著氣，杏眼也被逼出些水霧，讓人想要再按原樣玩弄一遍。

「你快放開我！」葉未晴輕輕推了推他的肩膀，聲音又軟又委屈，她自己聽了都想咬掉自己的舌頭！

「為何要放？」周焉墨不解地皺眉。

真是喝醉了！一點道理都不剩，看人的眼神又深情得要命。葉未晴歪頭躲閃，怕自己又沈溺在那漆黑的幽暗中。

「你好好瞧一瞧，我是誰？」她不曉得周焉墨的情史，誰知他是不是把自己當成了哪個女子。

周焉墨用手捏住她的下巴，將她的臉扳了回來，讓她不得不與他對視。他的視線在葉未晴的臉上掃了幾周，似乎在極認真地辨認。這火熱又直接的視線讓她雙頰緋紅，極近的距離讓她無處遁形，從未窘迫至此境地。

「我的妻，」他微微勾了勾唇，一雙眼睛流光溢彩，恍若星辰，好像看到了什麼心愛至極的事物般。「弈王妃。」

從今日開始，葉未晴算是對周焉墨的臉皮有了一個新的認知，耍流氓耍到前無古人後無來者的地步，最可氣的是憑藉著那一張臉極盡蠱惑之意，她竟毫無反抗之力，甚至還隱隱地腿軟。

「那你可知道，這是在哪兒？」葉末晴祈求他快發現這裡是涉平災區，喚回一絲理智好將她放開。

他嘴角的弧度又變大了一點，似乎十分開心，葉末晴從來沒見過他如此開心的時候。

然而，語不驚人死不休。

「這是我們的……洞房花燭夜。」

葉末晴幾欲吐血，她收回之前的想法，他不是一點道理都不剩，他是形成了一套只有自己懂的道理。

她好想把那張唇堵上，那兩片形狀完美的薄唇開開合合，勾得她還想要上去嚐嚐滋味。

也許是他口中殘餘的酒，把她灌醉了吧。

葉末晴臉上的神色精彩紛呈，周焉墨喝醉了依然是個人精，趴到她耳邊問：「怎麼這般……不情願？」

聲音低沈又喑啞，灼熱的氣息輕輕地噴在她的耳朵上。不知道他是故意還是不小心，說話的時候，唇瓣還微微摩挲了下她的耳垂，惹得她控制不住地輕顫，差點呢喃出聲音。

葉末晴尚存一絲的理智支撐她的手抵著他的肩，聲音如蚊子一般。「我不是你的妻，這裡也不是什麼洞房，你快放我離開！」

周焉墨皺著眉，捏著她的下巴，語氣危險。「難道妳這枝小紅杏要出牆？妳還有別的男人？」

她確實還有個正在相看的對象，雖然還未訂親。她咬牙道：「是。」

周焉墨不悅，又一次低頭，攜帶著危險的氣息，懲罰似地咬了她的唇一下。

唇被咬破，傳來痛感，可很快又被奇怪的快感壓下去了。葉末晴的心一直怦怦怦地跳，從來沒像現在這麼有活力過。

真是好生奇怪，她已經活過一輩子，還嫁過人，卻沒有過像現在似的，心臟快要跳出胸膛。

沈沈地壓在她身上的那副身軀，又何嘗不是這樣呢？

飛鸞把葉銳和二皇子都送回去後，見葉末晴和周焉墨的房裡都沒有亮燈，門也大敞著，便過來看一看。誰知入眼的，便是這二人糾纏在一起香豔的一幕。

「哎呀我的媽呀！」一聲驚呼沒來得及收住，驚擾到床上躺著的二人。飛鸞連忙將門關上，當自己不存在。

周焉墨眼中閃起迷惑的光，葉末晴認為他可能是在想「洞房花燭夜」為什麼會有人來打擾，而且還沒關門？

趁著他呆愣的片刻，葉末晴一把將他推開，奪門而出，留下門口一頭霧水的飛鸞。

飛鸞想，他完了，他可能闖禍了。

葉末晴回到自己的房間內，心緒亂成一團。嘴唇已經紅腫，她輕輕觸了觸傷口，帶著絲絲的痛。她一向自詡可以完美地管理好自己的情緒，然而這晚卻是大半夜都沒睡著。

來。

第二日一早，一行人就要出發回盛京，白鳶來喚她，足足喚了好幾次才將她從床上拉起來。

白鳶還打趣道：「原來葉姑娘也有賴床的時候啊！」

葉末晴艱難地起床了，然而卻是嘴唇紅腫，眼睛也紅腫，十分憔悴。

用早膳時，周焉墨還淡淡地看了她一眼，問道：「妳這是病酒了？不能喝還要喝，活該受罪。」

敢情這大豬蹄子是什麼都不記得了，說她活該受罪，也不看看是誰弄的！氣得葉末晴狠狠瞪了他一眼。

不過忘了也好，省得她不知道該怎麼面對他。這段記憶，就讓她自己留著吧。

在涉平的這幾日彷彿浮生偷閒，不受塵世叨擾，然而等著他們回去的盛京，馬上就要變天了。

走之前，葉末晴又去見了馮山，馮山答應每日都給周衡寫信，謊稱真正的帳本猶在他處，被不明人士偷走的是假帳本。

能瞞著周衡越久越好，不過按照他的敏銳，說不準過幾天就會發現。

徐淼一案最後只以處死幾位失責的庖人告結，對外聲稱是那幾位庖人因為一些過節而下毒謀害太子妃。只是，這種理由騙騙百姓尚可，卻安撫不了太子妃的娘家人。徐家十分不滿，認定皇上是為了包庇太子的罪行犧牲了他們徐家的女兒，經此一事，徐家勢力開始傾向三皇子派系，周衡如願以償壯大了自己的羽翼。

太子和徐淼育有一子，方才一歲。徐淼死後，小兒被放在羅皇后膝下照顧，太子是前皇后親生，後來被羅皇后收養，二人之間沒什麼情分，羅皇后幫他純粹是為了保自己的位置。

回到盛京後，葉未晴最關心的就是她的店鋪，她去涉平之前還特別交代了好友賀苒有空要幫她去看看，所以一回來沒多久就迫不及待要去巡鋪子。

不料當葉未晴抵達店裡的時候，卻看見賀苒正和裴雲舟對坐嗑瓜子，保持著一種謎一樣的氣氛，也不知道這二人什麼時候結識的。葉未晴不管他們，逕自翻了翻帳本，發現竟然進了不少利潤，便獎賞了余聽、余慎些銀子。

門外「青山古淮」和「清漣入夢」兩個牌子緊緊挨著，異常和諧。

賀苒又嗑完了一個瓜子，手掌憤怒地往桌上一拍，問裴雲舟。「我這兒又不是供人歇腳的客棧，你到底要坐到什麼時候，還不給錢！」

裴雲舟聞言，拿出錢袋，放在桌子上發出重重的響聲，一聽便知裡面分量不少。他看著賀苒，眼神溫柔得快要滴出水來。「這些夠嗎？不夠我再拿，可不可以看妳到天荒地老？」

賀苒臉頰薄紅，也不知是氣的還是羞的。葉未晴看著這二人，隱約猜到了什麼。肯定是賀苒來幫她看店的時候，和隔壁的裴雲舟遇上，然後裴雲舟的一顆芳心就付人了。

葉未晴樂得看熱鬧，問：「裴雲舟，你這是看上我們苒苒了？」

裴雲舟認真地點頭。「是啊，見到苒苒的第一眼，我就知道這將是陪伴我一生的女子。」

賀苒冷笑道：「就這信手拈來的情話，我估計他對每個姑娘都這麼說。」

葉未晴贊同地點了點頭，平時見到他的時候，他總是淡淡笑著的，俊朗又親和，確實是討女子喜歡的類型，何況還是個前途無量的狀元。

裴雲舟委屈地道：「我沒有，我只對妳一個人這麼說過。」

賀苒不依不饒。「何況我們才認識幾日，就說出陪伴一生這種話，那你的一生未免也太過輕巧。」

「這是大師給我算出來的！」

正說著，門口呼啦啦湧進一堆人，為首的是許久沒見過的孫如霜，後面跟了一群猛壯的大漢。

孫如霜乍看到葉未晴，冷笑一聲，恨意從眼中迸發。「呵，我道是誰開的店，原來老闆是妳呀！」

上次羅府的事情過後沒多久，孫如霜就被迫嫁給了王光，二人相處並不和諧，每日雞飛狗跳。現在她梳的正是嫁作人婦後才能梳的髮髻，她身後跟著的一群壯漢不僅是保鏢，也是看著防止少奶奶逃跑的王府家丁。

孫如霜看到葉未晴沒什麼反應，更加生氣。「看妳這副沒事樣真是太過分了！若不是妳，我也不用嫁給那個王八，還被所有人笑！我成了盛京的笑柄，都是因為妳們下的圈套，這罪應該由妳來受！」

葉未晴冷淡地瞥了她一眼，語氣冰冷。「局是我設的嗎？妳怎麼不去問問妳的好姐妹？再說了，若不是她帶了一群人去觀摩，妳本來還可以在眾人面前留個顏面。」

「妳還敢說！妳明明知道是陷阱，還把我推進去，妳還敢說不是妳設的局？」孫如霜指著葉未晴大聲喊叫，門前圍了那麼多壯漢，這熱鬧的架勢更加引來許多人圍觀。

「孫如霜，妳搞清楚狀況，一直以來都是妳先針對我，而我從未主動招惹過妳。妳落到如今的下場，該埋怨的是妳自己，埋怨妳自己做人做事為什麼這麼不聰明，為什麼明知道羅櫻的所作所為是錯的，妳就只會乖乖聽她的？」葉未晴不客氣地指責道。

孫如霜被堵得一時說不出話來，好一會兒才不甘地說道：「但願有一日妳淪為萬人睡的娼妓時，也能說出現在這種話。」

賀苒皺眉。「喂，妳嘴巴放乾淨點！也就是那日老娘沒去妳們那勞什子聚會，才會讓妳們以為阿晴好欺負，妳落到這種下場是自找的，活該！」

孫如霜人手多，底氣足，索性直接吩咐身後的家丁：「給我砸！把這間店裡的東西都砸了！我看你們還怎麼做生意！」

那群壯漢得了命令，立時上前將店裡的櫃子一一翻倒，許多不禁摔的東西都壞了，外面百姓指指點點，圍了幾圈看熱鬧，卻誰也不敢過來阻止。

孫如霜看著滿地的碎瓷片，心中十分爽快，自己也捋起袖子，掄起一張椅子要朝著葉未晴的頭砸過去。葉未晴只顧著心疼東西，沒來得及分心顧著孫如霜，突然間，一雙手將她拉到一邊，躲過了椅子的襲擊。

落入葉未晴眼簾的是玄色的衣裳，一隻手牢牢地將她按在懷中，一副護犢子的架勢。葉未晴看不到身後的情景，只能聽見摔東西的聲音停了。

周焉墨冷冷地說道：「將這些人都押到官府去，按價讓他們賠償。」

葉未晴扭了扭頭，放在她頭上的那隻手才稍稍鬆了些。她從他的懷抱中掙脫出來，看到孫如霜一臉不情願地被押在地上，神情頗為狼狽，那些壯漢也都被周焉墨的手下擒住了。門外的百姓沒想到還有這樣的反轉，看戲看得眼中都冒出了光，大聲叫好，順便給押著他們前往官府的人讓出了一條路。

此時葉未晴看到周焉墨，仍然感覺彆扭，因此語氣有些冷淡。「你怎麼來了？」

周焉墨一愣，默了片刻，才問：「……我不能來嗎？」

「有什麼事嗎？」葉未晴脫口而出，隨即意識到自己這樣問好像很生疏似的。

周焉墨盯著她，臉色一沈，心想既然那兩片唇只會吐令人傷心的話，不如堵上，可能會好些……

一些模糊又瑣碎的片段從腦中滑過，他搖了搖頭，定定神說道：「沒什麼事。」

裴雲舟在店內轉了一圈，看著滿地狼藉，嘆了口氣。「恭喜妳啊，王爺都出面處理此事了，孫如霜的賠銀肯定得比賣價高許多，真希望有幾個不長眼的也能沒事來砸砸我們的店，我就省得開張了。」

「所以我剛才才沒有擋她。」葉未晴笑了笑。「沒想到孫如霜嫁人之後還是如此蠢笨。」

賀苒看著站在一起的葉未晴和周焉墨，疑惑地想著，什麼時候這兩人有了交情？周焉墨見葉未晴似乎與他沒什麼話說，一副懶得理他的模樣，只好坐了一會兒便告辭。離開的時候正好看到飛鸞，他走到他身邊，屏退所有人後悄悄地問：「回盛京前一日，真的沒發生什麼事？」

飛鸞苦著一張臉道：「真的，王爺，真的什麼都沒發生，你都問了我四、五遍了！」

周焉墨想想也是，雖然對於那一夜喝醉的事他只有瑣碎的片段記憶，但是那些不合道理又羞恥的話怎麼可能是他說的？一定是作夢。

飛鸞則在心裡暗暗後悔，王爺第一次問他的時候，他怕挨罵，馬上說沒有這回事，以為這樣就能瞞得過王爺。可誰知，王爺竟然反覆問了他好幾次，他既然已經開了撒謊的頭，便只能咬牙這麼回答下去。現在次數多了之後，他好想直接將真相告訴王爺，可是這樣他又會挨更嚴重的責罰！真是苦不堪言。

賀苒今日來店裡，不全是為了幫忙看店，她拿出一張帖子遞給葉未晴。「對了，我哥聽說妳回來，想請妳明日中午去臨江樓吃飯。」

葉未晴接過帖子，打開看了看，清雋筆鋒落於其上，同賀宣給人的感覺相同。

她點頭道：「知道啦。」

「那我回去便告訴他妳應了。」賀苒稍微有些不好意思地笑道：「其實，他原本想親自給妳送帖子的，但是被我截了胡。這麼多日不見，當然不只他想妳，我也想妳了啊！」

「涉平的百姓等著我去疼愛，我可來不及想你們。」葉未晴玩笑道。

賀苒氣得掐了一把葉未晴腰間的肉，惹得她控制不住地笑出來，兩人鬧騰了一會兒，賀苒才罷手。「在涉平還開心嗎？妳也真夠厲害的，一聲不吭，瞞著所有人就跑到那麼遠的地方去了。」

「去災區，哪有什麼可開心的？」葉未晴回想那幾天發生的所有事，確實是愉快的記憶更多，到處都充斥著某人的身影。

「好了，我也不與妳廢話了。」賀苒道：「我先回去，哥哥還等著我呢！」

裴雲舟見賀苒走了，他也沒有必要待在這裡，於是道：「那我也走了，阿晴，改日再見啊！」

大家紛紛離開之後，葉未晴和余聽、余愼把店裡的混亂收拾了一下。

現如今她的腿傷已經好了許多，慢一點走路完全沒有問題，所以她沒有告訴家人受傷的事，也交代了葉銳要幫她瞞著。葉銳從小就愛和她作對，天知道她為了讓葉銳守口如瓶可費了多少功夫！

正因如此，爹娘沒有責罵她，只當她出去遊玩了一圈。否則若是知道她受了傷回來，就不可能像現在這樣安然無事了。

傍晚，葉未晴回到侯府後，看見爹娘臉上都帶著掩飾不住的喜悅之情。

葉未晴愣了一下，問道：「什麼事這麼高興？」

葉安招手讓她過來，指著他和江氏正一起看的信，說道：「鳴兒說他心悅一位邊疆認識的姑娘，有機會要帶回來讓我們看看呢！」

葉未晴挑了挑眉，故作驚訝地也圍過去看。她知道，大哥在信裡說的就是大嫂了，只不過他們現在還沒有成親。

葉家這一輩的三兄弟裡相貌最出眾的是大哥葉鳴，他帶兵更是帶得好，頗有葉安當年之風，大家都喚他「葉小侯爺」。葉鳴眼光也好，妻子雖然出身平凡，但容貌極美，帶有一點異域風情，性子活潑開朗，一點都不矯揉造作。

上一世她看到大嫂的第一眼，就對她產生了十分的好感。

只願這一世，他們能平平安安地共守白頭。

隔日中午，臨江樓其中一間包間正熱鬧得很，原來一群官家子弟在此辦了幾桌宴席，席間還有幾位妙齡小姐，大夥兒相談正歡。

此時，又有新客人加入，隨著簾子被撩開，後面的身影顯現，房間內頓時沒了聲息。

來者身著一身貴氣無比的玄衣，目光銳利，嘴角微抿，不是弈王還是何人？

裴雲舟跟隨其後出現，感受到了在場人士們的尷尬，笑呵呵道：「怎麼樣，我把王爺帶來了，夠給你們面子吧！」他出身底層，為人親和友善，不少人都想和他打好關係，因此常收到這類聚會的請帖。

那幾位公子反應過來，紛紛站起來給周焉墨讓座。周焉墨面無表情，毫不客氣地坐在正對門口的位置。

本來這種場合他是不會參加的，但裴雲舟昨日提起這事時，又說正好阿晴和賀宣就是約在同一個地方吃午膳，他馬上就改變了主意，決定來看看。

裴雲舟怕周焉墨尷尬，還特地將裴雲姝叫來一起同行，反正裴雲姝才不管其他都有誰，只要有周焉墨她就願意來。

周焉墨坐下了，裴雲姝和裴雲舟分別坐在他兩側後，其他人才落坐，狗腿地討好道：「王爺想吃什麼儘管吩咐，我們去加！」

「不必了。」周焉墨淡淡地掃了他們一眼，彷彿有冷風吹過。「天氣太熱了，將門打開，簾子也撩起來。」

「是！」坐在離門口最近的人依言去做。

臨江樓價位昂貴，客人不多，裴雲舟事先打聽過，賀宣訂的包間就在隔壁，而且他和葉未晴已經進去了，等他們出來，周焉墨第一眼就能看到他們。

桌上的人是第一次與周焉墨和裴雲姝一起吃飯，有周焉墨在這兒，他們總有些拘束。裴雲姝是個美人，但就坐在周焉墨身側，誰知道他們什麼關係，給他們再大的膽子也不敢問裴雲姝什麼出格的話。

也不知道今日奕王怎麼有閒情逸致來參加他們的聚會，一開始，這飯吃得安安靜靜，大家說話也一板一眼，裴雲舟不停地調和氣氛。後來，這些公子發現周焉墨雖然不說話，可也沒擺出什麼不耐煩的表情，所以慢慢地那些拘束不安都消失了，氣氛重新活絡起來，這才像正常朋友間吃飯的氛圍。

一夥人聊得熱火朝天，只有那個冰涼到能給酷暑天降溫的人格格不入。

周焉墨微蹙著眉，沈默地吃著飯。

真煩，太吵了，隔壁有什麼聲音一點都聽不見。

那邊葉未晴不知道隔壁的情況，只是和賀宣疏離而客氣地吃了一頓飯。從涉平回來之後，也許是太久沒見，兩個人竟然感覺更生疏了，這可不是好事。

那些紈袴公子光吃飯不夠，還提議要玩遊戲，在桌子中間放置一個勺子，由一人轉動勺柄，勺柄指向誰，就要完成大家指定的一件事。

「我們先提前商量好要做什麼事，再選人去做，省得到時候被說作弊。想一想，做什麼事比較好呢？」

「不如就大聲地喊三聲心儀之人的名字？」
「那若是沒有心儀之人怎麼辦？」
「那就挑一個最有好感的人！」
幾人商量過後，都同意了，然後由一人來轉動勺子，那勺子慢悠悠的，最後竟然指向了周焉墨。
周焉墨冷漠地看著那勺子，彷彿一切都與他無關似的。那些公子立刻會意，主動解圍道：「當然也會有不想做的時候，我們不能強人所難，畢竟只是個遊戲，開心最重要！」
「是啊是啊！」其他人附和道。
裴雲舟握拳抵在嘴邊，努力忍著笑意，實在忍不住了，就將逸出來的笑聲轉化為咳嗽。他真沒想到，帶周焉墨來這種飯局會有這種效果！下次他還要帶周焉墨來！
其他人又開始了新一輪的遊戲。
周焉墨看著門前走廊處，望眼欲穿，門前偶有幾人走過，卻都不是她。
裴雲姝注意到周焉墨的目光，悄聲問：「王爺，你在看什麼？」
「沒什麼。」周焉墨輕輕轉了轉手中的茶杯，心裡感到有些悵然。
是他和葉未晴相識得太晚，所以他注定沒有走到她身邊的機會？還是，他們之間的合作摻雜了太多利益，所以導致關係從一開始就不單純？
他對於一切事物，都能從敗勢扳回勝局，只要他想，從來就沒有做不到。可唯有這感情，竟是十九年來頭一遭，他手足無措，不知該怎麼辦。

思及此，他輕輕揉了揉眉心，這才舒展開來。

門前慢慢晃過兩道眼熟的影子，周焉墨眼神一沈，突然開口嚇了桌旁的人一跳。「外面那不是賀宣賀大人嗎？」

有機智的人已經反應過來。「是啊！我這就去將他叫來，大家一起聚聚！」

他跑到門口喊道：「賀大人，賀大人！」

賀宣疑惑地回頭，他並不認識這人。

那人卻熱誠地上前打招呼：「竟有如此緣分能在這裡偶遇賀大人，不如一同聚聚？這裡也有賀大人認識的人。」

官場上應酬需八面玲瓏心，唯恐得罪了誰，葉未晴看賀宣有些為難，便主動道：「那我陪你一起去看看吧，沒關係的，不用在意我。」

賀宣溫柔地笑了笑。「好。」

兩個人並排走進去，屋裡的人挪了挪位置，為他們騰出兩個空位。葉未晴一眼便看到對面的周焉墨和裴家兄妹，愣了一下，隨即淡淡地打了聲招呼。別人不知道他們之間的關係，還得裝不熟才行。

裴雲舟笑道：「我們正在玩遊戲呢，你們倆想不想加入都且隨意。」

「該商量商量這次做什麼事情了！」

「不如就叫離得最近的異性餵酒喝，要喝三杯才行，漏了一滴就要再罰一杯！」

「好，這個好！」

這些紈袴就愛玩這些遊戲，葉未晴早就知曉他們的套路。勺子轉啊轉，到了最後就是慢悠悠地不停下，終於不轉了，卻是又一次指向周焉墨。

裴雲舟見狀搶先說道：「王爺快來！這個肯定能做！」離他最近的異性，可不就是裴雲姝嗎？周焉墨看著坐在一起肩頭緊緊挨著的葉未晴和賀宣二人，葉未晴面上冷淡一片，沒有絲毫波瀾。他越發心裡不痛快，賭氣似地說道：「好啊。」

葉未晴心間似乎有什麼東西堵著，但連她自己都沒注意到這絲異樣。最近，她總是會產生這樣的感覺，已經見怪不怪了。

裴雲姝倒了一杯酒，小巧的酒杯在指尖夾著，她站在周焉墨的對面，將酒杯遞過去，周焉墨微張著唇，將唇瓣搭上杯壁。

因為視線被酒杯擋著，看不清喝了多少，所以，裴雲姝將酒杯拿開的時候，一絲酒順著周焉墨的嘴邊流了下來。

「流出來了，還得多加一杯才行！」裴雲舟起鬨道：「要我說，雲姝妳別那麼拘謹，離王爺近一點，不然我看最後得把他灌醉了！」

周焉墨不作聲，默認了他的說法。裴雲姝面上飛了紅霞，繞到周焉墨的身側，一隻手搭著他的肩，另一隻手舉著酒杯餵給他。

兩個人距離很近，氣氛曖昧，她幾乎快要倚在他的懷中。若是放入畫裡，那便是好一幅美人餵酒圖。

裴雲姝眼中閃現著點點喜悅又羞赧的光芒，就像陷入愛情的少女，看得葉未晴眼睛有些刺痛。

又是三杯下去，這回一滴都沒有灑出來。

喝完之後，裴雲姝坐了回去，嘴角卻無論如何都壓不下去了。

周焉墨淡淡地擦了擦嘴角，視線裝作無意地看了葉未晴一眼，她正淺笑著同賀宣說話。手中的帕子被周焉墨攥出縐褶。

看來，她果真是不在意自己的。都到這地步了，她還是反應全無。

他和這群八竿子打不著的人一起吃飯，得來的結果就是親眼看到她真的一點都不在意自己。

——真是蠢到家了。

結束之後，周焉墨急匆匆地便走了，他一刻也不想在此多停留。

「那裴姑娘果真是弈王的人，幸虧我們沒對她失禮，不然弈王哪能饒得了我們？」

「唉！可惜啊，盛京又少了位沒有主的美人兒！」

葉未晴剛走出幾步，還能聽到幾位紈袴公子在裡面的對話。這幾句話讓她火氣頓生，來不及分辨究竟氣什麼，她便走了回去。

「諸位說話還是小心些，勿要像個長舌婦似地亂嚼舌根！」葉末晴語氣冷淡，與之前判若兩人，那幾位公子噤若寒蟬。

賀宣猶豫了許久，等離開後才問道：「怎麼突然就這般生氣？」

「聽不得他們那樣說。」葉末晴攏了攏袖子。

「不必同他們置氣，那些紈袴公子和我們沒有多大的交集，但鬧翻了還是會產生不好的影響。」賀宣理智地勸道。葉末晴一向很冷靜，辦事周到，但今天卻沒給那幾個人留顏面，委實有些奇怪。

裴家兄妹在盛京是有一幢宅子的，他們平時也宿在那裡，因為離弈王府不遠，所以裴雲舟常跑弈王府十分方便。

用過飯後，裴雲姝沒有回醫館，而是和裴雲舟一起去弈王府小坐。

趁著周焉墨去書房取書的功夫，裴雲姝跟裴雲舟道：「哥，你怎麼不多幫幫我？」

裴雲舟深吸一口氣，轉頭溫和地對她道：「哥哥幫妳的還不夠多嗎？王爺還不是一樣不喜歡妳？」

「我能看出來，他喜歡的是葉姑娘。」裴雲姝有點沮喪。「可是感情是能培養的啊！說不準哪一刻他就會喜歡我比喜歡葉姑娘更多一點了呢！」

「妳也知道感情是能培養的，再培養培養他可能就和葉姑娘好上了。」裴雲舟語重心長地勸道。

「葉姑娘和賀家公子已經到了談婚論嫁的地步，等葉姑娘嫁作人婦後，王爺還會一樣喜歡她嗎？」裴雲姝不贊同。

裴雲舟認真地點頭。「他會的。」

裴雲姝言語激烈。「不可能，他不會做這麼沒有道德的事！」

「妳還是不懂他，道德對他來說……就是狗屁。」裴雲舟淡淡地喝了一口茶。「妳從小都讓為兄很放心，怎麼偏在這件事上執迷不悟？早前妳喜歡他，我沒有阻止妳，是因為那時王爺根本沒有心儀之人。可現在不一樣了，這表明他不是不會動心，他只是不會對妳動心。」

「我偏不信這個邪，且等著看吧！」裴雲姝倔強地看著他。「若到最後還沒有結果，那我嫁給誰都一樣。」

周焉墨取書回來，裴家兄妹自覺地住口，周焉墨也完全不好奇他們說了什麼，問都不問，逕自翻著自己的書。

裴雲舟突然想起來有幾件要緊的事匯報，便道：「前幾日，不知是誰跟太子說皇上生了病，結果那孝順的太子就屁顛屁顛去問候他父皇是否龍體欠安了。睿宗帝不知道這風聲從哪兒走漏的，剛犯了錯的太子還敢明目張膽地過來問候，氣得他直接把太子趕出殿外，哈哈哈……」

周焉墨輕笑了聲，問道：「皇上最近身體怎麼樣？」

裴雲舟搖了搖頭。「越來越差，估計最多……也只有一年了。」

「太久了。」周焉墨垂眸看著書，語氣平淡。「還是讓他活得太久了。」

「基本上能確定有人給他下了毒。」

「一年……江山易主，會變成誰的呢？」周焉墨語氣頗為感慨。

「三皇子周衡下的連環套，一環接一環，讓睿宗帝對太子產生不滿之後，又聯合了幾位大臣彈劾太子，摺子已經在擬了。」裴雲舟道：「手段雷厲風行，狠毒老練。別說，若是我們不出手，勝算最大的還真是他。」

周焉墨又想到葉未晴。其實不管說什麼，只要沾點邊，他總能想到她。想她為何對周衡有如此深的恨意，想她身上解不開的秘密，想她為何就不在乎自己。

「王爺，我們接下來怎麼辦？坐山觀虎鬥？」裴雲舟一通分析後問道。

然而周焉墨的心思根本沒在這事上，只道：「心煩，出去走走。」

他揮下袖子便走了出去，留下目瞪口呆的裴家兄妹。

這一隨便走走，就走到了侯府。他也不知怎的，等回過神來時，發現自己就站在侯府外面。肯定是因為這兩座府邸離得太近！

輕車熟路地翻進疏影院，院中一棵大樹茂密蔥綠，各種各樣的花也開了滿園。樹的陰影投下來，下面放了張躺椅，椅子上面躺了個人。

丫鬟都不在附近，不知道在忙什麼，飛鸞看到了周焉墨也權當看不見，自覺地躲在他視線之外。

葉未晴躺在躺椅上，貪著樹蔭底下的清涼，愜意地睡著了。天氣炎熱，她穿著薄薄的紗衣，領口被扯得很開，露出雪白的肌膚和輪廓清晰的鎖骨，鞋子也半穿不穿的，勾在腳尖上，好像一晃就要掉了似的。

周焉墨眸色變深，喉口稍微動了動。好在這副樣子除了他，也沒別人能看見了。

葉未晴小腹上還放了一本書。他沒有叫醒她，輕輕地將書拿起來看了看。那是一本話本子，裡面盡是些談情說愛的故事，供人消遣看的。

他沒有看過這種書，就著葉未晴看到的那一頁繼續看下去。那裡正描寫到男女主人公鬧了小彆扭，在打情罵俏幾句後重歸於好。

「你總是生氣，我都搞不明白原因，要怎麼哄你？」

「可我看到妳和別的男人在一起，我的心裡就是不舒服，不舒服極了！」

「明明是正常接觸而已，你非要想那麼多！」

「我這不是吃醋了嘛……我知道是正常接觸，可我也看不下去……」

周焉墨盯著這行字，若有所思。

「那你也不能叫我不同別的男子接觸啊！又沒做什麼過分的事，千錯萬錯也輪不到我錯，該是你改！」

「我已經很努力在改了，總不至於到了那種看見妳對別人笑也要吃醋的程度！」

女主人公嬌嗔道：「那樣也太喪心病狂了！」

……？

喪心病狂？妳說誰喪心病狂？

周焉墨忍住撕了這本書的衝動，接著看了下去，後面便沒什麼戳到他痛點的地方，總之就是兩人吵了幾句就莫名其妙地抱在一起，然後又莫名其妙地親在一起，於是便和好了。

他接著往後翻，匆匆過了幾眼，整本書都是在重複先吃醋又吵架再和好的套路。

他以前聽裴雲舟提過，想要學習怎樣討女人開心還是要從話本子裡面學，當時他便不屑一顧。現在一看，這東西果真不靠譜極了。

葉未晴不知什麼時候醒了過來，看見周焉墨一臉認真地看著話本子，就忍不住笑意。

周焉墨哂然。「妳喜歡看這種東西？」

「還好，從我侍女那裡拿的。」葉未晴笑道：「也就是圖個樂。」

睡這一覺，出了一身薄汗，她搧搧風，說道：「熱死了，我去拿一壺涼茶，我們兩個喝。」

周焉墨點了點頭。

葉未晴拿過來，先給自己倒了一杯，一口全喝了，才感覺到身體內的燥熱壓下去了些。

她又倒了一杯，遞給周焉墨。

周焉墨剛要接，葉未晴手卻突然一轉，讓他接了個空。

葉未晴微笑道：「喔對，我差點忘了，王爺不是很喜歡叫別人餵著喝嗎？大概這手是白長的，好不容易光臨我定遠侯府，怎麼能不伺候到位了？」

周焉墨有點委屈。「我沒有。」

他不知道該說什麼，對了，那話本子裡怎麼說來著？——我這不是吃醋了嘛。

「我這不是……」周焉墨剛開口，就被杯子懟上了嘴，只能吞下沒說完的話，順著將那杯涼茶嚥下去。

那幾根玉指如同蔥白一般，握著紫砂的茶杯，看著就好想叼一口。

……於是，他真的這麼做了。喝完杯裡的茶，又順勢含住了她的手指。

葉未晴一驚，酥酥麻麻的感覺從指尖傳來，一溜傳到心口。她沒想到他會來這麼一齣，早知道、早知道她就不餵了！真是的，自己究竟怎麼想的！

光含到嘴裡仍不夠，那舌尖還要命地舔了指尖一下，帶著涼茶的涼意。

葉未晴愣了許久，反應過來時馬上便將手指拿了出來，一個沒留神，杯子掉在地上發出清脆的響聲。

她的臉已經紅到沒法看，氣勢不足地斥了聲。「輕薄！」

「輕薄便輕薄吧。」周焉墨輕輕笑了笑，伸出舌尖舔了舔唇，好像在故意給她看似的。

「那也只對妳一個人輕薄。」
葉未晴卻沒注意到，從用過飯後開始的那點鬱結，都在此刻消失無蹤。
「還喝不喝了你？」葉未晴瞪了他一眼。
「喝。」周焉墨用食指摩挲著下巴，心情十分愉悅。「要喝點涼的降降火才成。」
「喝你的吧！」葉未晴懶得給他拿杯子，將茶壺往他懷裡一塞。
周焉墨自然不能被難倒，信手拿過葉未晴用的杯子，倒滿一杯，又拿到眼前細細看。杯子上面還留著她剛才喝時未乾的水跡，隱約是個唇印的形狀，他直接又把唇貼在上面。
葉未晴只覺臉上剛褪下的熱意又噌地冒了上來，被他含過的手指也像被火灼著，成了點燃她的苗頭。
汀蘭剛在外面灑掃完，一進來看見院子內多了個男人，嚇了一跳。再一看，那正是來過幾次的弈王，自己家小姐臉又紅成那個樣子，汀蘭一看便知道怎麼回事，抿嘴一樂進了屋子。
葉未晴看見有旁人來了，便斥道：「你也沒個正形！」
「好好，不鬧妳了。」周焉墨無奈地說：「要不要出去逛逛？天這麼熱，想不想吃冰？」
「想吃。」渴望戰勝了彆扭，葉未晴誠實地點了點頭。
兩個人從侯府側門出去，去了盛京最熱鬧、玩的東西最多的那條街。縱使天氣炎熱，仍是人山人海。

葉未晴買了一碗清熱解暑的甜食吃著，邊走邊逛。她能感受到路邊的女子們都齊齊地往這個方向瞧，甚至瞧她的眼神都帶著些怨恨，而旁邊這人卻全無察覺。

唉，真是個禍水！

突然，葉未晴眼睛亮了一下，她看到了街邊那種套圈圈的遊戲。小時候她很喜歡玩，但總套不上好東西，阿爹和哥哥們也不幫她，說想要的東西要自己努力。

但是現在不一樣了，她扯了扯周焉墨的袖子問：「你們學武之人，是不是玩套圈圈也套得準？」

「沒試過。」周焉墨頓了一下。「但應該沒問題。」

「那我們去玩那個吧！」葉未晴滿臉興奮。

「想要哪個？」周焉墨和她並排走過去，他身上那種逼人的貴氣讓百姓們自覺地靠邊讓出來一條路。

「那個小兔子，可愛！」她指了指處在較近位置的一個玩具，應該難度不大，不至於一下子挫敗他的自信心。

「叫聲好哥哥來聽，妳想要什麼我就能套到什麼。」周焉墨勾著一側嘴角，笑容有點壞，委實勾人得很。

葉未晴瞪了他一眼。「去夢裡聽吧！大不了我不玩了，不要了！」

「真的不要了？」周焉墨裝出微微驚訝的樣子，遺憾地點點頭。「那妳就會錯失這次想要什麼都能得到的機會了……真的不叫？」

葉未晴糾結地絞著手，想這周焉墨近來欺負人越來越過分了，就喜歡鬧她。這個遊戲套不到自己喜歡的東西，一直是她幼時的小遺憾，現在出現一個人願意幫她完成，她叫還是不叫？

罷了，也就三個字，叫了又不會少層皮！

她小聲地說道：「好、好哥哥……」

周焉墨的頭靠過來，疑惑地問：「啊？妳說什麼，沒聽清。」

葉未晴閉上眼睛，心一橫，直直地喊道：「好哥哥！」

「叫得太凶了。」周焉墨不贊同地搖了搖頭。「好像要殺人。」

「那你想怎麼樣?!」葉未晴忍無可忍，臉漲得通紅，她上輩子加上這輩子，哪裡有這麼、這麼狼狽過？

「正常一點，小姑娘，妳平時怎麼喊我的名字，就怎麼叫。」周焉墨輕笑一聲，盯著她發紅的耳垂，憐愛之情翻騰。

葉未晴深吸了一口氣。

「好哥哥。」她看著他的眼睛。「行了嗎？」

她看著他的眼神，讓他有種衝動想直直吻上去，可勁兒地欺負她，聽她哭著喊好哥哥求饒。他輕輕嘆了口氣，心軟得一塌糊塗。欺負到這樣就行了，若是欺負緊了，這隻兔子說不定還要反咬回來一口，怎麼說他也賺了三聲「好哥哥」，夠了。

「好，妳等著。」周焉墨給老闆付了錢，走到了場內，繩子圍了一圈將其他人圍在外面，葉未晴就站在最近的地方瞧著他。

他拿著五個圈，第一個便套到了那隻棉布做的小兔子。

老闆喊了聲。「喲，身手挺索利！」

老闆將兔子從圈中拿出，周焉墨淡淡道：「先放旁邊，等會兒一起拿。」好像還能套到多少個似的。

「還要哪個？」周焉墨側頭，瞧向場外的葉未晴。

葉未晴旁邊的小姑娘驚呼了一聲，跟同伴激動地說著：「他在瞧我們欸！」

葉未晴瞪了她們一眼，心道還真是自作多情，他明明看的是本小姐。一種奇怪的心理作祟，她故意大聲喊道：「要那個！」

剛才還激動著的小姑娘看了她一眼，情緒立刻變得低落。

幾乎是百發百中，小禮物在旁邊堆了一堆，老闆從一開始的驚嘆到後來苦著臉，幹他們這行最怕的就是碰見厲害的客人，還不懂得手下留情，那他們就賠大了！

最遠處是一隻黃金小老虎，做工精細，雕刻得栩栩如生，葉未晴指著它道：「要那隻小老虎！」

「好。」周焉墨道。

那隻小老虎實在太遠了，前幾個圈都沒有套到，但他已經算是頂厲害的，四周的百姓都好奇地圍過來。

有的人，天生就該是人群的焦點。他就算站在那裡不動，四周的目光也都會盡數飄來。

周焉墨直接向老闆買了一大把圈，全神貫注地投著，沒有注意到外面的動靜。

葉未晴原本站在外面看得好好的，突然有幾個人將她拉走，這幾個人流裡流氣，一看就不是什麼好鳥。

葉未晴和周焉墨出來沒有帶上飛鸞，所以她毫無反抗之力。不過，這幾個人應當也不敢在光天化日之下對她做什麼，所以她面不改色地隨著他們走到人群外。

其中一人用手指挑了挑她的下巴尖，問道：「這個就是葉未晴？」

「長得還挺標緻的。」另一人看了看，說道：「濱哥總提到她，說她害了自己的妹妹。你們說，如果我們替濱哥把她辦了，濱哥會不會賞我們些什麼？」

葉未晴冷笑一聲，問：「你們是孫如濱的人？知不知道動我會是什麼下場？即便是孫如濱親自來，和我定遠侯府對上，亦是蚍蜉撼樹。勸你們好自為之，我可以諒你們無知，饒你們一條生路。」

「喲，這娘兒們說話真狠、真夠有勁的！」一個臉上帶著長長刀疤的人說道：「我就喜歡這種，可以讓爺馴服，希望妳被我們上的時候，還能這麼強硬！」

「粗言鄙語的下九流。」葉未晴不屑一顧，轉身便要回去，卻被他們抓住了胳膊。

周焉墨剛套到金老虎，圍觀群眾爆發了一陣歡呼聲，老闆的臉苦兮兮地快要哭出來了。生意人不容易，周焉墨不會白占他的便宜，拿了兩錠金子給他，老闆才喜笑顏開，知道自己遇上了好人，不但收回成本，還賺到了額外的。

周焉墨偏頭一掃，剛才葉未晴站著的地方卻沒有了她的身影。

他皺著眉，撥開人群急急向外走。

老闆在後面連著喊：「大人，您東西不要了嗎？」

周焉墨沒理他，在人群中看了一圈，都沒有看到葉未晴的身影，他的心慌了起來，無端的恐懼在蔓延，若是控制不好這種情緒，他不知道會做出什麼可怕的事。

走到人群外面，他才看見葉未晴正被幾個小混混抓著。他瞳孔驟然一縮，一陣怒氣翻滾，似乎快要從胸膛迸發。

一腳落在刀疤臉身上，刀疤臉立刻飛出去一丈遠。其他幾個混混沒有反應過來這突然的變故，仍然押著葉未晴，等一、兩個反應過來衝上去，卻都被周焉墨一招解決掉。

刀疤臉躺在地上哀號，那一腳踹在他的肋下，想必已經斷了幾根骨頭，他動彈不得。而其他人的情況也沒有好到哪裡去。

周焉墨一臉寒意，瘆人至極，問那幾個混混。「誰派你們來的？」

那幾個混混被他的氣勢震懾，牙齒顫抖，說不出話來。

葉未晴邊揉自己胳膊邊說：「他們是孫如濱的手下，自行過來的，以為我好欺負，隨便恐嚇一通就聽話。」

「孫如濱。」周焉墨輕輕咀嚼這幾個字。「孫家人是不想活了。」

孫如濱和孫如霜兄妹二人，屢次踩在他的底線上。自己送命來，還怕閻王不收嗎？

「沒事了。」葉未晴見他表情嚴肅，扯著他的袖子小聲說道：「他們也不敢動我，若是有危險，我肯定喊人了呀……」

周焉墨掐著她的肩膀，仔仔細細檢查了一邊，確定沒有一點傷到之後，才鬆了口氣。

「你掐疼我了！」葉未晴其實不疼，她只是想安撫一下他的怒氣。「我的小老虎和小兔子呢？怎麼都沒了，是不是你沒套到？」

「小老虎和小兔子都沒了。」周焉墨冷淡地說：「好哥哥很生氣，要聽妳叫上十遍才能好。」

「別鬧了！」葉未晴笑道：「快去拿！」

周焉墨把葉未晴送回侯府。

葉未晴抱著滿載而歸的禮物，站在門前，看著他道：「那我進去了。」

周焉墨點了點頭。

「那你回去小心點。」葉未晴又補了一句。

「好。」周焉墨似笑非笑地看著她。「這麼關心我？沒有幾步路還要讓我小心。」

葉未晴嗤了一聲。「客套話而已。」隨後走進了侯府。

帶著笑意，她將小金老虎放在屋子裡顯眼的位置。那隻金老虎四腳著地，後腿蹬直，齜牙咧嘴，好像要把人吃掉似的，像打倒小混混時的周焉墨。

她用指尖點了點它的頭，凶道：「好兒子。」

岸芷許久都沒有看到小姐露出這樣的一面了，她走過來叮囑道：「這外面又要陰天了，雨說下就下，估計今年再難有這樣熱的時候了，小姐出去要記得添衣。」

葉未晴點了點頭。

第十三章

隨著第一場秋雨落下，天氣漸涼，睿宗帝的身體也變得更差了。

明明是夏末秋初時節，他卻總覺得寒意入骨，忍不住打顫。每日早朝他都盡快敷衍了事，爭取將事情在下朝之後解決，怕的就是某一日突然驚厥在朝堂上，明擺著告訴大家他已時日無多。

最近，彈劾太子的摺子如潮水一般遞了上去，睿宗帝看完一本奏摺，怒極，狠狠地甩了出去。他靠在椅背上，負荷過重的身體呼哧呼哧地喘著氣。

張順見狀，馬上上前為他順了順氣，勸道：「陛下何故如此生氣呢？龍體要緊啊！」

「這個杭兒，也太不爭氣了！」他用力地捶著桌子。「上次太子妃那麼大的事，朕都替他解決了，看看朕為了保他，把徐家得罪成什麼樣！結果他現在又鬧了別的事，這些大臣們將他貪污受賄的證據寫得一清二楚，這次絕不是殺幾個不相關的人就能了事的！」

原來太子妃一案不了了之，正因為睿宗帝得到的結果是下手之人就是太子，原是太子失手把太子妃打死了，為了洗脫罪名給太子妃喝下帶毒的粥謊稱中毒，還誣衊四皇子和太子妃有染。皇上另有私心因此下令不准再查，替太子遮蓋，只是此事他也沒對其他人提起。

「張順，你給朕提提意見，這事該怎麼辦？」睿宗帝這時只信任身邊的老人張順。

「那得看陛下如何想了。」張順這話說得中立，不表明立場，也不會惹起睿宗帝的疑心，同時又傳達給他一個信息：怎麼做全在於你，你可以保全他，也可以換一個人當太子。

果然，睿宗帝咳了幾聲，說道：「朕想，他可能不能當太子了。」

「陛下可要考慮清楚啊！」張順拿了一條毯子，圍在睿宗帝的身上。

睿宗帝想著這些年他是如何傾力培養太子的，又在他身上灌注了多少心思，結果他全然不像表面上那樣聽話，搞出這些事情讓人抓到把柄，自己又沒有能力解決，實在不適合當一個君王。

不聽話，沒能力，又成為了大臣們的眼中釘。

他越想越氣，一口氣順不過來，全身突然抽搐，兩眼上翻，神志不清，口吐白沫。

張順已經習慣了他的發病，冷靜地叫人傳來太醫。等太醫診治過，將睿宗帝安置在床上之後，張順悄悄退出，去尋了周衡，將皇帝有意廢太子的心思告訴他。

周衡把玩著指尖的棋子，嘴邊勾起了淡淡的弧，所有事情都在他的掌握之中，從太子撞破四弟和太子妃的私情，到太子妃莫名中毒而死、眾臣上告太子之罪……

對於一切，他勝券在握。

而太子此時正毫不知情地跪在長春宮內求助，他不明白，為何前陣子一切還好好的，卻突然風雲驟變，親信背離，整座皇宮放眼望去，他能前來求助的，似乎只有羅皇后了。

「母后，還望您能出手相助！若您能幫孩兒這一把，日後定會報答您的恩情！」太子形容枯槁地跪在長春宮內的大殿上。

羅皇后也是極為頭疼，知道這是碰上了難差事。凡身居高位者，誰能保證自己清清白白的，沒有一點污垢？若是有心翻，都能翻出來，這明顯是有人暗中在對付他，此時丟出他貪污受賄的罪證，見情形不好，眾臣都轉投其他皇子。至於背後主使者是誰，最近那個很不安分的周衡可能性最大。

她嘆了口氣，說道：「我會幫你去求一求皇上，盡力而為。但若是他不聽我的話，我也沒有辦法了。」

太子道謝後離開了長春宮。

一名走路還不穩當的小小孩兒此時從後殿跑了出來，奔向羅皇后，頑皮得很，直接衝向她的懷中，很是親暱的模樣。這正是太子和徐淼的孩子，小名南兒，自從太子的昭華宮出了事後，這孩子就被帶到長春宮由羅皇后教養。

羅皇后將南兒抱在懷中哄著，一名宮女突然來報：「娘娘，櫻小姐來了。」

「叫她進來。」羅皇后淡淡地說道。

羅櫻笑意款款地走了進來，禮數周全地拜見過之後，坐在羅皇后身側。

羅皇后邊哄著南兒邊說道：「妳怎麼這個時候來了？我剛要出去。」

「姑姑打算做什麼去？若不嫌棄的話，櫻兒可以陪您一起過去。」羅櫻垂眸，心裡已經有了大概的猜測。

「還能幹什麼去？」羅皇后不耐煩地說道：「幫太子求情去。妳跟著去不了。」

羅櫻稍作驚訝。「姑姑是想為太子貪污之事向皇上求情？此事事關重大，姪女認為，姑姑不該摻和到這件事裡面。」

「我能有什麼辦法？」羅皇后越發心煩。「羅家與太子早已是一榮俱榮，一損俱損了。我們羅家尚不夠強大，既不能沒了太子的支撐，也沒有足夠護佑太子的力量。我也知道，這是吃力不一定討好的事。」

「姑姑，為何不趁現在還沒攪和在這件事裡，找棵新的大樹好乘涼？」羅櫻甜美地笑了笑。「不能把太子殿下從泥潭中拉出來，那就踩著他過泥潭，也挺好。」

「妳說的大樹是……？」羅皇后突然抬起頭，盯著她謹慎地問。

「自然是三皇子。」羅櫻答。近來她頻頻往長春宮走動，為的就是說服姑姑投靠周衡，放棄太子。

「說得簡單，妳當我們去了，人家就會接納我們？而且這確定是一條明路嗎？」羅皇后訝異又擔憂，同時又深感自己將這小姪女看輕了，沒想到她會如此狠心，羅家與太子這些年的感情能說扔就扔。

「所以，要有『投名狀』呀！」

「妳的意思是……」羅皇后皺著眉望著羅櫻。

羅櫻看著羅皇后懷中的南兒，笑而不語。

羅皇后不寒而慄，但眼前的道路似乎越來越清晰，她也不得不承認，照羅櫻的話去做，是眼下最好的選擇。

飛鸞叩了叩門，喊道：「葉姑娘，王爺在門外等您呢！」

「嗯？什麼事？」葉末晴立刻從癱著的躺椅上起身。

「沒什麼大事，就是要帶您去個地方。」飛鸞道。

葉末晴對著鏡子理了理衣裳，又確定自己全身看起來尚可，才走了出去。

周焉墨正站在側門等她，他騎在一匹高壯的馬兒上面，俊朗無儔，偏偏眼神慵懶又風流，向她伸出一隻手。「帶妳去個地方看一樣東西。」

葉末晴把手放在他的掌中，被他一提，就坐在了馬背上，極親近的姿勢，似乎被他擁進懷裡。雖然不知道要看什麼，但她已經開始有點後悔了。

黑馬疾馳，四周景物變換，風吹起葉末晴的髮絲，有一、兩綹落在周焉墨的衣襟裡，搔得人癢癢的。沒多大一會兒便出了城，郊區人煙稀少，逐漸地一個人影都見不到了。

葉末晴好奇地問：「你到底要帶我看什麼？」

「不是什麼要緊的，只是想找妳出來透透氣。」周焉墨低沈的嗓音響在她的耳側。

「哦……」葉末晴低低應了一聲，手又不自然地絞在一起，心跳似乎變得更快了些。

「不是什麼要緊的還找我出來，我很忙的！」

「忙著看話本子?」周焉墨打趣道:「那……我可以陪妳演場真的。」

「怎麼演?演什麼?你會嗎?」葉未晴一連三問。

「隨便妳挑個劇本,我都能對上。而且,」周焉墨微笑道:「我當然會演了,還比妳演得好。」

葉未晴頓時戲癮上來,掐著嗓子扭扭捏捏地問著。「公子這是要帶奴家去哪兒啊?光天化日之下強搶民女,可不太好吧?」

他靠近她耳側。「去、偷、情,好不好?」

沒想到一來便是如此勁爆的,差點入了戲,葉未晴渾身緊繃,霎時一激靈,脫口而出。「不好!」

「嗯?為什麼?」他喑啞的嗓音中有幾分不悅。

情緒拿捏得還真像!葉未晴告訴自己不過是作戲鬧著玩罷了,才放鬆下來,不情願地道:「奴家是有主兒的人了,偷情不道德。」

「那就把他踹開跟著我,不就不用考慮這些了?」他拉緊韁繩,將葉未晴環得更緊了些。

葉未晴想了半天,也沒想出該對什麼話,笑道:「我都不知該接什麼了!」

周焉墨眼中閃過複雜的光,語氣極其誘惑。「妳該說:『好呀,那奴家就把他踹了。公子比他位高權重,比他相貌英俊,傻子才會選他!』」

「那就不好玩了。這明顯是一齣三個人糾纏的戲，改成兩個人，就失去這話本子該有的吸引人之處了！」葉未晴抗議道。

周焉墨卻道：「本公子可沒有成人之美。就算妳嫁給他，我還是會把妳搶過來，讓妳真真正正只屬於我一個人。」

葉未晴頭疼地扶額，這戲還怎麼演？話本子中的男子若真如周焉墨一般，那也不存在這種選誰的抉擇了，任誰都肯定會選他呀！

周焉墨見她的樣子，以為她不情願，不知怎的心中突然不爽快起來。

他們兩個人，一個說的全都是真心話，另一個卻沈浸在玩鬧中。

他鬆開韁繩，雙手托起葉未晴的腰。葉未晴尖叫一聲，怕掉下去，匆忙之中便轉身攀住了他，嘴角一不小心嚴嚴實實地貼在他的脖頸上。

待反應過來時，她才發現自己竟然好似直接坐在了他懷中。這樣的姿勢極其親暱，全身上下完完全全地貼合。葉未晴慌張地挪了挪屁股，磨磨蹭蹭地從他身上退下去，卻沒注意這動作給周焉墨帶來了怎樣的刺激。

唇的觸感依然後知後覺地留在周焉墨的脖頸上，又冰又涼又柔又軟。他的喉頭不受控制地滑動幾下，眸子也變得越發黑沈，慾望隱隱有抬頭的趨勢。

葉未晴不敢看他，特意偏頭看向側面，囁嚅道：「你……」

他眸光幽暗，壓抑又緩慢地呼吸，然而仔細聽又有幾分顫抖。他知道自己一不小心玩過了火，不敢再動，只拉過葉未晴的一隻手，輕柔地吻了一下，無奈又寵溺地道：「乖。」

然後，他又托著她的腰，變換成原來正常的姿勢。

葉未晴心間彷彿有幾片羽毛在撓，不明白事情怎麼就發展成了這個樣子。

沒一會兒，馬兒來到郊外的一處小院落外，兩人下了馬，葉未晴跟著周焉墨走進院落裡，看到裡面有幾個人在看守，開門進屋後，她看到了幾個眼熟的面孔，正是馮山的夫人和兒子。

「我的人找到了他們，我把他們帶回來，想著可能對妳的計劃有用。」周焉墨道。

葉未晴點了點頭，確實是有用的。她恐嚇馮山也只能恐嚇他一時，等馮山發現自己被騙了，還是會馬上通知周衡帳本被奪的消息。但是現在抓到馮山的妻兒便不一樣了，馮山的軟肋握在她手中，馮山不敢不聽他們的，周衡的罪證她想什麼時候拿出來便能什麼時候拿，可以等到最好的時機，給他致命一擊。

「你就不想知道我是怎麼說服馮山聽話的？」葉未晴瞧了他一眼。

「想知道。」周焉墨神情莫測。「不過若是妳想說的話早就說了。既然妳不想說也沒關係，我就等到妳想對我說的那天。」

「多謝。」葉未晴感激地看著他，若是沒有他，她的復仇之路會艱難成什麼樣？

「放手去做吧，我會為妳清路。」周焉墨道：「只要是妳想做的。」

太子長久以來貪污收賄的行為被人添油加醋地傳了出去，連民間百姓都對此議論紛紛。葉未晴在街上走著，耳朵裡聽到的都是這些東西。

不用多想她便知道這是出自周衡的手筆，他慣會用這種方式向皇上和大臣施壓，周杭的太子之位恐怕保不住了。

回到侯府，正廳裡人居然湊得很齊，葉未晴便也去湊熱鬧聽他們說話。

葉安正在講今晨朝堂上發生的事情，唏噓不已。「皇上還試圖為太子辯解，可朝臣們一點面子都不給，非要合奏問責太子不可，氣得皇上當場驚厥。」

葉銳道：「現如今這形勢，太子已失人心，皇上一味包庇只會惹得眾怒。」

「其實我看得出皇上也心有動搖，但還是捨不得栽培了這麼多年的兒子。」葉安嘆了一聲。「尤其是老了、病了之後，才越發覺得子女重要。」

「伯父，雖然我們葉家一直以來都是支持皇上的決定，可這次皇上若是堅持包庇，咱們恐怕也不能不出聲，看看外面都傳成什麼樣了。」葉嘉說道。

葉未晴靜靜地聽他們說著，突然問道：「那太子現在怎麼樣了？」

葉銳答道：「已經被關起來審問了！皇上點了幾位皇室宗親調查此事，聽說剛查，便扯出了孫家二房。」

正說著，葉彤從外面回來，門前的嬤嬤道了句。「二小姐來啦！」

葉彤笑著走進，從懷裡拿出幾個紙包，先分給了大伯、爹爹，又給大伯母、娘親，最後是哥哥和堂哥葉銳，獨獨沒有葉未晴的分兒。

葉彤渾然不覺哪裡不妥似的，逕自欣喜道：「這是我剛從外面買回來的酥糖花生，糖還熱乎著，趁熱快吃，涼了就不好吃了。」

霍氏奇怪地瞧了女兒一眼，提點著問：「怎麼買少了，是不是正好攤子賣完了？」

「沒有啊，那伯伯要站街上賣一天呢！」葉彤答。

「……那妳怎麼沒給姐姐帶一份？」霍氏直接小聲問道。

「她不愛吃這個。」葉彤掃了葉未晴一眼，眼中盡是不屑，聲音卻絲毫未小，直戳戳當著眾人面說出來。

堂前氣氛瞬間詭異，江氏直接將酥糖花生放在一旁，動都沒動。她做娘的自然知道女兒不喜歡吃什麼。

葉未晴只是笑了笑，大大方方的，沒有露出絲毫尷尬，倒叫人以為是因為她真的不愛吃，葉彤才沒給她帶。

她又坐了一會兒，才回了疏影院。剛一回去，岸芷就不快道：「二小姐怎麼回事？故意針對小姐，真是小家子氣！」

「小孩子麼，也就會在這些事上出氣，別的地方又不能奈我何。」葉未晴了然地笑笑，倒不至於真的因為這事生氣。

「我也知道是這個道理，但看著就是膈應人！」岸芷氣得甩袖子。「小姐對她那麼好，裡裡外外幫了她多少！她倒好，只記得那些對她不好的事，淨想著別人如何如何害她，真是好心當作驢肝肺！」

「我一開始也很傷心，後來便知道有人的心是真的捂不暖的。」葉未晴淡淡地說道：「也罷，我就是盡到為姐的責任，不讓她走歪路就夠了。」

正和岸芷閒聊著，汀蘭火燒火燎地跑了進來，喊道：「小姐，孫家二房被查抄了！宅子外面圍滿了人呢，可熱鬧了！」

葉未晴略微驚訝，方才在前廳閒聊時，剛聽葉銳說太子一事牽連到了孫家二房，可沒想到這麼快便被抄家了。

對了，這案子不是由皇室宗親審理來著？那……

岸芷跺著腳恨恨道：「活該！誰讓孫家二房那些人總跟我們小姐過不去，我見他們這樣就高興！」

葉未晴突然起身。「走，我們瞧瞧去。」

岸芷滿臉欣喜，以為小姐是想去瞧他們的慘狀，殊不知，她只是想瞧瞧是不是那個人在幫她。

葉未晴來到了孫府外頭，隱在人群後面看著。孫家二房的人都被綁了起來，呈一排跪在門口，門內不斷地抬出一箱一箱的東西，抬到外面之後打開蓋子，盡是金銀珠寶，惹得圍觀群眾驚嘆連連。

這次牽連到的僅是二房，大房的人在一旁冷漠地看著。德安長公主和孫如榆都事不關己的模樣，不肯出來說半句話，這種時候自然要撇清關係才好，哪管得了有沒有血緣關係。

門前有一頎長身影負手而立，只看背影便感氣宇軒昂，風華無雙。

她就知道，這件事肯定有周焉墨插手，看來上回街上的那幾個混混真的觸怒了他。一股暖流流過心間，說不清道不明的滋味緩慢生長。

孫如濱被縛著跪在地上，猶如喪家之犬，他的那幾個嘍囉竟然也被順勢抓了起來，其實孫家二房被查抄與他們關聯不大，周焉墨純粹就是公辦私事而已。

刀疤臉一眼便認出了周焉墨，看著他那陰沈的臉，刀疤臉幾乎快要屁滾尿流，後悔自己那日為什麼要招惹葉未晴，悔過之意甚深。

幾名官員正忙著將抄出來的財物登記在冊，周焉墨直直地站在那裡，望向犯人的目光冷漠又無情，如同在望一窩爛了巢的螻蟻，懾得群眾議論的聲音都不敢過大了。

岸芷悄悄跟汀蘭咬耳朵。「那不是弈王爺嗎？原來他竟然這麼凶的。」

汀蘭說道：「平時在小姐面前還真是看不出來……不過還是好俊！」

岸芷笑道：「那是自然了，妳沒聽說過盛京流傳的最俊男子的排名嗎？第一便是王爺呀！有多少女子都幻想著成為弈王妃呢！」

「哇！」汀蘭雙手托臉作花癡狀。「我都能想像到王爺疼愛小姐的樣子，太幸福了！」

葉未晴頭痛地扶額，有點心虛地斥道：「好了，妳們別胡說！」

一輛高大的囚車緩緩駛來，上面關著的女子滿臉怒意，想發作又不敢言，試圖遮住臉擋住百姓的目光，此人正是孫如霜。

她在王家直接被抓了，比娘家的人還慘，被關在囚車裡帶了過來，正好遊行示眾一圈。雖然她和此事沒有牽連，但還是被以有嫌疑待查的名義帶走，像是刻意要她丟人，連王家都沒有一個人跟過來！

她在囚車上，視野很廣，一眼便看到了人群中的葉未晴，頓時怒氣湧上，也不管顧顏面了，直接瞪著葉未晴喊。「葉未晴，我們家的好戲很好看是不是！風水輪流轉，總有一天會輪到你們家！」

周焉墨猛地回過頭，原本他沒有看到葉未晴，聽了孫如霜的話，順著她的視線才瞧見。他使了一個眼色，立刻有人將孫如霜從囚車上粗暴地拽了下來，狠狠地塞了一大團抹布，孫如霜只能發出「唔唔」的聲音。

葉未晴見周焉墨既然看到她了，索性穿過人群走到中央，含笑對孫如霜道：「孫姑娘的賠銀我已經收到，店裡做生意一個月也賺不了那麼多的銀子，我真的十分感激妳光顧我的鋪子。不過看現在這情景，你們家應該再也拿不出那麼多銀子了。」

孫如霜怒目圓睜，惡狠狠地瞪著她，氣得呼哧呼哧喘著粗氣。

「葉家就不勞妳惦記啦，在妳有生之年，你家這風水是輪不著我們了，葉家只會越來越好。」葉未晴道。

孫如霜看著她雲淡風輕一臉微笑的模樣，恨不得能站起來用雙手掐死她，可惜她被綁著，只能雙膝向前蹭，想要用額頭撞葉未晴的腿。

周焉墨將葉未晴扯了過來，護在身後，自己走到孫如霜面前，冷冷道：「妳注意點，本王動動嘴皮子便能讓你們孫家沒了，妳再繼續，本王絕對會給你們安排更好的下場。」

孫如霜一愣神，孫如濱趕緊喊道：「妳別再惹怒王爺了！王爺大人有大量，饒了我們家吧，那幾個人根本算不上我的兄弟，只是一廂情願跟著我的跟班，他們欺負葉姑娘也不是我示意的！求王爺饒命！」

周焉墨冷冷地掃了他一眼，絲毫不搭理，轉頭望向葉未晴。

「妳怎麼來了？還躲在後面。」周焉墨突然勾了勾唇角，語氣中有幾分欣喜。「是來找我的？」

「不是。」葉未晴絕口否認。「我只是出來轉一轉。」

周焉墨的唇角放了下來。「好吧。」

「別太幫我了，百姓們會瞎想的。」葉未晴想到他剛和孫如霜說的那幾句話，不放心地叮囑道。

「知道。」他突然低下頭，逼著葉未晴與他對視。「妳在關心我？」

猝不及防地撞進他的目光中，漆黑的眸子似乎要把一切都吞噬掉，眼睛帶著極強的魅惑力。葉未晴穩了穩心神才道：「關心友人，很奇怪嗎？」

周焉墨驀地淺笑，葉未晴的反應全部落入他的眼中，情緒盡數被他讀懂，那裡明明寫著兩個大字——心虛。

「口是心非。」

她再怎麼口是心非也比某個親了她又忘掉的人好吧！一想起那天晚上，現在心還怦怦地跳，他親完了就忘了，她卻是大半夜都沒睡著覺！葉未晴冷冰冰地道：「我要去別處了，不打擾你忙。」

周焉墨看著她突然不開心離去的身影，一頭霧水，想追過去又不能離開這裡。他給飛鸞使了個眼色，叫他快點跟上去，看能不能找出個緣由。

羅櫻近日出入皇宮的次數明顯增多，她剛離開長春宮，便去找了周衡。

現在對家人，她已經不用掩飾行蹤了，也不會有人再反對她和三皇子有任何關係，畢竟如今太子大勢已去，整個羅家可以說只有她是救命稻草，所以她反而要更緊緊拴著周衡。

長驅直入，來到周衡的書房，只見周衡正坐在桌旁，桌上鋪著一張巨大的地圖，旁邊放著一本名冊，上面做了不同標記，有些畫了圈，有些打了勾。

羅櫻走到他後面，趴在他的肩上，問道：「衡哥哥看什麼呢？」

「看一看大周的布防圖。」周衡很是愁眉不展的模樣。

「每天都要忙這些，很累吧？我幫你捏捏肩。」羅櫻一雙手或輕或重地按著他的肩膀，肌肉的痠痛感逐漸消失，周衡感覺十分舒服，漸漸地倚靠在後面的椅子上。

「徐家不是答應同你合作了嗎？」羅櫻問道：「我記得他們是鎮守在渝南關吧。」

「對。」周衡愜意地閉上了眼睛，心裡卻在不停思索著，徐家鎮守在渝南關，葉家鎮守在陽西關，葉家的兵力還是更多些，雖說徐家目前已經同他達成了共識，可徐家若是對上了葉家，不一定有幾成勝算。

羅櫻看周衡興致缺缺的模樣，一隻手順著他的衣領伸了進去，俯在他耳邊撒嬌。「衡哥哥可別誤傷了我們羅家的人呀，我們會站在你這邊的，太子那邊的事就還請你多打點了。」

周衡問：「怎麼個別誤傷法？」

「就是查太子也別查到我們頭上，我爹爹說了一個人都不許折損呢，不然就有我好受的了。」她慢騰騰地繞到前面，直接張開腿跨坐在周衡的身上。

周衡沈默，依然在心裡盤算著，他還是得爭取到葉家的勢力，若能得到葉家的支持，那便是如虎添翼，沒有人能再與他對抗。

羅櫻不甘地咬了咬唇，腰肢扭動了幾下，細細碎碎地吻著周衡的臉和脖頸，抽空問道：「好不好嘛……」

周衡突然睜開眼，對著書房門口的僕從說道：「都退下，關上門！」

羅櫻竊笑一聲，周衡想好了計劃，這才終於被撩撥得情動，抬著羅櫻的下巴道：「那就要看妳表現了。」

羅櫻賣力地動作起來，周衡卻想著，等他娶到了葉未晴，不知該是什麼滋味，那張對他沒有好臉色的臉又會是什麼表情。

不知不覺中，眼前這人就像變成了葉未晴似的。

又到休沐日，同朝為官的年輕人們先前就約好了在卿月樓小聚，這次除了他們，還請到了三皇子周衡一道出席。

當日，周衡一早便到了卿月樓，卻沒有直奔小聚的包間，而且先去了一個不起眼的小偏間辦正事。他把玩著酒杯，對跪在身前的男人說道：「交代你的事，都要給我辦好了。」

「是！屬下明白！」男子恭敬地回道。

「你知不知道，上一個在你這個位置的人是誰？」周衡突然問。

男子皺眉思索片刻，如實回答。「屬下不知。」

「他叫離火，你只要記著，他辦事不力，最後死的時候，全身的皮都被剝了下來。」

此刻，若有人看見這一幕，恐怕會以為這個如蘭般的君子在說些什麼雅致之事，根本不會想到說的竟是如此血腥的話題。

男子全身打顫。「屬下一定會辦好！」

卿月樓浴火重生，重修後整棟建築打造得更為精緻，三樓的包間牆上擺著許多名家字畫，几案上擺著紙墨筆硯，還有黑白棋供人消遣。

周焉墨進來之後看見的便是幾人幾人聚在一堆，分成了幾派，正在交談玩樂。他隨意找了個地方坐下，裴雲舟坐在他身側位置，偶爾有幾個人過來寒暄，也都是找裴雲舟說話的。

那也無所謂，他的目的本來就不是這些人。這些應酬場合他向來不屑一顧，一方面是以他的身分不需要涉入這種無聊的聚會，二方面也避免結黨營私的嫌疑，讓皇上多生疑心。可得知出席者的名單竟然有周衡，總覺得會發生點什麼事，於是還是來了。

周衡施施然走過來，看到周焉墨微微有些驚異，隨即又神色如常，上前為周焉墨倒了一杯茶，淡笑道：「皇叔來嚐一嚐，這茶的味道如何？」

周焉墨拿起茶杯，嗅嗅味道無異狀，才微微抿了一小口。「不錯，很是清淡。」

「合皇叔的口味便好。」周衡直視前方，狀似無意道：「皇叔最近都在忙些什麼？」

「如你所見，不過就是每日上朝時候打打瞌睡，下朝就隨意逛逛，無趣得很。」周焉墨面無表情。「喔對了，最近還多了個差事，非要我參與督辦太子的案子，那群老臣查得熱火朝天，他們去哪兒我跟著去哪兒就行。」

「皇叔前一陣還去了涉平吧，那邊情況如何？」周衡問。

周焉墨在心裡思量一番，涉平的事應該還沒有走漏風聲，周衡這麼問不應該是試探，於是道：「就是災區的樣子，又髒又破，若不是陛下遣我去，我才不會去。」

周衡點了點頭，過了半晌竟是笑了出來，笑聲莫名其妙把裴雲舟笑得全身發毛。

周焉墨面不改色，只聽周衡道：「皇叔也是聰明人，要知道，良禽擇木而棲啊！」

「可惜我不是什麼良禽，怕把枝頭壓塌了。」周焉墨淡淡道。

周衡挑挑眉，對這個回答並不意外，一時無話，他又坐了一會兒，便去找其他人了。

周焉墨一抬頭，便看見人群之中的賀宣，一直淡笑著真誠地同別人說話。別人講話時，他認真地傾聽，說話溫柔又無害，像一把鈍刀，能輕易被別人接受，關鍵時又有傷人的能力。沒有人會不願意同這樣的人接觸。

旁邊裴雲舟沒有注意到他在看賀宣，仍舊道：「天哪，他真是瘋了，他竟然想拉攏你？」

突然，有人拍了拍手，門口湧進了一群身姿婀娜的女人，皆是卿月樓的伶人。有幾個抱起琴開始彈奏，還有唱著曲的，另外的每人找了個公子，到他身邊伺候。

情景頓時頹靡起來，幾個美人拎著酒壺，同大家作樂。

有一個人妄圖走到周焉墨身邊，周焉墨冷冷一個眼風掃過去，美人腳步頓了一下，面上生出些幽怨。但這人實在相貌生得太好，渾身透著貴氣，她咬咬牙，還是走到他的面前，想要摟著他的脖子，坐在他的腿上。

周焉墨毫無耐心道：「滾。」

美人淚眼汪汪地走了，邊走還邊回頭，直到走到下個人身邊。

裴雲舟嘆了口氣。「哥你豔福不淺啊，看了一圈，她是這裡面最漂亮的。」

「你羨慕的話，讓她過來陪你。」周焉墨冷哼一聲。

「不敢不敢，妻兄還在這裡呢！」裴雲舟連忙擺手。

周焉墨冷冷地瞧了賀宣一眼，同樣有個美人走到他的身邊，賀宣被驚得直接站了起來，滿臉侷促不安，甚至飛上薄紅。最後美人自討無趣，只能勉強坐在離他較近的地方便作罷。

他就不懂，這賀宣有什麼好的，又比他好在哪裡了！

周衡見那美人近不了賀宣的身，眼神沈了沈，警告的目光射向某個角落裡。

有個美人坐在身邊，賀宣實在尷尬，又不能趕走，只能硬當她不存在，只因那美人委委屈屈對他說：「若被冷落了，今日的工錢就沒了。」

賀宣與友人正說到南方天氣異常，就有幾個人湊過來敬酒，他不得不終止這個話題，讓酒一杯一杯進了肚。不知為何，今日來與他喝酒的人特別多，甚至還有幾個不相熟的。在盛京的風氣便是用酒聯絡感情，想在官場上混得開，自然不能辜負了人家的美意。

賀宣應付了這些人之後，便感覺頭昏昏沈沈的。他酒量尚可，可不知怎麼回事，今日的酒很快就上了頭。他胳膊支在桌子上，捏著有些痛的額頭。

有位同僚看他體力不支，過來伸手扶他，疑惑道：「你這怎麼就喝多了？」

賀宣想回覆，口舌卻變得十分不靈敏，每當想動，就好似有團棉花阻礙著，同僚見他醉了，索性便把他拉起扶著去隔間休息。

周焉墨的目光從始至終便盯著賀宣，第一時間就注意到了他被扶著離開包間。怎麼回事？賀宣的酒量還不至於這麼快就醉吧？有問題！

裴雲舟正和其他人寒暄著，沒有注意到他「妻兄」的動靜。周焉墨皺眉望著門的方向，沒一會兒，扶賀宣離開的同僚便返回包間。周焉墨起身欲上前詢問情況，不料這時周衡又轉回來拉住他，幾名小官上前敬酒，他一時走不了，心裡暗暗著急。

賀宣剛被扶到隔間，沾到床便沈沈地睡了過去。

不知過了多久，賀宣從一場睡得很沈的夢裡醒來，意識很模糊，一時想不起來自己身在何處，睡著之前又發生了什麼事。眼皮似乎有千斤重，他緩了許久才有力氣慢慢睜開。

然而，入眼極其香豔的一幕讓他大驚失色，他手中環著一個沒有穿衣服的美人兒，正是之前委委屈屈要坐在他身邊的女子，他自己也衣衫凌亂，腦子頓時轟的一聲，不敢置信。

他將手從美人大片露著的雪白肌膚上抽了出來，該看的、不該看的部位都隨著他的動作露出薄被，他告訴自己非禮勿視，忙閉上了眼睛。閉上眼睛之後思路反而清晰了些，不過片刻，他就反應過來。他之前在包間裡喝醉了，可是他喝醉應該也不會亂性，況且半點記憶都沒有留下。

他低頭，視線避開美人的身體，說道：「快把衣服穿上。」

「是，公子。」她聲音隱隱約約帶著哭腔。

賀宣將自己的衣服都穿上之後，不知道她的衣服有沒有穿好，連頭都不敢抬，問：「妳叫什麼名字？」

「奴在卿月樓裡的名號喚做香扇。」香扇如實回答。

「我們……發生過什麼沒有？」賀宣猶豫著問。

「公子，你說呢……」香扇忍不住開始小聲啼哭。「公子可要對奴負責。」

賀宣頭疼地抓了抓頭，沒有回答，慌忙之間抬頭，卻見香扇依然沒有穿好衣服。他一急，語氣便有點不好。「妳怎麼還沒穿上！」

「香扇的衣服都被撕壞了，這怎麼穿呀？」香扇被這麼一凶，便放開了哭。聽賀宣這口氣，他是不想負責了，她怎麼能容許這樣的事情發生？不然豈不是白賠了自己的清白又沒完成任務，不知道會付出怎樣的代價。

「好了，妳別哭了！」賀宣越發頭疼。

這可怎麼辦，出來小聚一次竟然發生了這樣的事，早知道還不如不來！但他總覺得此事詭異，他怎麼可能如此放縱自己和別的女子發生這種事？

何況他馬上就要和葉家訂親了，他也沒有想過再有除了葉未晴之外的女人。此生能娶到她已經是不知幾輩子修來的福氣了，可現在這樣，要他怎麼辦……

見賀宣抱著頭頹喪地蹲下，香扇便放開了嗓子嚎。

哭聲傳到隔壁包間，也傳到了周焉墨的耳中。

包間裡的人議論著不知隔壁發生了什麼事，紛紛起身前往查看，誰知一推開門，看見的就是賀宣頭疼地坐在地上，香扇抱著薄被遮擋身上風光，四周一片狼藉。

周衡在心裡譏笑這賀宣也不過如此，只隨便設個局就釣到他，委實不是自己的對手。他不過在成親之前和其他女子私會，就被葉家退了親，如今賀宣犯了更嚴重的錯誤，葉家怎麼可能容許有這樣一個女婿？葉家，他勢在必得；皇位，也遲早是他囊中之物。

周焉墨面無表情，淡淡垂眸。裴雲舟一臉驚訝地望向裡面。

有同僚疑惑道：「妳這伶人哭什麼？好像我們賀兄欺負妳一樣，明明是妳攀了高枝。」

賀宣張口想要解釋，卻發現自己實在無話可說。地上都是衣服的碎片，他能怎麼說？他都不知道衣服是香扇自己撕的還是他撕的，他是被別人陷害的，還是……他真的沒有控制住自己？

另一人見賀宣明顯不願意的樣子，便道：「不知道情況就別亂說，誰知是不是這伶人自己爬上賀兄的床，明明沒發生什麼，卻裝得像被欺負了一樣，這種女人我見多了！還不是想飛上枝頭變鳳凰，也不看看自己就是麻雀的命，當個妾都是抬舉她！」

香扇淒淒慘慘地哭了幾聲，抱著被子向後挪了幾下，一臉害怕的樣子。隨著她往後，床單上一小塊血跡赫然出現在眾人視線中。

眾人倒吸一口冷氣，看來真是發生過什麼。

動靜鬧得很大，其他伶人聞聲過來，給香扇扔了一套完好的衣物。眾人懶得摻和這些破事，紛紛回去繼續應酬，納個妾收個人在他們看來是再平常不過的事情。但賀宣，卻已是心灰意冷。

他忘了自己是怎麼渾渾噩噩地回家的，香扇一直跟在他後面，壓抑著哭聲又不敢說話，生怕賀宣把她趕走。

賀宣雖然煩悶至極，可也不是不負責任的人，他將香扇帶回賀府，吩咐下人安置。

賀夫人見他帶了個女人回來，一臉震驚地跑來詢問他怎麼回事，香扇長著一副楚楚可憐的狐媚相，一看就不是什麼好對付的主兒。

賀宣嘆了口氣。「娘，和我一起去一趟定遠侯府吧。」

「幹什麼去？你不會真要收了那個女人吧？」賀夫人堅決不同意。

「和葉家人說明白，不必再考慮我了。」賀宣隱忍地攥著拳，語氣悲痛。「原本我們就是高攀葉家，現如今我竟糊塗做出這種事，更不可能做一個合格的夫婿，若我還有點自知之明，就得主動去和人家說明白。」

說服賀夫人後，賀宣和賀夫人帶著諸如茶葉、糕點之類的禮品，叩響了定遠侯府的門。

他深吸一口氣，緩緩走進去，心裡明白跨過這道門之後，他和阿晴就再也沒有關係了。

葉安和江氏其實都對賀宣很滿意，可是發生了這樣的事，他們怎能答應讓女兒嫁給他？

葉安嘆口氣，遺憾道：「可惜我們葉家沒有這個福分了，不過往後若是遇到什麼困難，葉家還是會幫襯的。」

賀宣沈悶悶的。「是晚輩沒有這個福分。」

賀家人走了之後，江氏還在和葉安嘀咕。「怎麼女兒每次都碰上這樣的事，改天得找個靠譜的大師給她算一算，這姻緣怎麼如此不順？」

葉安幽幽嘆了口氣。「算算吧，我看也得算算，真是邪乎。」

江氏正愁著怎麼將這個消息告訴女兒，往外走的時候卻瞧見屏風後面影影綽綽一個人影。她嚇了一跳，走到屏風後面，發現女兒已經站在那裡，不知聽到了多少。

江氏拍拍她的背。「別難受啊……我們慢慢找，總有合適的。」

葉未晴勉強扯了個笑。「阿娘，好像有什麼在心頭堵著。」

她不信賀宣會做出這種事情，一定是誰在背後設計他！看似簡單一個局，背後的精深之處就在於即便她知道賀宣是無辜的，卻也沒有辦法阻止後面一切的發生。

她以為這一世她每一步都走得正確無比，如今看來，那隻觸手還是很容易就能伸到她的背後。

弈王府。

裴雲舟展開一張小紙條，掃了一眼，然後對周焉墨道：「王爺，飛鸞傳來消息說賀宣已經去侯府道歉，主動要求放棄訂親。」

「其實，」周焉墨望著他。「那天我看到賀宣被攙扶離開時，當下就覺得不太對勁。」

裴雲舟不明所以地看著他。

「但是那時的情形我脫不了身去確認清楚，你說，現在事情成了這樣，我是不是也有責任？」周焉墨語氣中帶著幾分不確定。

「什麼責任？」裴雲舟反問道。

「賀宣是賀苒的兄長，你也說過，他是你妻兄，我袖手旁觀害他中了別人的計了。」周焉墨又想起來他之前叫「妻兄」那狗子般眼巴巴的模樣。

裴雲舟突然笑了一下。「王爺，若我們看到什麼都要管，早就活不到現在了。」

周焉墨一愣，這句話讓他想起從前艱難的境況，裴雲舟說得沒錯，他活到現在不容易，裴雲舟也同樣不容易。這等小事放在以前他決計不會管，如今不知怎的卻突然仁慈起來。

「王爺，你還不如想一想，阿晴夫婿之位現在還空著，」裴雲舟托腮打趣道：「你該做點什麼，才能上位啊！」

周焉墨思及此，心才慢慢活泛，似乎泡進了蜜罐，一絲絲漫進去。他和小姑娘之間再也不用隔著別人，他想要正大光明地表明自己的心意，想為她冠上弈王妃的名號，讓喜歡孩子的她生個擁有他血脈的孩子。

想到這裡，他竟然開始認真地計劃要對她說什麼，想來想去翻出了自認為最妥貼的那幾句，嘴角還帶上了真情實意的笑。

外面小廝突然喊道：「王爺，葉姑娘來了！」

周焉墨愣了一下，然後又抿嘴壓下笑意。沒想到她來得這麼快，不過他已經想好了要說的話。也許這就是心有靈犀，他剛想好，她便來了。

葉未晴戴著帷帽而來，周焉墨一聽到她來了，便從石凳上站起，他也說不清這是怎樣的心情。

她摘下帷帽放在桌上，眉宇間充斥著疲色，明明路程很近，卻走得風塵僕僕。

她盯著周焉墨，目光沈沈地質問道：「賀宣出事的時候，你是不是也在？」

周焉墨怔然。

葉未晴又轉頭看向裴雲舟，語氣冰涼。「你們是不是都在？」

裴雲舟心虛地回看一眼。「我們確實都在。」

周焉墨已從那段怔然中回過神，原來她來找他是為了這事，枉他想了那麼多，一腔熱情撲了個空。

「所以妳是來興師問罪的。」周焉墨冷笑一聲，火氣頓生。「他賀宣憑什麼值得我出手相救？」

「我們不是說好了要合作嗎？」葉未晴握緊了拳。「他明明是無辜的，你怎麼連出手救他一下也不肯？」

得知發生什麼事後，她馬上推敲出了整件事的來龍去脈。她實在心慌，原本是因為害怕自己重蹈覆轍，讓葉家又成了哪一方的鬥爭工具，所以她才急著要把自己嫁出去，嫁給誰都一樣，只要達成目的就好。

沒想到這下倒害賀宣成了周衡的目標，盛京這麼大，可第二個純良無害的賀宣卻不好找了！

這番話聽在周焉墨耳中卻變了個樣，說一千道一萬還不是因為那個人。他心陡然一寒，身子微僵，勉強開口。「說到底還不是擔心妳那好情郎？葉未晴，我倒從來沒發現妳原來如此癡情，若是對賀宣依依不捨，妳還是可以嫁給他啊！誰攔著妳嫁給他了？若只因為他收了個伶人妳便要退婚，那妳的感情未免也太輕巧，又何必來我這裡撒野埋怨？」

葉未晴皺眉斥道：「你胡說什麼！」

裴雲舟拉拉周焉墨的袖子，示意他別說了，但顯然無用。

周焉墨冷笑著往前走了一步，壓迫感撲面而來。「在意成這模樣，我有方法幫妳挽回，妳也休要再怪罪我。」

「白鳶！」他側頭喊了一聲。「通知賀宣趕緊去葉家提親，葉姑娘心痛到無以復加，務必要保證讓她嫁到賀家！」

白鳶虛應了聲，默默地往外走，試圖將自己的存在感抹殺。

葉未晴怒不可遏，她明明沒這個意思，他卻如此曲解！

「再將那個伶人殺了，幫葉姑娘解決所有後顧之憂！」周焉墨又冷冷開口補充道。

怒火攻心，葉未晴一巴掌便甩了過去。

然而，手掌在空中的時候便被攔住，周焉墨抓住她細細的手腕，不解氣地在上面狠狠捏了兩下。

「還想打我？」周焉墨咬牙問：「是不是本王沒提醒，妳就快忘了我是誰了？」

葉未晴也冷笑道：「是小女子僭越了，忘了王爺尊貴的身分，竟然還同您合作，無異於與虎謀皮！既然如此，合作便到此為止，以後再也不必相見。」

「好啊，妳說的，不相見。」周焉墨聽了這話，抓著葉未晴的手越發用力，眼中充滿戾氣。「那賀宣有什麼好？連這種局都看不出來，又哪有能力保護妳？葉未晴，我倒是沒發現，妳如此眼瞎。」

「不勞王爺操心，這事和你沒關係了。」葉未晴使勁掙扎著胳膊，高喊道：「放開我！」

二人糾纏許久，周焉墨才放開手。

葉未晴一把抓起桌上放著的帷帽，鼻子泛酸，轉頭走了出去。

他站著看葉未晴的背影遠去，她像逃離地獄似地逃離弈王府，連一眼都沒有回頭看。

許久，他才頹然坐下，用手指揉了揉眉心。她竟然為了賀宣和他翻臉，看來賀宣在她心中的分量真是極重的，縱然再權勢滔天，有些事情還是強求不來。

若阿晴能像對賀宣一樣對他，那他……那他便是死了也值了。

葉未晴回到侯府，燈下獨坐，陷入沈思。

周焉墨竟然那樣和她說話，故意曲解她的意思，她心裡真是憋屈極了！

岸芷走到她附近，遞過去一條手帕。葉未晴茫然之間才發現淚流了滿臉，她自己也吃了一驚。她極少流淚，上次流淚還是為了騙周衡，看來周焉墨真的把她氣得夠嗆。

岸芷安慰道：「小姐，您就別哭了。賀公子沒有福氣做您的相公，再物色個旁人就是，何苦傷心成這樣呢？」

葉未晴聽了這話，眼淚流得更凶了。「妳怎麼會這樣想？」

「呃……」岸芷噎了一下。「不是嗎？」

葉未晴被這話提點，才發現自己對跟賀宣成親的事作罷似乎並不是很傷心，最多感覺到的是遺憾、同情和歉意，她心裡憋屈的是周焉墨竟然對她說出了那麼多無端猜測又誤解傷人的話。她頓了頓才問道：「妳們都覺得我是為了賀宣在傷心嗎？」

「倒也沒有。」岸芷斟酌片刻，才回道：「只是小姐哭成這樣，岸芷很少見到，自然聯想到白日的事。」

「那若是我發怒呢？」

「也是一樣的。」岸芷道：「小姐要多注意身體，發洩完便好了，切勿大喜大悲。」

道理是這樣，誰都懂，可情緒哪是那麼容易控制的？即便努力告訴自己不要這般難過，眼淚卻還是流得那麼凶。

第十四章

幾日之後，太子周杭因貪污收賄，正式被廢除太子身分，軟禁在昭華宮，而太子一位暫時空懸。

昭華宮內人煙冷清，周杭整日呆坐在庭院樹下，伺候的宮女太監都躲得遠遠的，總覺得這個人似乎魔怔了。

二皇子周景是第一個去昭華宮看望他的人，見到二弟來了，周杭才有了些精氣神。

周杭抬頭望了他一眼，說道：「二弟，你來了。」

周景見周杭頭上已生出一些白髮，心中頓生不忍，尋了他旁邊的位置坐下，說道：「大哥，你也別太難過，最起碼還留著命，也不愁吃穿。」

周杭幽幽嘆了口氣。「你說的我都明白，只是我在獄中待了這麼久，連淼淼的喪禮都未親臨。」

「別想了，大哥，就當弟弟替你去過。」周景不大會安慰人，但他並不傻，知道這一切是怎麼回事，不明白這樣不守貞節的女人為何仍讓大哥牽腸掛肚。

「還有南兒，我也不知道他現在如何，我問別人，他們都只告訴我一切安好，卻從來不肯讓我見他！」周杭突然激憤道：「那是我兒子，憑什麼不讓我見！我只有他……只有他了……」

「南兒現在在羅皇后身邊，羅皇后一向待他好，應該會好好照顧的。」周景又道：「只是徐家也有可能將他接回去。若找到機會，我帶孩子來見見你，怎麼樣？」

「那最好了！」周杭握住他的手。「你一定要幫我照顧好他，我已經失去淼淼，不能再失去他了！」

「放心，大哥，我一定會的。」周景承諾道。

拜別周杭後，周景因要事出城一趟，在馬車上，卻隱約聽得外面百姓在閒談太子的事，他命馬車停下，才細細聽得清楚。

「你沒聽說嗎，太子妃其實是被太子打死的！嘖嘖嘖，太子性情乖戾，我聽宮內知情的人說，太子妃死的時候，那渾身青紫的呀……」

「什麼?!竟然是太子打死的？可是太子被處罰的罪名不是貪污受賄嗎？也沒聽說和太子妃有關啊！」

「這種事情哪能傳到外面叫你知道，肯定要捂得嚴嚴實實的。徐家知道太子妃死了，十分暴怒，要皇上給個說法，徐家哪是好惹的，不然你以為太子怎麼會因為貪污就被廢軟禁了呢？貪污的官那麼多都沒事，怎麼會查到皇帝最中意的兒子身上！」

「你說得確實有道理，聽起來像這麼回事！」

周景陷入沈默，額頭上的青筋卻一跳一跳，似乎極其震怒。他的手握成拳，彷彿下一刻就要打在窗欞上。

明明大哥已經被廢軟禁，怎麼市井之間還有這些流言？究竟是哪個有心之人傳出來的？

皇室果然親情淡薄，出生在這裡不知算幸或不幸，他已經試圖離這些遠遠的，卻似乎永遠逃不開這魔爪。

只有死人才會讓人放心，所以他和大哥連活著都難。這就是命。

周景嘆了口氣，彷彿下定決心似的，對車夫道：「改道，弈王府。」

馬車立時轉向，朝奕王府駛去。

沒一會兒，周景來到奕王府，與周焉墨面對面坐著，將街上聽來的話都講了一遍。

周焉墨面容淡淡，語氣也無半絲波瀾。「你想讓我幫你做什麼？」

「我想了許久，也想不出來解決的方法，不知皇叔可有好法子？」周景問。

「那要看你想要什麼。」他抬頭望著周景。

周景沒有經過思索便道：「我無意於皇位，不想和別人爭，大哥如今也是這樣想的，他想爭也未必有機會，總之，我們所求不過是活著。」

「那便以退為進。」周焉墨點了點桌子，隨口提點了周景一句。

二皇子聰慧，一下便明白了周焉墨的意思，真誠地說道：「多謝皇叔，我懂了。」

裴雲姝在醫館處理完幾個棘手的病人後，便瞞著裴雲舟私自來到弈王府。裴雲舟總是不讓她單獨過來，但是如果她不單獨來，怎麼能和周焉墨培養感情呢？

她和正要離去的周景打了個照面，不相識的兩人擦肩而過。

周焉墨見到裴雲姝，直覺便道：「妳哥不在這裡。」

「我不是來找我哥的，」裴雲姝道：「我是來找你的。」

周焉墨疑惑地問：「什麼事？」

「沒有什麼事情，我便不能來找你了嗎？」裴雲姝依然清清冷冷的模樣，實際上心虛不已，周焉墨突然這麼一問，她自己也不知該如何回答。

「沒有事找我做什麼？」周焉墨皺了皺眉，語氣像在教導小孩似的。「姑娘家的，沒事不要隨便去別人府邸。」

「喔，知道了……」裴雲姝低聲回道。

周焉墨覺得教導她理所當然，裴雲舟是他的好友，他當然要幫裴雲舟照顧妹妹，有一個隨便就去男子府邸裡逛的妹妹這怎麼行？

他沒有注意到裴雲姝被這麼一說便顯得有些頹喪，事實上他有些心不在焉，這幾天本就心煩，上回和葉未晴吵起來之後，她便沒再來過，飛鸞回報說她在侯府日子過得十分滋潤，沒有半點傷心的模樣，看來果真沒有把他放在眼裡，這認知令他情緒也好不到哪裡去。

要不然，他就去同她認個錯服個軟？

不行，他認錯服軟有什麼用，她還不是照樣掛念著賀宣？多此一舉。

裴雲姝不甘心白來一趟，拿出一條素白色繡著淡紫蘭花的手帕，遞給周焉墨。「其實我也不是完全沒有事，這是我親手繡的，想送給王爺，王爺若是手帕舊了，正好換條新的。」

這手帕是她親手繡的，上面的繡工堪比專業的繡娘。她還用花瓣放在上面裹了許久，讓手帕有著淡淡的清香。

周焉墨接過看了一眼，開始猶豫，收女子的手帕似乎不太好，裴雲姝難道對他有什麼不該有的想法嗎？上次喝她餵的酒讓她想多了？不會吧，平時也看不大出來有心悅他的跡象。

裴雲姝又補充道：「我也給哥哥繡了一條。」

周焉墨這才放下心中懷疑，點了點頭，收到懷中。「謝謝妳了。」

裴雲姝面上浮上喜色，唇角微微翹起，眼皮微垂，睫毛撲閃撲閃地顫抖，像是蝴蝶翅膀似的。她和裴雲舟都繼承了一副好相貌，沒有表情不說話的時候，就像一個冰雕美人，可一旦有了細微的表情，就像雕塑被賦予了靈魂，瞬間極其生動。

只不過，還是比周焉墨要遜色幾分。

「王爺，我們也相識這麼多年了，我有一個稍稍逾越的請求。」裴雲姝抬眼認真地看著他。

周焉墨疑惑地挑了挑眉。

「相識這麼多年，卻只能生疏地喚你王爺，我能不能……」裴雲姝雙頰緋紅，兩眼四處亂瞟，說出這句話對她來說已經是很大的挑戰。「我能不能喚你……墨哥哥？」

周焉墨語氣難測。「妳，想認我當哥哥？」他揉了揉下巴。「倒也不是不行，妳是雲舟的妹妹，其實早就算我的妹妹了。」他完全誤解了她的意思。

裴雲姝雙唇張張合半天說不出一句話，若她說是，想認哥哥，那想更進一步已然無望；若她說不是，那表示她顯然就是別有用意！

「算了，王爺。」裴雲姝沮喪道：「你就當我沒說過吧。」

馬車上，江氏正拉著葉末晴的手。

「希望老天保佑，這次能給女兒找個好人家。」江氏閉著眼睛祈禱，雖然聲音很小，但還是被葉末晴聽到了。

葉末晴感到好笑。「娘，瞧妳這模樣，人家看到了還以為我嫁不出去了呢！」

「妳不懂，平常姑娘的婚事哪會曲折成這樣，明明相看得差不多了，偏偏就有人擋道，萬一有什麼邪物作祟，還得趕緊驅除才是！」江氏嘆了口氣。「等過年妳就十七了，娘能不著急嗎？阿娘十七歲的時候，都有妳大哥了！」

「好了，娘，有些事也是強求不來的，順其自然就好。」葉末晴倒不怎麼在意，握著她的手緊了緊以示安慰。「我最想要的是全家人平安健康，一直在一起熱熱鬧鬧的就夠啦！」

「為娘想的倒是你們個個活得開心。」江氏點了點葉末晴的鼻子，惹得葉末晴笑了。

江氏突然想起一事，問道：「對了，這幾天我才聽說彤兒因為賀宣在和妳鬧彆扭，不過賀宣出了事和妳斷絕關係之後，她反倒沒動靜了，這孩子怎麼回事？」

「沒事的，她只是年紀尚小，分不清誰對她好、誰對她不好。」葉未晴苦笑了一聲。

「她也未必真的喜歡賀宣，說不定只是不服氣我，事事都想與我爭罷了。」

「再小，也只不過比妳小了一歲，能不懂事到哪去？妳從小就懂事，這還是要看人。」

江氏總歸偏心自己女兒，看到葉彤的態度，自然不開心。

說話的功夫，便到了地方。馬車停在東郊的寒禪寺，下午香客很多，但江氏並沒有帶女兒進入寺中，而是繞到了寒禪寺後面。

寒禪寺後面有一位老者在擺攤算命，他面前放了一張桌子，桌上鋪著紅布，是紙筆和卜算用的物品，桌前排了一長隊人，大部分都是如葉未晴一般年紀的男女，偶爾有幾個年紀稍大的，也許是為兒女來卜算的。

江氏帶著她排起了隊，一邊排還一邊喜洋洋地說道：「聽說這大師算得可準啦！今天要讓他好好給妳算算究竟要找個什麼樣的如意郎君。」

「阿娘，這麼長的隊伍，怕是要排幾個時辰。」葉未晴望著天上正烈的日頭，咧著嘴苦笑抱怨。

雖然今日出門為了避免碰到不想見的人，特地戴了帷帽，可是這也遮擋不了多少日光。

「排就排吧，值當就行，不然多給些銀子插個隊？」江氏徵求她的意見。

「插隊也沒用，我看那算命的生意這麼旺也不缺這些錢，隊裡好多穿著錦衣的人還不是在乖乖排隊嗎？」葉未晴摘下帷帽，戴在江氏的頭上，希望為她遮一點日光。

排了幾個時辰，曬得葉未晴皮膚都開始發紅，終於輪到了她。

她先在一張紙上寫上生辰八字，遞給算命老人。算命老人皺著眉看了許久，讓葉未晴和江氏的心都七上八下的。

前面那些人也沒見他思量這麼久，難不成他發現她是重生的了？

葉未晴手上出了些薄汗，只望他不要當著阿娘的面說出來便好，免得惹她擔心。

「好八字。」他將紙摺起，將旁邊的籤筒籤文都收起來。江氏原本聽了後心安了些，可看他的舉動又緊張了。

「來，我這裡有一副牌，」他拿出一摞黑色的木片，放在桌上。「姑娘來抽一抽試試。」

江氏有些急，問道：「這是什麼，怎麼我們和別人算得不一樣？是不是我女兒命中會遇到什麼不好的事？」

「夫人別急，完全沒有，這只不過是我的一種獨門占卜法。」他攤手示意。「姑娘，請抽八張。」

葉未晴不知道這是什麼，隨意抽了一張，翻過來發現木牌另一面居然刻著梅花，四朵梅花聚簇在左上角。她看不懂，直接遞給算命老者。

算命老者看了一眼手中的牌，面無波瀾，耐心等著她繼續抽下一張。

葉未晴又抽了三張，分別是不同之數的梅花占據在不同的位置，她試圖在牌面上找規律，但似乎無規律可循，這一張牌上哪裡都有可能出現梅花，可以代表的意思太多了。

算命老者把這四張牌排成一排握在手裡，臉上有微微的驚訝。

她又隨心所欲地抽了四張，算命老者每拿到一張新的牌，面上訝異之色就更多一分。江氏觀察他的臉色，不知是何意思，忐忑至極。

他握著八張牌，看來看去，終是笑了。

「請問姑娘貴姓？」他問。

「葉。」

「葉姑娘，妳確實有命定之人，這是上天定的緣分。」他笑道。

「那人是誰？」葉未晴皺眉，不知這人是好是壞，若天定的緣分是個壞人，那太慘了。

「老朽也不知他是何人，這副牌便是他擺出來的，」他捋了捋自己的鬍子，指了指放在牆邊的一副牌。「而妳的牌正好解了這副牌。我不知那人是何姓名、何身分，只知此人貴不可言，有逆轉山河之力。」

葉未晴指甲深深地嵌入手心，聲音微微顫抖。「逆轉山河……是何意？」

她第一個想到的便是周衡，上一世，周衡在大周形勢不好的情況下起兵，最後長驅直入攻破盛京，坐上了最尊貴的位置，這是不是他口中的逆轉山河？

若真是他，那她豈不是這輩子都逃不脫他的掌控，始終要成為他功成路上的枯骨？

「逆轉山河，便是山河遵循他的意願，連時空都可扭曲。」算命老者高深地笑了一下。

「葉姑娘懂我之意嗎？這世上的姻緣，有緣深有緣淺，無緣者亦可結為夫妻，而妳不一樣。」

這話說得委實含蓄，但葉未晴已經懂了，那個人非但不是周衡，還說不定就是自己重生回來的原因。可惜現在無法知道此人是誰，不過也夠了，知道有這樣一個人等著自己，就夠了。

「多謝。」葉未晴擺了一大錠金子在桌上。

「我還有一句話要囑咐，」算命老者頓了一下才接著說：「你們之間很是坎坷，連親事都不止一次。」

葉未晴愣了一下，又道謝了一遍。

睿宗帝今日感覺身子似乎好了些，命張順攙扶著他出去逛了幾圈。因著不想讓太多人看到他的病容，所以選在了晚上。

秋日的夜晚寂靜無比，繁星滿天。這些星星永遠生機勃勃，但人卻很快就會衰老死去，在時間的長河中不值一提。

睿宗帝嘆了口氣，張順問道：「陛下可有哪裡不舒服？」

「沒有。」他道：「出來透透氣，感覺身子彷彿好了許多。」

「是啊，只不過要小心著涼！」張順貼心地叮囑道。

張順還是個小太監的時候就陪在睿宗帝的身邊，當他一步步成為了皇帝，張順也一點點變成了總管。睿宗帝十分信任他，不光是陪伴時間久的緣故，也是張順辦事辦得好，尤其在拿捏人情冷暖方面。

但是他不知道，害他如今變成這番模樣的人中，便有張順一個。

睿宗帝緩慢地走著，一步又一步小心地邁開虛弱的步伐，沿著宮中熟悉的石子路走，這條路他不知走了多少遍，可現在年紀大了、身體虛弱之後彷彿有了新的感觸。他不甘心就這樣成為書中輕飄飄的一個名字，不甘心就這樣撒手放下自己的帝國。

前面突然傳來隱隱約約的說話聲，睿宗帝走近了才聽清他們在說些什麼。

「三殿下，別喝了，真的不能再喝了！再喝就傷身啦！」

「就是啊殿下，您可要看開，為了一個女人哪裡值當？」

此起彼伏的勸說聲，隨著瓷器碎裂的聲音響起，頓時都歸於安靜。

「你們懂什麼？都別勸我了，最難能可貴是真情，我哪裡能輕易看得開放得下？晴兒……」周衡飽含痛苦的聲音傳過來。

睿宗帝聽見這句話，嘴巴詫異地微張。前些日子他想保太子，卻遭到朝中大臣集體反對，他執掌朝政多年，怎麼會推敲不出這一切是怎麼回事？老二周景的性子他再瞭解不過，與世無爭，又一向同太子交好，沒必要也不會陷害太子；老四周凌散漫得很，也不是有本事拉攏朝臣的料。做出這種事情的，想來想去，就是老三周衡在背後搞的動作無疑。

睿宗帝當年也是透過不乾淨的手段上位的，因此厭惡極了有人在背後搞小手段。如今年歲已大，更是忌諱子孫將這種手段使在他的身上。縱使誰都知道，為了權力，人什麼都能做出來，可看著這些從小在他膝下問父皇安好的孩子變成如今這樣，心裡怎能沒有芥蒂？

所以聽著周衡因為感情事憂心，在醉酒之後說出這樣的話，睿宗帝忌憚他的心又動搖了，彷彿看到了小時候那個乖巧溫良的衡兒。

睿宗帝讓張順攙扶著他慢慢坐在周衡旁邊的石凳上，原本勸著周衡的宮人們見到皇上，立刻噤聲下跪，張順示意那些宮人將地上的碎瓷片收拾乾淨後退下。

晚風送來花朵殘敗的香氣，醉酒的周衡眼神迷茫地看著睿宗帝，小聲地嘟囔了一句。「父皇？」

「是父皇啊，怎麼喝這麼多？」睿宗帝搖了搖頭。「酒多傷身知不知道？」

「看來真是喝多了。」周衡敲了敲自己的頭，自言自語道：「父皇怎麼可能在這裡呢？父皇已經許久沒來看我，更不讓我近身服侍。」

睿宗帝愧疚之心頓時湧起，順著兒子的話回想，自己確實很久沒有和衡兒如此親近過了。他一個做父親的，應該好好引導兒子才是，怎能不高興便冷落他們？尤其和其他孩兒一比，衡兒受到的寵愛更少，他把心思都放在太子身上，衡兒不悅實屬正常，是他的問題。他不僅是一位帝王，首先也是一位父親。

「為了什麼喝成這樣？不妨同父皇說說。」睿宗帝關切地問。

「父皇……」周衡哽咽了一聲，猶豫片刻，才道：「父皇也知道兒臣和葉家小姐有過婚約，我們兩情相悅，只可惜兒臣做錯了事，惹得葉家十分不悅，最後被退了婚……兒臣一直試圖挽回，後來聽說她在和別人相看，兒臣心痛如絞。」

睿宗帝心疼地看著周衡，如此癡情在睿宗帝的心裡又給他加了分，幾句痛苦的哀訴讓睿宗帝也想起以前的風月事來。

「這件事朕知道，那葉家現在是什麼態度？」

「他們還是介意我犯過的錯……可是兒臣已經在盡力彌補，那位女子也沒有收入府中，葉家小姐完全不會有後顧之憂……」周衡心痛地又飲了杯酒。

「如此，朕得閒了就幫你敲打敲打葉安，讓他別不識抬舉，朕的兒子只是在婚前沾了另一個女人，又沒在婚前便抬進來小的，就算抬進門了那又怎麼樣！誰還沒幾個妻妾了？」

見周衡如此惦記著葉家小姐，為她喝酒消愁，應當是極其喜歡的。

一個人最可怕的就是冷血無情，什麼都不在乎，為達目的不擇手段。而周衡卻將自己的軟肋暴露在他面前，讓睿宗帝對他的防心放下許多。

周衡熱淚盈眶，睿宗帝自己拿了個杯子，倒了杯酒，說道：「今日朕便放縱一番，陪你好好喝幾杯，以後也不知再有沒有這樣的機會了。」

兩個人碰了一下杯，滾燙的白酒入喉，一路灼燒下去，話匣子也被打開。

「朕這一生女人無數，卻還是有那麼一、兩個最惦記的，說起來真是孽緣啊！」睿宗帝回想著過去。「朕還是皇子的時候，見過一個極其漂亮的女人，你不知道她多令人驚豔，至今放眼天下也無一人能及得上她！只可惜已經嫁作人婦，不過後來朕還是將她搶過來了，只可惜沒有廝守多久她就香消玉殞，唉，真是可惜！」

「原來父皇還有這麼一段風流往事，兒臣確實不知。」周衡附和道。

二人把酒言歡，談了許久，關係更近一層。

睿宗帝坐了小半個時辰，感覺身子越發疲乏，讓張順扶著他先回去歇息。

石桌旁只剩下周衡一個人之後，他的眼神瞬間清明，完全沒有醉酒之態。他的眼中帶著淡淡的嘲諷，忽而冷笑一聲，為自己的母妃感到不值當，惦記一輩子到最後依然占不上一星半點的重要位置。

今天這齣戲是他故意安排的，沒想到睿宗帝真的信了他的話，還和他談起了心！母妃嫁給這種男人真是大不幸，從裡到外都令他厭惡極了，不如早一點死了讓位，大家都清靜！

定遠侯府，一大清早葉鳴報平安的書信就送到了。每次來信全家人都要看一輪，這次信上特別寫到，他不日便可返回盛京看望親人，重點在最後面——還要帶著葉未晴未來的嫂嫂。

江氏興奮又緊張，兒子養這麼大了，終於帶回來一位女子，葉銳和葉未晴的婚事還沒個著落，所以是破天荒頭一回。她該怎麼裝點這府裡的上上下下？自己該穿什麼衣服，才能顯得親和又不失身分，同時讓兒媳有回到家的感覺？
江氏把心裡的想法同女兒說了，葉未晴無奈地笑了，上一世大嫂回來之前她在宮裡，那時候家裡的氛圍也是如此緊張嗎？可是大嫂可不是會計較這些的人。
「阿娘，不用想那麼多，該怎麼樣就怎麼樣，順其自然，太刻意反而不好。」
葉未晴的安慰總算讓江氏稍稍安心，彷彿找到了主心骨。
「這樣吧，有時間妳先去挑個見面禮備著。」江氏建議道。
「我原本也是這樣打算的，正好上午得閒，可以出門去看一看。」
葉未晴先去了一家首飾鋪子，看了一圈也沒覺得有符合心意的東西，大嫂生在邊關，不很喜歡這種需要精心呵護小心戴著的金銀飾品，反正同盛京小姐們喜歡的不太一樣。
「妳們覺得送點什麼好？」葉未晴問道。
「小姐，那邊不是有家玉石店嘛，我們去那裡看看呀！」岸芷指了指那邊。
汀蘭想說什麼，雙唇開開合合，最後還是沒說出來。她剛才看到一個有些眼熟的身影進了那間玉石店，那身影有點像弈王，但是她又沒見過弈王幾面，認錯了也十分正常。若真是，等小姐走過去自己看到便也知道了，她提不提醒也沒什麼意義呀！
葉未晴點了點頭，朝著玉石店走去。
剛一進門，夥計便吆喝道：「這位小姐，想選點什麼？」
站在最裡面的男人偏頭望過來，恰好和葉未晴對視上。

周焉墨面色淡淡，轉頭回去繼續在裡面挑著東西，心緒卻跑到極遠的地方。

葉未晴咬了咬唇，壓下心中不忿，就當什麼沒發生似的，對那夥計道：「有沒有適合女子佩戴的玉石？」

「小店多得是，小姐請隨我來。」

岸芷和汀蘭互相對視一眼，兩個人都看出了彼此眼中的驚訝。小姐和弈王不是很熟嗎？怎麼今日見到了竟像沒見到一樣，連招呼都不打，發生了什麼事？

葉未晴邊走邊想，看來周焉墨還在生氣，她後來回想，自己那日確實激動了點，這些時日以來心裡煎熬，卻一直沒有機會和他道歉。但剛剛見到面時，他看她就像看陌生人似的，是不是有沒有她這個合作夥伴對他來說都一樣？那她去道歉還有意義嗎？

「小姐，妳看這塊玉佩怎麼樣？通體潔白，適合女子佩戴，還能養顏美容，越戴越養人的。」

葉未晴看了看，道：「還行，還有別的嗎？」

這塊玉佩只能說是中等，仍不是十分合她的意。

說話聲傳到整個屋內，周焉墨卻似乎刻意無視這邊的動靜。

「小姐若是不滿意這玉佩，不如來看一看這件額飾？」夥計又取出一個盒子。「這個額飾是由玉石、石榴石做成的，每串石榴石下面還綴著青松石。」

葉未晴看了一眼，產生些許興趣。邊關女子似乎有佩戴額飾的習慣，也許大嫂會用得上。葉未晴又瞟了周焉墨一眼，修長身影孑然佇立，沒有再向這邊看過。他手中挑挑揀揀，不知道在選什麼。她離夥計近了些，小聲道：「我有件事情想打聽一下。」

「小姐您說！」夥計看葉未晴是會買東西的苗頭，自然可勁兒地巴結，知無不言。

「那邊那位公子在挑什麼你知道嗎？」葉未晴偏頭示意一下。

「他在挑溫養身體的手串，這玉石不是養人嘛，挑個可以暖身的，好像要送人。」

葉未晴點了點頭，說道：「這個額飾我要了，好好裝起來，汀蘭去結錢。」

夥計喜笑顏開，又賣了一件出去，今日的提成賺到不少，又眼巴巴地湊到葉未晴面前，問道：「小姐要不要再看看其餘的物品？或者想知道什麼消息，我也可以幫小姐打聽打聽。」

葉未晴笑了一聲。「不用不用。」他這是把她當成愛慕周焉墨的女子之一了，言下之意要幫她打探對方的身分，卻不知二人早已相識。

周焉墨毫無察覺，這家店的玉石手串都泡在特製的保養液中，他依次拿出幾串看了看，手上不可避免地沾到黏糊糊的液體。

他又拿出手帕細細地擦著指尖，修長的手指彷彿是畫出來的，這一雙手若專注於琴藝應該也能成為極好的琴師，可他似乎並不常奏琴，即便他奏得很好。

葉未晴皺了皺眉，那手帕有些眼熟，上面的蘭花彷彿在哪裡見過。她想了許久才想起來，裴雲姝便有一條款式相近的，這手帕應該便是她繡的。

一陣莫名的苦澀席捲而來，她連想維持一個笑都做不到，心尖似乎有什麼東西扎根，越爬越深，泛著遲鈍的刺痛。她很疑惑自己為什麼會出現這種感覺，不就是失去一個朋友，難過什麼？

而且從局外人的角度來看，裴雲姝與他打小便相識，他和裴家兄妹說不準還是互相扶持才走過來的，那不就是青梅竹馬嗎？他們相識多年，比她和周焉墨更親近才正常。

「小姐，額飾已經包好了。」夥計突然說話，打斷她的思路，她怔怔地接了過來。

「走吧。」葉未晴道，背影落寞，彷彿落荒而逃。

岸芷和汀蘭感覺到她的情緒不對，急急跟上，她們做婢女的也沒辦法插手主子的事，只盼著二人能趕緊和好。

周焉墨聽見她們走的響動，才後知後覺地走到門口，張望了半天，只看到她離去的身影。

漆黑的眸子中醞釀了些許憤怒的情緒，懾得剛才在葉未晴身邊的夥計一陣後怕，心想這位客人看來心情極為不佳，若是知道剛才那位姑娘向自己打聽他挑貨的事，自己會不會被遷怒？感覺如果被知道的話，下場會十分可怕。

周焉墨不悅地走到那夥計附近，小夥計心虛極了，額頭冒著冷汗看他。「這、這位爺，有什麼事嗎？」

「剛才她有沒有看我？有沒有問起我的事情？」周焉墨臉色不悅，目光若有實質，那必然是把能殺死人的刀。

「沒、沒有……」不行，千萬不能說溜嘴！

「一點也沒有？」周焉墨臉色陰沈極了，探究地看向無辜的夥計，像要把他剝成幾層，看看說的是不是實話。

「真的沒有！」夥計伸出了三根顫抖著的手指。「我、我發誓，她絕對沒有看你問起你，若是有，那我就天打——」

「夠了！」周焉墨打斷，他不想接著聽下去，實在太傷人了！

他頭疼地揉了揉眉心，發現自己在她面前果然一點勝算都沒有，她真的不怎麼關心他。可若是繼續僵持，原本那一點關心說不準也會消失殆盡，那他要不要主動找她道個歉？

思索許久，最後，周焉墨冷哼一聲，他死也不去道歉。

與此同時，葉安領旨進宮。

張順邊為葉安領路，意味深長地道：「侯爺也知道，陛下近日龍體欠安，現在情況不好，若是提什麼要求，您就答應了吧。」

葉安覺得這話中隱隱包含著什麼意思，但是他還不知道睿宗帝把他叫來所為何事，便挑了個中庸的回答。「對社稷有利的要求，我自然會答應。」

「儘量順著陛下的意思，陛下現在最忌動怒，一動怒極有可能犯病，老奴能提醒你的只有這些了。老奴也知道陛下和侯爺多年來的情分，要我說，哪裡有主臣情分親成這樣的？陛下是真拿您當朋友。」

如今的張順聽令於周衡，自然大力促成周衡所有的想望。

「你說的這些我都知道，但私人情分重要，江山社稷更重要，保住了這江山，我才對得起陛下對我的賞識。」葉安道。

張順在心中嘆了口氣，連他如此閒聊都撬不動葉安的嘴，只怕對於睿宗帝的要求，葉安不會順利答應。

葉安被張順領到御書房，剛一進去，睿宗帝便奮力起身，指了指旁邊的椅子，過分熱情。「快，葉安你快坐。」

葉安也沒有客氣，直接坐了過去。

睿宗帝也坐下，將身上的毯子蓋好撫平，道：「這次叫你來，也沒別的事情，朕就是想找個人聊聊天。」

「臣長駐邊關，確實也很久沒有和皇上好好聊一聊了。」葉安頗有些唏噓，兩個人從小一起長大，他年少時還做過還是皇子的睿宗帝的伴讀，現在兩個人都已經兒女成群了。

「回盛京一切還習慣吧？」睿宗帝和藹地笑，右手不斷摩挲著左手消瘦的指關節。

「是，回來一切都很好，謝皇上關心，對了，臣打算再過一段時間便回陽西關。原本臣回來是為了女兒的婚事，打算待上半年，但是現在婚事仍沒著落，半年將過，家府一切平安，臣也就放心了，邊關事多繁雜，臣還是得回去打理。」葉安如實說道。

「嗯，說到你女兒的親事，先前和朕的其他兒子相看，可惜沒有什麼下文，未晴年紀正好，是時候抓緊點找親家，再不找年紀可就該過啦！」睿宗帝乾笑了兩聲。「朕有一事想提提，這衡兒因為之前犯錯被退婚，一直追悔莫及，朕知道他對未晴癡情得很，誠心悔過已久，也早和那女子無所牽扯，朕是想，要不然再給他們二人訂個親？」

葉安大驚失色，忙道：「這婚都退了，再結像什麼話，豈不是讓別人嘲笑將婚姻當成兒戲？」

「之前我們都知道，這兩孩子是真心的，所以管旁人怎麼看幹什麼？只要自己過得開心就好了，這道理你不會不明白吧？」睿宗帝聲音低沈了一分，即使有些不悅，卻還保持著溫和的笑容，目光緊緊觀察著葉安的表情。

葉安突然從座位上站起，埋首跪下，拱手道：「請恕臣不敬，臣覺得臣女配不上三殿下，臣不贊同這樁親事。」

原本閒聊的溫和氣氛立刻消失，轉而變成冷冰冰的君臣談判。

「你跪下做什麼？起來說話！就是隨意聊聊，不必如此緊張。」睿宗帝示意張順將葉安扶起，又道：「你的看法不管用，還得看孩子自己的想法。未晴是個長情的孩子，當初衡兒對不起她，惹她哭成那副模樣你也看到了，現在衡兒贖罪的機會來了，日後只會對她更好，再也不會犯這種事，真的，他已經和我保證過了。若是他做了什麼對不起未晴的事，我第一個罰他！」

「臣不願意在先，此外，臣女也是不願意的。」葉安堅決道：「陛下還是早點為三殿下另擇良配吧。」

「你怎麼這麼固執！一段好姻緣就這麼拆散了你忍心？若是未晴以後的親家還不如衡兒，看你後不後悔！」睿宗帝拍了下桌子。「你變通一下，人犯錯是可以改的嘛！」

葉安為難道：「皇上，親事不能強求……」

「葉安，朕已經很給你臉面了！事先徵求意見你不幹，朕直接賜婚看你還怎麼反對？」睿宗帝的聲音又低沈了一分，隱隱包含著怒氣與威嚴。

「皇上，帝王的職權該用來為百姓謀福祉，而不是滿足自己的私慾！」葉安的語氣也變得強硬起來。近來睿宗帝所做的事情越發兒戲，打壓奕王、包庇太子，絲毫不顧百姓是如何看法，身為重臣，他有必要諫言。

「葉安，我看你是年歲已大，忘了什麼叫規矩了！」睿宗帝怒目圓睜，他最聽不得這樣的話。「我看你也不用回陽西關了，讓朱澤先去替你！」

葉安一臉震驚地看著他，張順在旁邊也著急。三殿下就是因為葉家兵權才要聯姻的，若是沒了兵權，再聯姻有什麼用？

但睿宗帝已經打定主意，讓朱澤暫時去陽西關接替葉安，同時讓葉鳴也先回盛京，明擺著想要收走葉家的兵權，葉安不知道是不是只因為葉未晴的親事，若是沒有其他原因，那睿宗帝如今也太過荒唐了！

「你年紀也不小，是該告老還鄉了。」睿宗帝逼視著他。

葉安怒氣沖沖地將權杖甩在地上，便一言不發地退出了御書房。

葉安垂頭喪氣地回到侯府，江氏一邊安慰著他，一邊將他的戰甲都收起來。

葉安看見陪伴他多年的戰甲被收起，更是連連嘆氣。「也不知道什麼時候能再穿上它，皇上竟然做出如此事情，我真的……唉！」

「朱澤究竟是什麼人，皇上怎麼會派他去陽西關？」江氏疑惑地問。

「他是已故溫貴妃的表兄，我猜皇上派他去也是為了給二皇子一個倚仗。」葉安低頭思索，溫貴妃去得早，溫家也越來越勢頹，朱家出了個朱澤倒是可塑之才，只不過他哪裡有行軍帶兵的經驗，睿宗帝將他安排到哪個位置不好，偏偏要他去陽西關。

葉安繼續道：「這一舉動倒是叫大家重視起朱澤了，對朱澤卻未必是好事。邊關凶險，誰不是九死一生過來的？沒本事，更難活下來！」

江氏將戰甲拾掇好放在箱子裡鎖上。「我倒希望你能在盛京待著，你在陽西關的時候，每天我都提心吊膽的，生怕哪日……就傳來不好的消息。」

「可這樣的話，咱們葉家的地位也不會再像以前一般了，妳不介意？」葉安知道江氏不介意，卻還是故意問出這麼一句。

「都和你過幾十年了，介意什麼？」江氏溫柔地笑笑。「我還能找別人不成？你若是有覺得好的，讓我見一見也行。」

葉安抱著胳膊轉到另一邊，裝作生氣的樣子。

「爹，娘！這到底怎麼回事？」

一道飽含著不平與怨氣的聲音傳來，葉銳出現在門口，皺著眉跨過門檻。「怎麼出了這麼大的事也不告訴我們？我還是從別人那裡聽說的！」

在他身後，葉未晴也跟過來了。她倚在門框邊上，沒有進門。相比於葉銳的憤怒，她表現得極為平靜。

「等你大哥回來，我們家就終於可以在盛京團聚了。」江氏道。

「就是，你這小子這麼氣做什麼，這不是挺好的嗎？」葉安雖然不甘，卻也不在兒女面前表現半分。葉銳見到，更感心酸。

「皇上這麼做，分明是針對我們葉家！」葉銳皺眉。「那朱澤帶過兵嗎，就讓他去？權力的觸手伸到邊疆去，最後受苦的還是百姓。」

「這種話在自己家裡說一說就好，你小子千萬別出去亂說，知道嗎！」葉安指著他叮囑道。

「二哥性子急，我們家裡只有他會到處亂說，凡是聽到什麼不好的，必是他說的無疑。」葉未晴在後面無情地控訴。「皇上現在做出這樣的決定，說明他早就對葉家產生了忌憚心思，而不是單純因為拒絕婚事。以前葉家行事沒有顧及那麼多，現在做什麼事情之前可都要先仔細想一想。」

「未晴說得對，不過就算皇上讓我交出兵權，我也不會讓周衡得逞！」葉安態度堅決。

「皇上也未必會直接除了葉家的兵權，也許只是以示警告，具體要怎麼行動，且看這段時間葉家的表現了。」葉未晴冷靜地分析，比葉銳看起來成熟許多。

葉銳從剛才起就想要插話，卻總被打斷，這回終於有了插話的空隙，他像個炮仗似地喊道：「對什麼對，她前面說的才不對！」

江氏無奈又溫柔地笑，葉未晴完全沒有理他。

想不到周衡還沒有放過葉家，竟然透過睿宗帝施壓，情勢越發急迫，要麼葉家為周衡所用，要麼就被打壓，陷入兩難境地。

不過，她一定能在泥潭中找出生機。現在最不該做的就是坐以待斃和自亂陣腳。

就在這時，青雲公主又遞了張帖子過來，讓葉未晴近日閒暇時進宮一趟，有些事情想要商量。

她這段時間都沒有見過青雲公主，楊淑妃與羅皇后鬥得狠了，連帶著心情不好，對青雲的管教越發苛刻，整日讓她背書寫字。

葉未晴瞭解青雲公主的脾性，還是個小屁孩，就喜歡做淘氣的事，不喜歡學繁文縟節，不喜歡整天端著架子像她母妃一樣。估摸著這次叫她入宮，又是想商量鬧騰什麼。

果然，青雲公主一看見葉未晴便激動興奮地拉她進去，抱怨道：「這段時間母妃天天看著我，煩死啦！」

葉未晴邊笑邊套話。「四皇子和公主差不了幾歲，怎麼不叫他陪你玩啊？」

「誰知道他天天在忙什麼，都見不到蹤影，更別提陪我玩了！」青雲公主不滿地噘嘴。

「凡是看到他的時候，必定和三哥在一起，可能嫌棄帶著我不好玩。」

「那公主帖子中說有事要商量，是什麼事？」葉未晴問。

「我這幾日想多叫些人聚一聚熱鬧熱鬧，可是尋不出個由頭，妳幫我想想嘛。」青雲公主越和她相處，越發像個小孩子，沒個公主的樣子。

葉未晴思索了半晌，看見這宮內種了不少菊花，正含苞待放，便道：「那不如就開個賞菊宴吧？準備幾日，也該到開放的時候了。」

「好呀，這賞菊宴一聽便賞心悅目，我母妃一定會答應的。」等到了賞菊宴上，她們玩什麼做什麼，母妃可就管不著了！

「那我該怎麼準備？若是讓母妃插手，好玩的就不能玩了，可我又沒有準備過……」青雲公主為難道：「不如葉姐姐來幫我吧，這幾日妳事情多不多，能不能來呀？」

「好。」葉未晴不假思索便答應，她若能親自進宮，打探到的消息總能多一點的。

沒有周焉墨之後，所有消息她都得自己打聽，不能再從他那裡交換。此時她便敬佩起他的情報網了，無論什麼消息都能輕易打探到，能達到這種程度得布多少年的局費多少功夫？只是他們是因利益而聚首，畢竟情誼不夠深厚，能得他相助是幸運，沒有他相助才是常情。

裴雲姝送他的手帕繡工熟稔，而她……似乎一條也沒有繡過。

接下來的幾日，葉末晴每回入宮都待上一、兩個時辰，和青雲公主敲定賞菊宴的細節，比如放多少張桌子、要邀請哪些人、讓御膳房做什麼菜品糕點、喝什麼飲品等問題。

其實都是小事，只不過葉末晴故意把細節劃分得瑣碎一些，讓青雲公主在選擇的過程中猶豫不決，方便她在宮中多待一會兒。

青雲公主一臉仰慕地望著她。「葉姐姐，妳真的好厲害，宴會辦得井井有條，有妳在肯定不會出錯！」

「哪有，我也沒有辦過，只不過依葫蘆畫瓢罷了。」葉末晴輕輕笑道。

辦個小姑娘之間的賞菊會對她而言實在是小事，上一世做皇后的那幾年，哪日不是在張羅大小事宜，那才是費心費力得很。

羅櫻按照和羅皇后約定好的時間入宮，二人從長春宮出來，羅皇后還拉著走路不穩當的南兒。

羅皇后眼中隱有擔憂，羅櫻捏了捏她的手，小聲道：「姑姑，我們都說好了，再反悔便要錯過最好時機。」

「帶了他一段時間了，總歸有點感情，我怕……」羅皇后的手中不斷冒著冷汗，將羅櫻捏著她的手也沾得又冷又黏。

「不會有人發現的，一切我們都打點好了不是嗎？身居高位者哪個人手上不沾點血腥，即便我們放過他，日後別人也不會放過他，他要怪，得怪他身為大皇子的爹爹不夠爭氣，讓他成了別人的眼中釘肉中刺。送他早點走，也算少遭點罪，我們這是在幫他！」羅櫻附在羅皇后的耳邊悄聲道。

羅皇后艱難地吞嚥了口唾沫，早已經沒有了皇后該有的儀表，所幸她今日出來帶的人少，她們看不到她這樣驚慌失措的樣子。

「那好。」她道。

這段日子以來，在羅櫻的慫恿說服之下，羅皇后已漸漸傾向三皇子派系，今日照羅櫻的安排，她們要下手了結嫡皇孫的性命以示羅家對三皇子的忠誠。

兩個人帶著南兒走向預定動手的偏僻之處，隨著距離越來越近，緊張焦灼不安的情緒也越發濃重。小孩子對大人的情緒變化很敏感，南兒竟然哭了出來，不願意跟著再往下走。

羅皇后皺了皺眉，耐著性子將南兒抱起來，語氣溫柔地哄道：「南兒不哭了啊，就出來轉轉，你哭什麼呀？」

南兒和她還算親近，雙手抱著她的脖子，被安慰一通後仍舊小聲地哭。

羅櫻道：「時間緊急，多一個人看到，我們便多一分危險。別管他了，直接走吧。」

二人走到一片水潭附近，羅皇后帶的都是自己的心腹，這幾個人可以為她作偽證，不會說出什麼不該說的話。

羅櫻從羅皇后懷中將南兒接過來，南兒與她不熟，稍微掙扎幾下，但小孩子的力氣還是小，敵不過羅櫻。羅櫻沒有半點猶豫，臉色不變，直接將南兒扔到水潭中，神情像在做吃飯睡覺一樣最普通不過的事情，雖然這水潭不深，但淹死一個小孩子足夠了。

南兒掉到水潭裡後，由於過於驚懼，嗆了幾口水，隨後激烈地撲騰起來，翻得水花四濺，濺到羅櫻和羅皇后身上，衣服都濕了。

羅皇后將頭轉到另一邊，緊緊閉上眼睛，不忍再看。羅櫻見南兒鬧出的動靜太大，又在撲騰的過程中逐漸往岸邊靠近，不耐地蹲下，伸出手按著南兒的頭，往水底下推了幾分，親手阻斷了一歲幼兒的生路。

彼時，葉未晴剛從青雲公主宮內出來，沿著小路的捷徑要繞出宮，沒想到走到一半，前方站了幾個宮女，擋住她的去路。「姑娘，前面正在修路，不通人的，還是換條路走吧。」

「喔。」葉未晴淡淡應了聲，覺得似乎有些異樣，但又看不出哪裡不對。

剛放下戒心返回幾步，卻聽到有小孩的哭喊聲隱隱約約傳來，葉未晴沒有想太多，立即反應就是轉頭要細聽，正好對上那幾個宮女面色驟變，驚恐又心虛的表情，當下就察覺了前方一定有事。

按理來說，她不該管這麼多，袖手旁觀才能明哲保身，可事情似乎牽涉到小孩，小孩何其無辜，總能叫她想起曾經在自己腹中待了幾個月的孩兒。霎時她什麼都不管不顧了，會得罪誰便得罪吧，左右葉家已經把睿宗帝都得罪了，不差其餘幾個！

葉未晴突然動作，往前衝了過去，那幾個宮女愣神片刻才回神追上，跟在葉未晴的身後跑，但葉未晴跑得極快，馬上就看到了不遠處的水潭，羅櫻蹲在岸邊，羅皇后在一旁站著，而羅櫻手中似乎狠狠按著什麼東西，應該就是小孩的頭。

葉未晴咬了咬牙，大聲喊道：「快來人哪，有人落水了！」

羅櫻聽到聲音，身子狠狠地顫了一下，心如驚雷般劇烈跳動，她把手拿開，偽裝在水裡撈著什麼東西。

葉未晴邊喊邊跑，很快來到水潭旁邊，看看不深便試著下水，水潭沒過了她的腰，確實不太深，但要一個孩子的命足矣。她瞧準時機，一把撈過小孩子的身體，小孩子緊閉著雙眼，身子軟成一灘爛泥，正是前太子周杭的獨子。

撈起南兒後，葉未晴一步一步跨上岸，羅櫻湊過來，很是擔憂地問：「南兒怎麼樣了？這些下人們也太不小心，竟然讓他溺水……」

葉未晴懶得和她掰扯，南兒的呼吸已經很微弱，她半跪在地，將南兒的身體放在膝蓋上，用力拍著他的背。

拍了幾下之後，南兒「哇」的一聲吐出來許多水潭內的髒水，吐完之後，他又開始咳嗽，但起碼氣路是通暢的。

葉未晴感到怒火中燒，羅櫻竟然對孩子下如此重手，若非她湊巧發現，這孩子今日只怕必死無疑！而這個歹毒的女人竟然還裝作與她無關！

「羅櫻，妳剛才在幹什麼？」葉未晴斜睨著她，質問。

「我見南兒溺水了，就放下手讓他牽著上來啊，可是他掙扎得太過，總把我的手打開……」羅櫻委屈道，眼中噙著淚光。

「他不過才一歲多，妳還指望他主動去抓妳的手？」葉未晴冷笑一聲，又看向站在一邊，一直遠遠離岸的羅皇后。「皇后娘娘竟然就站在一旁冷觀，不去救他。」

「還有其他人在呢，怎麼會輪到本宮去救？」羅皇后內心十分慌張，但仍擺出皇后氣派，一臉坦坦蕩蕩。即使要裝，也要裝得沒有半分破綻。

葉未晴懶得與她們廢話，南兒雖然仍有呼吸，但需要太醫盡快救治，否則還是會因溺水救治不及時而亡。

她抱起南兒要向外走，羅櫻站在她面前，伸手攔住了她。「妳要帶皇孫殿下去哪兒？」

「自然是尋太醫救治。」葉未晴皺眉看著她。

「南兒和妳有什麼關係？他姓周，是皇上的皇孫，再怎麼樣也輪不到妳來帶走他。」羅櫻仍怕自己說服不了她，轉頭望向羅皇后。「皇后娘娘，您說是嗎？」

羅皇后輕咳了一聲，道：「是這樣的。」

「所以，還請葉姑娘將南兒交還給我們，我們自會帶他去尋太醫。」說罷，羅櫻便開始拽葉未晴懷中的南兒。

時間緊迫，南兒再也耽誤不得，葉未晴不顧羅櫻的推攔，掙脫她的拉扯，想要盡快走出去，卻被羅皇后的下人們圍成了一圈。

她能感覺到懷中的南兒正在瑟瑟發抖，呼吸又漸漸微弱了。如果將南兒交給她們，她們肯定會再次對他下毒手，她一定要保住這個孩子！

「葉姑娘若是識相，就快點將他給我！不然，我倒要問問，葉姑娘非要帶皇孫走，是何居心？」羅櫻抿著嘴微笑，甜笑中沁著惡毒的汁液。「聽說陽西關被新人接管，難道是定遠侯心中不平，想要劫持皇孫來要挾皇上嗎！」

羅皇后也威脅道：「葉姑娘此舉便是在耽誤治療南兒最好的時機，若真出了什麼事，葉姑娘擔待得起嗎？」

葉未晴恨恨地咬牙，若是羅皇后不說，她倒沒想到這一點，若真的把南兒交給她們卻又遭毒手，她們還有可能反咬她一口。所以，無論怎樣，她都必須親自帶著南兒去找太醫。

就在僵持之際，一道墨色身影出現在眼前，他的頭髮用白玉冠束著，玄色衣袍隨風飄逸，五官俊朗鮮明，眼似寒星，語氣淡淡。「本王帶他去看太醫總沒問題吧？本王也姓周。」

羅櫻驚愕地看了周焉墨一眼，後悔地咬了咬唇，運氣不濟，怎會碰上了他。

羅櫻勉強笑道：「自然是可以的。」

「本宮哪是那不通情理的人，弈王快去吧。」羅皇后此時也無話可說，伸手指了指路的一邊。這幾年睿宗帝處處打壓奕王，連帶著她對奕王的態度也不好，她想著，識相點的都該知道不能惹她這個皇后，奕王應當也不至於敢對她如何，而且南兒才一歲有餘，又不能親口指認是她們下的手，此事也等於是天衣無縫。

周焉墨將南兒抱過來，他大步流星地走，葉未晴就跟在他的後面。雖然她不願意承認，但周焉墨還是更有法子一些。

路上碰到經過的小太監，周焉墨招來吩咐道：「火速去太醫院請幾位太醫到華清殿。」又將自己身上的權杖扯下來交給他。

小太監看到上面代表弈王的權杖，從未接過如此重任的他立刻戰戰兢兢，一刻不敢耽誤地去請太醫。

接下來二人一路無話，急急來到距此最近的傳聞中鬧鬼的華清殿。

葉未晴跟著他走進偏殿，她沒有來過這裡，訝異地發現偏殿很是整潔，沒有那染血的床，和主殿的風格大相逕庭。

前腳剛到，後腳便有一群太醫趕了過來。他們看到皇孫人事不省地在床上昏迷，大驚失色，立馬為他診治。

太醫在簾內施針，葉未晴則在簾外焦灼地等待，旁邊還有一個周焉墨。不知裡面情況如何，可她又不想和周焉墨說話。

過了一會兒，太醫掀起簾子走出來，額頭上出了些汗，說道：「沒事了，幸虧在溺水後先採取了一些措施，小殿下才能得救。」

「會有什麼後遺症嗎？」葉未晴問。

「小時候落了水，難免會留下些病根，以後身子骨會更弱。不過，能救回來已經是上天的恩賜了！」

「太醫辛苦了。」周焉墨道。

南兒已經醒過來，葉未晴和周焉墨走到他旁邊，南兒口中喃喃著。「爹……爹爹……」

葉未晴嘆了口氣，這孩子小小年紀真是可憐，見不到自己的爹爹，只能被不是親生的奶奶撫養，奶奶甚至和別人合計著一起害死他，好去投奔別人。若是周杭知道了，豈不是會心疼死……

若是他能待在他爹爹身邊便好了，宮中險惡，但起碼他爹爹是萬萬不可能害他的。

周焉墨也這樣想，用小棉被將受涼的南兒裹成一團，抱著他又前往周杭的昭華宮，葉未晴二話不說地默默跟在後頭。

從水潭邊見面開始，兩個人都說了不少句話，可沒有一句是對對方說的。兩個人就保持著這樣詭異的氣氛和相當的默契，從華清殿走到昭華宮。前太子已然倒臺，連宮人都不甚理會他，但周焉墨還是個王爺，昭華宮的宮人不敢不放，二人暢通無阻地走了進去。

周杭見到周焉墨和葉未晴先是一驚，注意到周焉墨抱著他的兒子，又是一喜。他急匆匆地跑過來，連髮冠都歪掉了，興奮地將南兒抱過去，卻發現南兒臉色青白，身上發著燒。

他聲線顫抖。「南兒生病了？要不要緊？找太醫看過了沒？」

「他不是生病，是落水。已經找太醫看過，燒退便無礙了，只不過身子骨會弱些。」葉未晴說完，周杭才放心，她又繼續道：「而且，南兒落水……是羅皇后幹的。」

「什麼！」周杭驚愕地抬頭，眼中染上恨意。「把我害成這樣不夠，還要害我的南兒。」

「好不容易才救回來，你一定要看好他。」周焉墨道。

「多謝皇叔和葉姑娘。」周杭發自內心地感激，可是他已經不知道能如何回報。若能報答這個恩情，要他豁出命他也甘願。

「你該感謝葉姑娘才是，多虧了她及時相救。」周焉墨只看著周杭，完全無視葉未晴，彷彿她沒有身處這裡。

葉未晴擺擺手，也有樣學樣地看向周杭。「不，我只是盡自己綿薄之力罷了，若沒有弈王出手，南兒還是會被羅皇后帶走。」

周杭沒有發現異常，因為兩人說話時都是如此平和，看不出故意不與對方說話。周焉墨和葉未晴暗中較勁，都抓心撓肝似地難受，而葉未晴一想到那手帕，就更加氣不打一處來。

原本頹喪的周杭見到南兒之後，終於又像以前的太子幾分。周焉墨和葉未晴都安下心，告別太子，各自要離宮回府。

出宮前要經過一條又細又長的甬道，兩面是巍峨的灰色石牆，色調就給人一種冷淡之感，像極了這不近人情的皇宮。

周焉墨在前面走，葉未晴刻意同他拉開一段距離，在他的兩步之外不緊不慢地跟隨。他素愛穿廣袖的衣服，玄色絲綢從寬肩刀削一般地垂下來，有力的肌肉隱在寬鬆衣袍之下，竟然顯得他身形有些瘦削。但葉未晴見過他穿著便於活動的緊身衣袍的模樣，知道這瘦削只不過是種錯覺，他的臂力之強足以輕鬆拎起一個人，捏碎他的喉嚨。

到了宮門外，周焉墨停下腳步，葉未晴沒有看他，逕自越過他身前，上了自己的馬車。馬車轆轆轉動，周焉墨皺眉盯著，舌尖如同在黃連藥罐子中泡了幾天，泛著直達心底的苦。

這小姑娘真是絕情，不如叫葉絕情算了。碰上這樣的事，她還能硬撐著不與他說半句話，果真狠心，越想越不是滋味，他如今也能接受自己在她心裡的地位不如賀宣的事實，可他就是不甘，賀宣為她做過什麼？不就是看看景喝喝茶嗎？可他和葉未晴出生入死過，要麼說情之一字最難琢磨，小姑娘哪裡都聰明，就是眼瞎，看不到他的好。

等意識反應過來，他竟已經攔住了定遠侯府的馬車。

車夫一臉驚訝地望著他。「王、王爺……？」

「本王想坐一程，沒問題吧？」周焉墨緊緊盯著簾子，彷彿透過那簾子就能看見葉未晴似的。

車夫看了眼馬車內，半晌裡面都沒傳出什麼聲響，看來小姐是默許的，他這才道：「沒、沒問題！」

周焉墨眼中漾出得意的笑意，唇角卻絲毫沒變。小姑娘沒說不讓，那他就已經邁向勝利一小步。

葉未晴在聽到他聲音的那一刻，便僵硬地挺直了脊背，她沒有出口阻止，好像心裡總存著點什麼希冀。

周焉墨坐在另一邊，小小的馬車內頓時變得逼仄，秋日微冷的空氣似乎變得燥熱。葉未晴感覺自己要做點什麼動作才能安心，於是將窗牖上掛的簾子勾起，涼風吹進狹窄的車廂內。相似的記憶總是不斷湧來，他給她切了一個柳丁，因為睏倦，不小心靠在她的肩上……那是在涉平，那一頂軟轎裡。

葉未晴有些惱怒，她和他經歷過這麼多事，導致生活中哪一處都好像有他的影子，連在疏影院的時候都是，窗外人影飄動，她就會以為是他來了，院中小憩身旁經過人，她也會認為是他。

可是，他一次都沒有來過，倒顯得她格外自作多情。

葉未晴的眼神輕飄飄地停留在他身上一瞬便略過去，這時，外面車夫問道：「大小姐，是先到侯府還是先到弈王府？」

「弈王府。」葉未晴冷淡地道。

「先去定遠侯府。」周焉墨撩開簾子，吩咐外面車夫。

車夫為難。「這……」

「去弈王府。」葉未晴聲音沈了一分，帶著不容反抗的味道。

周焉墨也不同她爭這些，只想先送她回去。車夫聽葉未晴的話，又變道從路的另一頭先去弈王府，車頭拐彎之際，突然跑出一條小狗，車夫急忙勒住韁繩，馬車狠狠地頓了一下。

葉未晴倒好，只是身子向後靠，硌得後背生疼。但周焉墨是側坐，身子借不到力，歪斜的時候慌亂地在座位上一撐，卻摸到什麼冰冰涼的事物，那冰涼的東西竟然還會動。

葉未晴將手抽出來，狠狠地瞪了他一眼，以此來平息自己無端慌亂的心。

馬車又恢復平穩，周焉墨復又坐直，他張口想道歉，但一想到兩個人尷尬的境地，還是閉上了嘴。

於是，兩個人兜了一個大圈子，還是互相沒有說一句話。周焉墨真真拿她一點辦法都沒有，他自己也是，其他事情都做得很好，怎麼總在她這裡摔跟頭？

到弈王府之後，他下了馬車，看著馬車消失在視線外才進府，轉頭卻見裴雲舟神色匆匆地朝他走來。

裴雲舟有急事，早已在弈王府內等候多時，焦急地轉了許多圈，終於得見周焉墨回來。

裴雲舟剛要說話，卻被周焉墨打斷。「你說……女子手掌冰涼是不是病症？」

裴雲舟愣了一下，沈思片刻。「應該是。」

「那你去幫我查查，該吃什麼補一補。」他拍了拍裴雲舟的肩。

第十五章

羅櫻和羅皇后滿臉蒼白地回到長春宮，羅皇后滿臉陰沈，一言不發。

「姑姑……」

羅皇后狠狠拍了一下桌子。「本宮就說，不該對南兒動手的，現在被人發現了，不僅要想辦法洗脫自己的嫌疑，而且再沒機會對他下手了！加上弈王插手此事，皇上肯定會注意，派人徹查，還是先想想怎麼辦吧！」

也怪她，怎麼就一時心軟聽了姪女的話，羅櫻才幾歲，她竟然被牽著鼻子走，聽盡蠱惑。

羅皇后揉了揉眉心，她在後宮沈浮多年，憑藉著超人的手段才殺出一條血路，坐上如今的位置，羅家的地位隨之水漲船高。可今天怎麼了，竟然犯這麼愚蠢的錯誤，都怪羅櫻出的餿主意！

「姑姑，我先去找三殿下，與他商議商議吧。」羅櫻站起來，她倒不怕事情敗露，只怕沒機會對南兒下手，萬一再因為這樣的舉動給周衡招致麻煩，那羅家對他的用處就更小了。

就算周衡對她仍有感情，可是感情能算什麼東西，利益才是永恆的維繫。她最瞭解他的為人，一個廢卒他還會留著嗎？不會的。

皇孫落水的消息已經傳遍了整個皇宮，周衡自然也聽到消息，看到羅櫻來的那一刻，他自然就將這兩件事聯繫到一起。

「南兒落水，是妳安排的？」周衡皺了皺眉。

「是，原本想著除去他對你有好處，誰知卻弄巧成拙，讓那葉未晴不小心闖了進來。」羅櫻想到這裡便氣不打一處來，她們怕惹人注意，所以只派了幾個人守在路口，換了別人，就算聽到裡面的動靜也不會多管閒事，可偏偏是她，不怕得罪人一個勁兒地往裡闖。

「那妳來找我，是要我幫妳們善後嗎？」周衡身子往後一靠，雙手交疊放在腿上，下巴微揚，一副矜貴樣子。

「善後還能麻煩你嗎，我都已然打點好了。」羅櫻見他不悅，走上前貼在他的身上，撒嬌道：「只是來知會你一聲，這件事是我沒辦好，也沒提前和你打商量，是我錯啦。」

羅櫻雖然外表甜美無害，卻裝了一顆惡毒無比的心，正所謂金玉其外，敗絮其中。這樣的人正膩膩歪歪地靠在他的身上，讓他不免起了一身雞皮疙瘩，卻忘了自己本和她沒有什麼差別。

周衡心中清楚，羅櫻能狠心害死南兒，葉未晴卻可以不顧危險上前救人，若這樣的人幫他在身後打理，應該會是個不錯的主母。他對羅櫻原先也許有過幾分真情，但無疑接近的大部分原因都是為了拉攏她身後的羅家。

若他娶到葉未晴，葉家對他的幫助更大，周衡越想越覺得這是一份划算合意的買賣。

羅櫻一眼便看透他心裡在想什麼，沒有拆穿，反而搖著他的胳膊問：「你是不是怪我呀？」

周衡牽出一抹笑。「要說一點都不怪，怎麼可能？畢竟妳和皇后這一折騰，南兒就此被太子保護起來，再不好下手，所以還是有一點怪的。不過，無論妳犯什麼錯，我都會縱容妳，誰讓是妳呢！」

周衡捏了捏羅櫻的鼻子，羅櫻委屈道：「你又要娶葉未晴，我都沒說什麼。」

周衡安慰地拍了拍她的肩，語氣寵溺。「妳又不是不知道我為什麼非要求娶她。」

「我不想讓你娶她，可我也知曉大業更重要。」羅櫻牽強地笑，低下頭眼中有淚光閃過。「無所謂，只要你心裡有我的位置，就夠了。」

葉未晴屢屢壞她好事，她只要一想起這個人，就恨得牙癢癢，恨不得能親手劃花她的臉，剝下她親人的皮，一刀一刀割下她在乎的那些人的血肉，讓他們痛苦地死在她的眼前。

葉未晴不想嫁給周衡，那她就更要助上一臂之力。看葉未晴痛苦，她就開心至極！

晚飯過後，葉未晴正坐在凳子上翻著書，岸芷好奇地問：「小姐怎麼突然就開竅啦，以前都不愛看這種書的。」

「看進去才發現挺有意思。」葉未晴現在看的不是什麼話本子，而是一本講謀略的書。

汀蘭突然噔噔噔地跑進來，喊道：「小姐，有客人來啦！」

葉未晴驚了一下，胸膛中鼓點變快，抬頭朝院口望去。直到看見來人穿著青衫，她才自嘲地笑笑。

「你怎麼來了？」她問。

「怎麼，不歡迎我嗎？」裴雲舟聽著她的語氣，覺得好笑。

「裴大人不曾來過府上。」葉未晴隨手將書冊放在一旁。

「沒什麼事，就是給妳帶了一份藥膳。」裴雲舟笑著瞄了一眼桌子上的書，從背後拿出一個食盒，打開之後裡面是一個白色的小瓷碗，用蓋子蓋著。白瓷碗裡面裝著一碗羹，裡面的東西葉未晴就認得枸杞和紅棗。

她遲疑地端了過來。「沒毒吧……？」

「沒毒沒毒，妳快喝，這麼遠特地給妳端過來的。」裴雲舟催促道。

「可是為何要給我送這個？」葉未晴低頭，用勺子舀了一勺，送到口中嚐嚐，是溫甜的味道，還算不錯。

「你不是說我不曾來過府上？這回便來過了。」裴雲舟盯著她將一碗全部喝得乾乾淨淨底兒都不剩才罷休。

葉未晴看到他將碗裝回去，又提起食盒，才問道：「你這就走了？」

沒有什麼話要說嗎？只是給她帶了一碗藥膳而已？

「對啊……」裴雲舟點點頭。這兩個人之間的矛盾，他可不想摻和進來，看得開的看不開的都要自己解開才好。

葉未晴有些失落，原來他不是幫周焉墨帶話的，想一想也是，周焉墨若是有意與她和好，就不會拖這麼些日子，早就來說了吧。

翌日，便是青雲公主辦的賞菊宴。

金黃菊花叢叢簇簇，恰好是開得最漂亮的時候，細長菊瓣層層疊疊，齊齊垂落，隨風搖曳，生機盎然。

最前頭橫放一張方桌，是青雲公主坐的，以示主人身分，其餘的桌子排成兩列側放。這座位的安排深有講究，離青雲公主越近的越有面子。

青雲公主擬邀請名單的時候，邀請的大多都是同她差不多年紀的小姑娘，裡面也包含葉彤一個。雖然葉未晴和青雲公主相差不過三歲，但因為青雲公主太過天真無慮，她們就像差了一個輩分的人，讓葉未晴感到格格不入。

因為葉彤是葉未晴的妹妹，青雲公主又很喜歡葉未晴，所以給她們預留一張離她最近的桌子。葉未晴不打算在此久留，一方面是感覺和她們玩不到一起去，另一方面是和葉彤相處尷尬。葉彤最近沒找過她什麼麻煩，但對她仍有敵意，讓她十分無奈。

因為要幫青雲公主照顧場子，所以葉未晴來得比較早，她來時其餘人還沒有過來，隨著人陸陸續續地到來，宴會才開始熱鬧。

葉彤差不多是最後到的，身邊還有幾個小姑娘，葉彤不聲不響坐到了她們附近。

青雲公主見她沒有坐到葉未晴身邊，疑惑地問：「葉彤，妳怎麼不坐這邊？」

葉彤坐在差不多中間的位置，若要回答青雲公主的問話，便要用全場都能聽到的聲音。她抬頭輕蔑地瞧了葉未晴一眼，笑道：「民女不想坐那邊。」

「為何？」青雲公主皺著眉頭不解。

「民女比較……潔身自好。」葉彤認真地說。

場上的人都聽出了葉彤語氣中的諷刺意味，有的人不瞭解情況，不想表明立場，面無表情看著她們，有的人同情地看了葉未晴一眼，有的人沒忍住笑了出來，場上一陣哄笑。

葉未晴嘴角掛著淡淡的笑，彷彿沒聽見一般，眼神坦坦蕩蕩，讓那些偷笑的人自慚形穢。

青雲公主自是聽不懂其中意思，但直覺覺得不是什麼好話，她飛快地從最前面的方桌走下來，歡快地跑到葉未晴旁邊雀躍道：「那太好了，本宮可以坐葉姐姐旁邊了！」

哄笑聲戛然而止，葉彤感覺自己的臉上好像被搧了一個響亮的耳光。

這……青雲公主到底懂不懂她的意思？若是她懂了，那自己豈不是也把她得罪了？

這些小姐們玩了幾輪行酒令，葉未晴實在感覺興致缺缺，便和青雲公主打招呼。「公主，我先回去了。」

青雲公主遺憾地「啊」了一聲，說道：「那好吧。」她從身側拿了一小壺酒，遞給葉未晴。「這壺酒妳拿回去，本是跟我母妃討來做行酒令彩頭的，可是妳不在這兒，我就不想給她們喝。葉姐姐拿回去嚐一嚐！」

「既然是做彩頭的，那一定很貴重。」葉未晴推拒。「我怎麼好意思收。」

「給葉姐姐就不貴重，是應該的！」

青雲公主笑意盎然，葉彤在遠處看著只覺刺眼。葉未晴什麼時候和青雲公主關係這麼好了？葉未晴總能和各種各樣的人交好，而她卻不行。哼，她也不屑於和這些人交好，她們又不懂自己，整日維繫不必要的關係多累，她才不想為了某些目的故意討好別人！

看到葉未晴抱著一壺酒離開，葉彤也找了個藉口暫時告離，跟著葉未晴走了一段路，她才喊住她。

葉未晴聽見她的聲音，有些驚訝地轉過頭。

葉彤一步一步走向她，眼神不善，不知從什麼時候開始，她覺得眼前這個姐姐所有的一切都是那麼討人厭。也許這樣的跡象是有先兆的，早有一顆種子埋在她心裡，是葉未晴一點一點澆水，讓它冒出來的！

葉未晴警惕地皺眉。「葉彤，妳到底想怎麼樣？賀宣和我已經沒有關係了，一切如妳所願，妳我為何還要這樣？」

重生一世，所有事都變得更好，只有她們的關係變壞了。明明上一世，她嫁人後見葉彤的爹爹幾面都很和諧。

「姐姐，妳真的以為我們之間的問題只是賀宣嗎？」葉彤搖搖頭，眼中閃著譏誚的光。「連妳自己都沒有注意到，妳總是壓我一頭，不管我做什麼，妳都要管著我，連我想去圍獵場打獵，妳都要阻止我！」

「既然妳不願意，我以後也不會管妳。」葉未晴道。

「反正妳也管不到了。」葉彤從懷中拿出一個信封，特地在葉未晴面前搖了搖。「這是大哥單獨給妳寫的信，之前被我攔截，一直放在我這兒。」

「葉彤，妳做這種事情有意思嗎？」葉未晴不懂她想幹什麼。

葉鳴是她大哥，這些年很少見面，有時候葉鳴除了家書之外也會單獨捎信給她，叮囑她代他好好孝順母親，努力讀書，語氣像個老父親。這些書信她都妥貼收藏好，放在單獨的匣子裡，那裡盛滿了葉鳴對妹妹的關愛。

葉鳴在她心裡，是正義剛直的代表，上一世他始終在陽西關賣命，最後卻死在他效命一生的大周國君手上。經歷了這一遭，葉未晴格外重視他們的親情。

葉彤正是發現她很看重家人，才想到了這個辦法來氣她。

她拿著眼熟的信封，「嚓」一聲，信封便撕成了兩半。葉未晴一驚，要上去搶，搶到的時候信又被葉彤撕了幾下。

那一壺酒在撕扯中灑在二人身上，葉未晴不顧衣裳沾濕，翻著手裡的信封，才發現這只是一個信封，裡面沒有信。

她又看向葉彤，終於生氣了。

「姐姐被我耍了喔！」葉彤十分開心地笑了幾聲。「信不在裡面，在——這兒呢！」她的手放進袋子中，掏出一堆雪白色的碎紙片，上面帶著斑駁的墨跡，洋洋灑灑地拋在空中，落向地面。

「葉彤，妳太過分了。」葉末晴紅著眼眶盯著她，眼中帶著瘆人的寒意。「妳知道大哥這些年也沒有給我寫過多少信，我每一封都視若珍寶。」

「我就是知道才這麼做的呀……」葉彤無辜地眨了眨眼睛。「誰讓他從來也不給我寫呢。」

葉彤十分滿意自己的傑作，踏著滿地的碎屑，消失在葉末晴的視線中。

葉末晴閉上眼睛，氣得渾身顫抖。她一遍遍告訴自己，沒事的，不過一封家書而已，大哥還在，他不會像上一世一樣再也不能給她寫信，這一世大哥會好好的，還會給她寫許多封信……

她蹲下，濕漉漉的衣服拖到地面上，纖長白淨的手指撿起碎紙片，都攏到一起後，找了一個最近的亭子，開始慢慢地拼湊。

拼了許久，才拼出來四個字——「吾妹親啟」。

葉末晴嘆了口氣，也不知道這一封信要拼好得拼到什麼時候。

突然，眼前出現一道身影，有人問：「在拼什麼？」

葉未晴聽到熟悉的聲音，愕然抬頭，看到來者正是周衡，淺笑如翩翩君子般立在她面前。她的手頓了一下，說道：「家兄寫的信。」

「是誰給弄成了這樣？」

「此事應該與三殿下無關吧。」葉未晴不想多說。「您還是不要多過問的好。」

她又低頭，認認真真地拼著桌上的碎紙片，在這個角度，周衡恰好能看到她兩扇輕顫的睫毛和挺直小巧的鼻尖，額頭飽滿圓潤。周衡在想，他怎麼以前就沒有發現她這樣美呢？

「我幫妳吧。」周衡走到她身邊，距離有些過於近了。

葉未晴本能地向旁邊移了一下，慌張道：「不用麻煩三殿下，我自己來就好。」

「妳很怕我？」周衡盯著她堪稱過激的反應。

「三殿下原來這麼閒，我還以為您公務纏身，沒想到竟有時間做這種無聊的事。」葉未晴顧左右而言他。

「要下雨了。」周衡望了一眼天空，從剛才開始便烏雲密布，現在空氣越來越潮濕，雨滴隨時就會落下，果然，隨著幾聲驚雷，豆大的雨滴掉在亭子的簷上，發出沈悶的聲響，他道：「我想走也走不了。」

葉未晴壓抑著本能的厭惡，周衡沒有帶傘，她也沒帶，另外周衡沒有帶下人過來，他一定是故意的。

果然，周衡朝她慢慢地走近，問道：「晴兒，嫁給我不好嗎？為什麼不想嫁給我？」

「我……」葉未晴睜大了眼睛。

「別再說是因為我辜負妳，那個女人我都處理好了，不會讓妳有後顧之憂。」周衡慢慢低下頭，湊近她的耳朵。「妳還有哪裡不滿意，告訴我，我都依著妳說的做，好不好？就算妳想讓我此生只有妳一個女人，我也甘願。」

「殿下請自重。」葉未晴使勁咬牙，才能讓自己冷靜地說話。「不因為其他的，只是我不喜歡您而已。」

「感情是可以培養的。」周衡慢慢地靠近葉未晴，葉未晴連連後退，被他逼到角落。

「不可以。」葉未晴嘲諷地一笑。「我心裡已經有別人了，不行嗎？」

原本只是隨口胡扯的藉口，可是這一刻，她突然想到了周焉墨。

周衡的耐心逐漸到了極限，既然好好勸她她不聽，那他只能來硬的，反正他也不在乎葉未晴是不是真的喜歡他，他只需要把她弄到手，然後利用葉家這棵大樹，這樣就夠了。如果葉未晴是心甘情願的那自然最好，不情願也不妨事。

葉未晴看到他的眼神感到不寒而慄，那樣的眼神她以前看過無數次，就像獵豹面對牠的食物，冒出凶狠而志在必得的光。

風呼呼地颳著，雨點似乎連成了線，枯葉在地上打著旋，樹枝上仍頑強掛著的綠葉嘩啦啦地拍到一起。

周衡托著葉未晴的臉，放肆地往下吻，葉未晴拚命掙扎，他索性用自己的身體強橫地壓著她，一個女人再有力氣也敵不過男人，只要他得到她，葉家便是他的了，江山也是他的了。

葉未晴大聲呼救掙扎，所有的聲音都隱匿在傾盆大雨中。

她已經絕望了，並開始思考自己的後路。如果真被周衡得逞，在重視貞節的大周，即使葉家不願，她也一定會被皇上賜婚嫁給周衡。那她只有一條死路，才能讓葉家置身事外。不過就是再死一次，若能保住她所有的家人，也好。

也許是周衡太過得意，也許是雨落的聲音太大，他完全沒有聽到亭子裡來了第三個人，只感覺身子被人一拽，便摔到堅硬的地上。

他惱怒地抬頭，看看究竟是誰敢破壞自己的好事，只聽到那人冷笑了一聲。「老三，你在對你嬸嬸做什麼？」

葉未晴一怔，旋即被一個人強硬地拉起扯到懷中，周焉墨的手牢牢地卡著她的肩膀，讓她動彈不得。

周衡微眯眼睛。「是你？」

周焉墨淡淡地望著他。「是我。」

一把傘被扔到周衡腳下，上頭的雨水此刻匯聚成流，濕了地面。周衡皮笑肉不笑，彎身撿起。「多謝皇叔，為我帶傘了。」

轉頭，他又複雜地看了葉未晴一眼。

葉未晴一不做二不休，直接歪頭靠在周焉墨的肩上。方才她沒有仔細看，現在才感覺到他這身黑衣竟然是濕的，他的髮絲也有雨水流下滴在她的額間。

周衡握住傘柄的手緊了緊，猶豫再三還是轉身離去。

葉未晴想退開，卻被周焉墨按住了頭。他道：「裝，也要裝得像一點。」

「喔。」葉未晴繼續維持著剛才的姿勢，並且越發僵硬，等周衡撐傘的身影終於消失在他們眼前，葉未晴才得以起來，鬆了一口氣。

周焉墨看她如釋重負的模樣，冷冷地望著她。「葉未晴，妳的手段就只有這樣？」

「那你想讓我怎樣？」她不解。

「如果我沒來，妳打算怎麼辦？」他皺眉。

「怎麼辦不是辦。」葉未晴摸了一下自己頭上的簪子，又在脖子上做了個刺入的動作。「到了最後，我會問他，能不能承受我死後葉家永不為他所用的後果，能不能手眼通天到所有人皆查不到我的死跟他有關係。你猜，他會怎麼做？」

「好，很好，是我小看了妳。」周焉墨眸色深了一分。「如此輕賤自己的性命，何須別人來救？」

「輕賤？」葉未晴不悅地皺眉。「你這話什麼意思，哪門子就輕賤了，我還能怎麼辦？」

她不覺得這有任何不妥，若問她這一世最大的願望是什麼，那便是護葉家無恙，第二才是自己能活得好。葉家會落得上一世滿門慘死的結果，都是因為她，所以她想贖罪，而自己已經活過一世，只要達成最大的願望，一切就值得了。

他的語氣如碎冰碴般扎人。「妳明知周衡心思，還故意在宮內停留，不知情的還以為妳故意投懷送抱。」

葉未晴瞪著他，一雙杏眼瞬間就變紅了，空氣突然寂靜，倒襯得外面的雨聲越發響亮，啪嗒地打在簷上。

他明明知道她對周衡的仇恨，卻還這樣說……

周焉墨只帶了一把傘，那把傘給了周衡，所以二人現在只能困在亭子內。但葉未晴被這話刺得傷心，也顧不上淋不淋雨，直接走出了亭子。

周焉墨掃了石桌一眼，看到上面的碎紙片，然後又看向雨中葉未晴倔強離去的身影。他眼中閃過一抹痛色，奔入雨中，拉著她的手，語氣中帶著化不開的歉意和溫柔。「別氣了，是我不好。」

葉未晴眼睛紅紅的，像個小兔子似的，偏生倔強又固執。「你沒有哪裡不好，多謝搭救，你說得也沒錯。」

雨水順著周焉墨的臉流下，劃過他稜角分明的下頷。葉未晴突然想起，剛才他衣服就是濕的，玄衣濕了也看不分明，他雖帶了傘卻沒顧著打傘就跑過來。

「我話說太重了。」周焉墨嘆了口氣。

葉未晴手腕處傳來一陣力道，直接讓她跌進了他的懷裡。他環著她，另一隻手還安撫似地輕輕拍著她的背，葉未晴的臉抵在他寬闊的肩上，好像突然找到了令人安心的靠山，剛才說的狠話頓時消散到空中。

她感覺很委屈，也不知道是哪裡來的這麼多委屈，好像這些天一直在積攢，讓她忍不住啜泣出聲。

比他小上幾圈的嬌柔身軀輕輕顫抖，他能聽到耳邊傳來啜泣的聲音。

雨點打在二人身上，但葉未晴也不覺得冷，好像僅僅靠著這個熱源就能為她又遮風又擋雨似的。

「妳看。」周焉墨從身上摸出兩個什物。「妳還欠我兩個要求，怎麼能先死呢？」

葉未晴抬眼，靜靜躺在他手中的正是她摘下來給他的兩個單只耳墜，他不提，她都快忘了這事。她抹了抹自己臉上的雨水，問道：「你怎麼還帶在身上？」

周焉墨一滯，拉著她的手腕轉身向亭子走。「別淋雨，小心把身子淋壞。」

葉未晴想想也是，回到亭子後，兩個人身上全濕了，狼狽至極。桌子上還放著碎紙片，幾片散落在地，周焉墨彎腰撿起，坐到石桌旁，說道：「我幫妳拼。」

葉未晴點頭，兩個人就這樣沈默地拼著信，比來比去，交換紙片的時候兩個人也沒有說話，最後，一封信終於拼完了，而雨還沒有停。

周焉墨遞給葉未晴一方手帕，示意她擦一擦。

葉未晴接過來，擦了擦臉上和頭上的水珠，擦完之後，她將手帕展開想重新疊好再還給周焉墨，卻看見了側角繡得栩栩如生的蘭花。她抓著手帕，心裡忽然不高興起來，明知自己沒有立場這樣，卻還是忍不住，也許是剛才雨中的那個擁抱給了她可以生氣的錯覺。

周焉墨看她抓著帕子不說話，便問：「怎麼了？」

葉未晴終於抬頭，奇怪地問：「這手帕是誰給你的？」

周焉墨皺眉，誰給他的，他有點記不得了。他一向對這種事情不太上心，這究竟是裴雲舟給他的，還是裴雲姝給他的，還是王府中人準備的？

葉未晴看他皺眉，還以為他是不願意說，她抓著手帕，勉強笑道：「不想說也沒關係。我只是看這手帕繡得很好，能不能送給我？」

「妳自己繡一條，拿過來換。」周焉墨不再細想是從何處得來的，只知道這裡有一個可以要一條手帕的機會。

「好！那就這麼說定了，」葉未晴將手帕丟給他。「不許反悔！」

周焉墨覺得她這模樣煞是可愛，摸了摸她還濕漉漉的頭。

雨停之後，葉未晴才回了侯府。

葉彤從賞菊宴回來之後，命自己的婢女去疏影院偷偷探聽風聲。早在之前，她身邊的婢女就被葉未晴換了一輪，秋夕被趕走了，現在她好不容易又培養了一個新的心腹。結果婢女回來告訴她大小姐很開心，葉彤十分不爽。

她想再去氣上葉未晴一遭，卻在剛出去時碰到了葉銳。「二、二堂哥。」

葉銳望了她一眼，隨口問道：「妳這是要去哪兒啊？」

葉彤看葉銳要去的方向正是疏影院，往後退了一步，笑著說：「我就是飯後出來散散步。」

葉銳點點頭，沒有多理她，逕自去了疏影院。剛一進門，就看到葉未晴在桌上寫著什麼東西。

葉未晴聽見聲響，抬頭問：「你怎麼來了？」

「大嫂這回頭一次來我們家，妳說我要給大哥大嫂倆送點什麼東西好？」葉銳為難地撓了撓頭，他實在想不出來。

「這還沒過門呢，就叫上大嫂了？」葉未晴笑。

「聽說妳買好了，快拿出來給我看看。」葉銳大跨步邁進去。

葉未晴拿了一張白紙往桌子上一遮，便去後面翻櫃子找給大嫂買的額飾。葉銳上前無意間瞄到桌上白紙下透出的墨跡，大大小小的寫來寫去都是一個「墨」字。

他摸了摸下巴，若有所思。

葉未晴拿著盒子走過來，打開，葉銳驚豔道：「妹妹，妳也太會選了吧！不如妳把這個賣給我，然後妳再挑選點別的？」

「你要不要臉了！」葉未晴「啪」的一聲合上盒子，瞪了他一眼。

「那我真的是想不出來呀……」葉銳欲哭無淚，恨不得叫她姐姐。

「你也不必非要現在送，等他們新婚之時再送上他們都能用的物件，不也挺好的？」葉未晴還是給他出了主意。

「等他們新婚，又不知道要過多久了！」

「快了快了，最多也就幾個月。」葉未晴沒注意便說了出來，還好葉銳沒有多想。大哥和大嫂早已經在陽西關相識許久，這結親自然是水到渠成的事，所以很快就會辦親事了。

葉銳覺得她說得有道理，也算得到了自己想要的答案，便回到正廳。

正廳內，葉安正一個人在喝茶，葉銳左想右想，心中有螞蟻在爬似地難受。

他實在覺得妹妹跟弈王的關係不尋常，那弈王的名字裡不正有個「墨」字嗎？對應到她在紙上寫了很多個「墨」字，感覺事有蹊蹺，那她之前為何還要同賀宣結親？葉銳實在想不明白，煩得直撓頭。

「怎麼了你這是？」葉安瞥了他一眼。

「爹，您覺得妹妹的夫婿……若是弈王怎麼樣？」葉銳口出驚人。

「弈王？」葉安嚇了一跳。「你可不能亂說，你怎麼突然想到他了？」

葉銳心虛地咳了一聲。「只是當初一起去涉平，覺得他不錯。」

葉安想了想，點頭道：「這個孩子是挺好的，只是命苦，現在又處境艱難。」

葉銳點頭表示同意，葉安又道：「這麼一想，他確實挺好的，在戰場上有勇有謀，長得又俊，和我們未晴一起生的孩子肯定漂亮，命雖苦，但吃過苦的才會疼人啊。」葉安激動地拍了一下大腿。「真挺好的，以前怎麼就沒想到他呢？」

過了兩天，聽聞南兒的燒退了，已恢復了原來的活蹦亂跳，葉未晴和周焉墨決定去看看他。

葉未晴去的時候，南兒在陽光下走得臉蛋紅撲撲的，周杭正蹲在旁邊，拍手讓南兒往他那邊走。南兒走路仍不穩，歪歪扭扭地撲到周杭懷裡，笑得開心極了。

葉未晴遠遠地看見這一幕，就不自覺染上笑意。

她走過去，跟小南兒打招呼。「南兒，還記得我嗎？」

南兒懵懂地看了她兩眼，顯然不記得了。這倒是在葉未晴的意料之中，那日她救起南兒的時候，南兒就已經昏迷了，對她沒有印象也是正常的。

「這是姐姐。」周杭拉了拉南兒的小手。「她可是救了你呢！」

葉未晴很自然地接受了這個稱謂，上去捏了捏南兒攥著的小拳頭，南兒衝著她笑了一下，露出牙床，可以看到上面萌出的小牙。

南兒看看眼前這個大姐姐，又看旁邊那個矜貴倨傲的男人，周杭道：「這是叔公。」

周焉墨的臉頓時黑了，葉未晴噗哧笑了出來，打趣道：「平日裡淨喜歡用輩分壓人，現在聽南兒叫你叔公，是不是有一種變成老男人的感覺？」

一個叔公，一個姐姐，活生生差了兩輩。周焉墨用鼻子冷哼一聲作為回應。玩笑歸玩笑，周焉墨的年紀還沒有太子大，作為父輩的老么真是占盡便宜。

這個年紀的小孩子已經可以喊爹娘和簡單的詞，南兒看到旁邊擺的一堆水果，突然說道：「櫻、櫻桃……」

葉未晴以為他想吃，去那邊端起一盤櫻桃，想了想又喚人端了冰涼的水過來沖洗一遍，才拈起一顆櫻桃餵給南兒，但他卻閉著嘴不吃，推拒幾下，一直推回葉未晴的懷裡，像是要她吃。

她笑道：「小小年紀就會招待客人了，像個人精似的，長大了可怎麼得了？」

周焉墨也坐到他們旁邊，在盤子中找了最大最紅的一顆，送到葉未晴的唇邊。

葉未晴愣了一下，有些不好意思，但還是乖乖地用嘴接了過來，嫣紅的一點銜在口中，唇紅齒白得叫人想上去叼一口。

南兒開心地拍起手，兩隻小肉手還不能準確地對到一起，也不知他究竟在開心什麼。

周焉墨眼中也染上一點笑意，接著淨挑些又紅又大的櫻桃餵到葉未晴的嘴邊。

小小的果核吐了一排，葉未晴被餵著吃了半盤，她終於擺擺手道：「不吃了不吃了。」

周焉墨又轉頭餵起南兒櫻桃，南兒就著吃了幾顆，葉未晴看著十分彆扭，怎麼餵她跟餵南兒是一模一樣的，把她當成小孩子嗎？

「這可是來自叔公的關愛呀。」葉未晴低頭，對南兒說話的時候聲音又柔又軟。「你這麼小，肯定不知道叔公是什麼意思。叔公呀，就是你皇爺爺的弟弟。」

南兒懵懂地看著她，她笑著掐了掐南兒的臉。

溫柔的陽光灑在幾人身上，暖融融又不會過於炎熱，女子的笑卻比陽光更加耀眼，鋒芒畢露都被隱藏，只餘細聲軟語，猶如在耳邊呢喃。

南兒的臉像帶著勁道的麵團似的，掐起來手感特別好，周焉墨忍不住鬼使神差地出手，也掐了掐葉未晴的臉試試，像軟軟糯糯的湯圓。

葉未晴生氣地瞪大眼睛。「你掐我幹麼！」

「不讓掐？」

周焉墨的聲音低沈又魅惑，像是被激起了逆反心理，索性伸出兩隻手，一左一右各掐一邊。

看著葉未晴懵掉又無言以對的樣子，周焉墨笑聲低低沈沈。

葉未晴猛地轉過頭，躲過了他的魔爪，脖子耳後有紅霞飛起，不知該說什麼打破沈默。

「周杭，你給我滾出來！」此時外面突然傳來一道飽含中氣的響亮聲音。

葉未晴詫異地回頭，大門仍關著，外面似乎有誰硬要闖進來，宮女太監們都在外頭顫抖地勸著。

「徐將軍，您還是回去吧，皇上有命，奴婢們怎敢違反，求求您了徐將軍！」

徐將軍又在門外鬧了一會兒，發現實在沒有辦法進去，周杭也出不來，漸漸地，門外的騷動才逐漸變小。

周杭幽幽地嘆了口氣，很是苦惱。

周焉墨問：「徐將軍從渝南關回來了？」

「是啊。」周杭憂愁。「他聽說南兒落水，就非要將南兒領回徐家養。」

其實將南兒領回徐家，說不定是一個不錯的選擇，徐家有能力護著他，也沒那麼多亂七八糟的人，比宮裡要更安全，但顯然，周杭並不想讓南兒離開他身邊。

「人活著就是一口氣，你們說我現在活著還有什麼意思呢？」周杭苦笑道：「淼淼不在，我身邊只有南兒，若是南兒再離開我，我這口氣便提不起來了。」

多說無益，葉未晴明白他的心情，也明白他的無可奈何。當初徐淼一事的結果只是賜死幾位庖人，明顯說服不了徐家，徐家一心認定徐淼之死是太子幹的，肯定會想將南兒搶回去，如今出了落水一事，讓此事更為緊急，深怕慢了一步南兒也會被害，徐將軍連夜從渝南關趕回。

「殿下且別太過憂心，大人的情緒很容易感染給孩子，總有一日，徐家會知道真相的。」葉未晴勸慰道。

周杭的情緒這才緩和了些，他看著南兒，語氣懷念。「想起當初，我和淼淼剛成親不久，還曾一起南下去看望她在渝南關的親哥哥，那時真是另外一番光景啊……南兒也是在南下回來的路上有的，當大夫診斷出來淼淼有孕，別提我多開心了，這才為他取名南兒。只可惜，現在什麼都變了，南兒小小年紀就沒了娘親，唉……」

南兒年紀小不知愁，聽不懂他們在說什麼，仍舊傻乎乎地笑著，葉未晴憐愛地摸了摸他鬆軟的頭髮。

葉未晴和周焉墨陪著南兒玩了一會兒，看他身體已恢復健康，便也放心了。他們不宜在此停留過久，於是向周杭告辭。

周焉墨和葉未晴並肩慢悠悠地走，他突然說道：「妳真的很喜歡孩子。」

「是吧。」葉未晴踢了踢腳下的石子。「有那麼明顯嗎？」

「有。」她一看到南兒眼神就變得柔軟，而他一看到她眼神也會變得柔軟，他又問：「手帕何時給我？」

「還、還沒繡好。」葉未晴心虛地舔舔唇，先是為了選樣子，不知道寫了多少個字，寫這麼多遍之後，他的「墨」字幾乎已經是她寫得最漂亮的一個字。但選完樣子，對著繡卻總也繡不好，繡了幾條都作廢，裴雲姝的繡工那麼好，她怎麼能拿一條更差的去換？

不過這樣曲折的過程，她是萬不可能叫周焉墨知道的！

周焉墨不悅地問：「是不是反悔不想換了？哼，不想換就不換。」

「我才沒有！」葉未晴反駁。

一雙杏眼瞪得溜圓，周焉墨望著她那雙漂亮的眼睛，突然很想在上面印一個吻。

他的喉嚨微動，偏過頭無奈又寵溺地說：「好了，知道了。」

剛走出幾步，卻見一個男子抱劍倚在牆邊，目光如炬，身形威壯。這個人便是徐淼的哥哥，鎮守渝南關的徐將軍。葉未晴前世見過他，這一世卻不曾見過，剛才他試圖闖入昭華宮無果，沒想到現在還在此處等著。

徐將軍叫住周焉墨。「王爺！」

「徐將軍何事？」周焉墨問。

「王爺方才看見南兒了嗎，他可安好？」徐將軍關切地問。

「南兒一切都好，大殿下將他照料得很好。」

「那便好。」徐將軍咬牙切齒。「若是他對南兒有半分不好，我定饒不了他！」

葉未晴輕蔑地笑了一聲，徐將軍轉頭看她，皺眉問：「妳笑什麼？」

「我笑將軍身居高位，卻還是如此輕易便受人挑撥，真不知道憑藉這般才智，是如何守住渝南關的？」她抬頭，眼中盡是譏諷嘲弄。

徐將軍立刻不悅起來，目泛凶光地看著她。「妳是何人?居然敢這麼對我說話？」

周焉墨拽著葉未晴的手，將她向身後藏了藏。「這是定遠侯葉安之女，葉未晴。」

葉未晴是故意激起徐將軍的怒，但是看著周焉墨的行為，心裡不禁湧上一股暖流。他這是明擺著護著她，又暗示徐將軍態度好一點、說話客氣點。

徐將軍果然不再如此盛氣凌人，但也沒有好到哪兒去。「妳這是什麼意思，話說得明白點，別拐彎抹角的！」

「南兒前幾日落水，是我和弈王殿下一起救的，徐將軍想必也得到消息，最後是怎麼說的——南兒頑皮，不小心掉進去的，是吧？」葉未晴從周焉墨身後走出來。「不過當時我親眼所見的情況可不是這樣，有人一手遮天扭轉是非，目的是要南兒的命！我忌憚此人，所以不敢對外多說什麼，當然，這只是我的一面之詞，徐將軍可聽可不聽。」

「我自然是要聽的！」他神情凝重。

「將軍若想聽，我會爭取將南兒帶出宮，晚上去府中拜訪，請務必屏退所有人，勿要走漏一絲風聲。」葉未晴微笑道。

「好！」他答應。

午夜時，葉未晴悄悄從侯府潛出，就看見周焉墨正在側門外等著她。

他懷裡正抱著乖巧的南兒，南兒趴在他的肩頭上，扭頭看著葉未晴。

葉未晴疑惑道：「怎麼這麼晚了，孩子都沒睡？」

他道：「下午睡過。」

她笑道：「將孩子弄出來，想必費了不少功夫吧？」

「還好。」周杭頗信任他，畢竟南兒是他救的，雖猶豫片刻，但還是將南兒交給了他。

到徐府後，徐將軍果然已將閒雜人等全部屏退，只留下幾個心腹。他一看到南兒，神情激動，想要抱到自己懷中，但南兒並未見過他幾面，十分陌生，在周焉墨懷裡扭動著不肯去，徐將軍只好作罷。

「徐將軍，我此番來便是想說明真相的，那我就直說了。」葉未晴深知徐將軍的脾性，先是激怒他，讓他更渴望得知真相，然後開門見山，毫不拖泥帶水，這樣才會給他帶來更大的衝擊。

「說。」徐將軍神情凝重地看著她。

「令妹並非是大皇子害死的。」她突然說起另一事。

徐將軍冷笑一聲。「妳這麼說有什麼證據？不是他害死的，那為何找不出其他凶手！」

「事情的起因，是她和四皇子有染。」

「越說越離譜，我怎麼沒有聽過這種消息？還是說妳為了幫太子說話，什麼謊言都編得出來？」徐將軍生氣地拍了一下桌子。

葉未晴不冷不熱地說道：「離不離譜，徐將軍還不知道嗎？」

「妳這話什麼意思！」徐將軍皺眉。

「太子妃出嫁之前便與四皇子有過一段感情，我想，你作為她的哥哥必定瞭解，後來是你們棒打鴛鴦將他們拆散，太子妃才另嫁他人。這種事情按理來說我們外人不可能知道，我之所以知道純粹是因為曾撞見他們二人偷情，聽他們親口說的。」葉未晴直直地看著徐將軍。「所以，這種事會不會發生，將軍心裡自有定奪。」

「這話可不能隨意亂說，關乎到舍妹的名節！」徐將軍的氣勢弱了一些。

「是真的。」周焉墨抱著南兒。「我也撞見了。」

徐將軍嘆了口氣。「妳接著說。」

「然後大皇子發現他們關係不同尋常，發生口角，有心之人便利用他們的矛盾，策劃了一個局，使徐家與大皇子反目，並隱去事實真相，再伺機公開早就收集好的太子貪污受賄證據，一步一步將他打到如今境地。」葉未晴笑了笑。「大皇子變成如今模樣，徐將軍你功不可沒，徐家投靠別人，那些野草也紛紛倒靠他方。」

「我承認，妳說的這一切的確有可能。但沒有證據的話，我也可以編造出另外一種真相。」徐將軍道。

「徐將軍不覺得奇怪嗎？整件事鬧到現在連太子之位都被廢了，有些世家，該被牽連卻安然無恙，他們是怎麼保住自己的？」

「趨炎附勢而已。」徐將軍還在想盡一切辦法反駁葉未晴的話。

葉未晴像是聽到什麼好笑的笑話一樣，問道：「而已？徐將軍看看這些人為了趨炎附勢，能做出什麼樣的事情吧！他們為表忠心，能把南兒溺死，就因為，他是大皇子的兒子。」

「南兒不是自己貪玩掉進去的？」徐將軍震驚。「妳說了這麼久，不還是沒有證據，我憑什麼相信妳！」

「證據麼……當然有，南兒就在這裡。」葉未晴目光掃過南兒，他正在抓周焉墨的袖子玩。

徐將軍道：「南兒那麼小，妳能指望他說什麼？他會說幾個詞？」

「自然有辦法。」葉未晴胸有成竹地笑了笑。「徐將軍，還要煩勞您去找一個畫師，將羅皇后和羅太傅之女羅櫻的面貌畫下來。雖然這時候所有人都睡了，不過我相信徐將軍會有辦法的。」

他緩緩點了點頭，然後差人去皇宮裡請畫師，還得是見過羅皇后和羅櫻的才行。未過多時，畫師就被請了過來，即便被人從夢中喊醒，也是敢怒不敢言，立刻提筆畫像。

兩張人像落於紙上，葉未晴讓畫師拿著畫像走到南兒的面前，南兒一看那兩張畫像便嚎啕大哭，抓著周焉墨的袖子使勁往後躲。

徐將軍立刻什麼都明白過來。「快，把畫撤走。」

過了一會兒，南兒才止住哭泣。徐將軍十分心疼，手掌大力捏著扶手，幾乎快要捏碎。「沒想到羅皇后竟然也參與其中，虧她還養了南兒那麼久！這個惡毒的女人……她們背後又是……怎麼能這樣！」

「相信不用我多說，徐將軍就能想通其中利害，慢慢也能挖掘出蛛絲馬跡。」葉未晴道：「想要保護好南兒，徐將軍得聽我們的。」

「好！妳說！」徐將軍道。

周焉墨抱著南兒，抬頭看向葉未晴，目光中帶著驕傲和滿意。葉未晴來之前沒有和他說具體的計劃，沒想到她的目的竟然不只是離間徐家和周衡，甚至要利用徐家反將周衡一軍，她把所有能用的人用到極致，遠遠出乎他的意料。

從徐家出來後，南兒開始睏倦了，扒拉著周焉墨的肩膀，眼皮快要合到一起去了。

葉未晴問：「怎麼辦，現在還能將南兒送回宮中嗎？」

周焉墨道：「宮門已鎖，我帶他回弈王府。」

「也好，明早再偷偷帶回去。」葉未晴也開始犯睏，打了個哈欠。

周焉墨瞥了葉未晴一眼。「妳要來嗎？」

葉未晴驚了一下，睏意消散大半。「嗯？……我去幹什麼？」

「當然是照顧他。」周焉墨看穿她的心思，嘴角微微彎起。「不然妳以為？」

葉未晴撓了撓頭開始狡辯。「我當然沒想別的，我只是驚訝堂堂弈王會照顧不好一個孩子……不過也是，你又沒生過孩子。」

周焉墨騰出一隻手拉著葉未晴的手腕。「那走吧。」

強勢到讓她反抗不了，也就隨著他走了。這還是她第一次在弈王府……過夜。

周焉墨派人給他們準備了一間房，南兒這時候已經開始呼呼大睡了，葉未晴洗漱完，周焉墨還站在門前。

周焉墨問道：「這間屋子，還滿意嗎？」

葉未晴環顧四周。「滿意啊！再說，就住一晚上，不滿意能怎麼樣，再過一會兒都要天亮了，我要抓緊時間睡覺。」

周焉墨的手扶在門框上，他輕輕點了點頭，說道：「有事喊我。」

「嗯，知道了。」葉未晴笑道：「不過應該沒什麼事。」

他道：「作個好夢。」

兩隻手緩緩將門合上，容顏逐漸消失在門後。葉未晴呼出了一口氣，轉身回到床邊踢掉鞋子，鑽進被窩，摟上熱呼呼的南兒。

她很認床，即便在自己的床上睡覺也十分警惕，有點什麼動靜就容易驚醒。但此刻，她卻覺得心中平和而安穩，這種安心平和讓她貪戀。也許是因為周焉墨幫過她的次數太多，讓她產生了這樣的感覺，就算天塌了，都有他先頂著。

周焉墨合上門，杵在院子裡站了許久。四周寂靜無聲，淡淡月光在石頭鋪就的路上起舞，星辰也跳躍著掙扎出夜幕，濃黑的夜色和天邊的第一縷白牽手。

「總有一天，要讓妳在這兒住一輩子。」他低聲道。

第十六章

南兒醒得比較早，將葉未晴也吵醒了，只睡了兩個時辰，一點都不解乏，全身痠疲極了。不過確實到了該起的時辰，她再想賴床也不能在弈王府賴床。

當她出門，看見精神奕奕的周焉墨，真實地羨慕了。

「把他送回去。」周焉墨接過南兒，放到一位女官打扮的人懷中。南兒應該認識她，竟然不哭不鬧，十分乖巧。

「你不親自送？」葉未晴皺了皺眉，感覺不妥。「萬一又碰見什麼事，怎麼辦？」

「放心。」周焉墨道：「南兒有我的人護送著，至於我，還有更重要的事要做。」

「哦……」葉未晴點點頭。

「走，送妳回侯府。」

他突然伸出一隻手，面對他站著的葉未晴一驚，連動也不敢動，不知道他究竟要做什麼。只見那隻手放到她頭上，撫了幾下，周焉墨終於露出滿意的神情。「再炸幾根毛，妳就是孔雀了。」

葉未晴用眼神狠狠地剜了他一眼，剛睡醒她能有什麼辦法！

兩個人沿街繞回定遠侯府，剛走到側門口，就見岸芷焦急地在附近徘徊，岸芷看到葉未晴的身影，急忙招手喊道：「大公子都到城外了，小姐妳快去收拾收拾！」

「啊？怎麼這麼突然，提前回來也沒捎點消息？」葉未晴提著裙子一溜小跑回去，要進門之前回頭對周焉墨擺了擺手。

汀蘭已經將所有東西都準備好，葉未晴慌張地換了一套衣服，然後被按在梳妝檯旁，汀蘭對著她的臉描描畫畫，葉未晴隨意叼了幾口糕點填肚子。

「小姐！」汀蘭嗔怒道：「妳不是說昨晚會回來嗎？我和岸芷等了妳一晚上，結果早上聽到大公子已經到城外的消息，妳還沒回來，嚇死我們了！」

「是我的錯，這不是計劃趕不上變化嗎……」葉未晴嚼著糕點，說話口齒不清。

岸芷從外面跑進來。「快點，大公子已經到了！」

「好了。」汀蘭又在葉未晴的眼底塗抹幾下，說道：「可惜眼底太青黑，遮不起來。」

葉未晴帶著給大嫂買的見面禮，匆匆趕到前廳，前廳裡已經坐滿了人，大房的人和二房的人都聚齊了，最驚訝的是，她掃視一周，竟然發現周焉墨坐在她爹旁邊！

她壓下心中的震驚，來不及想他怎麼會在這兒，葉鳴就拉著一名女子起身，給葉未晴介紹。

「這是荊湲。」葉鳴牽著荊湲的手，和煦一笑。

葉鳴和葉銳不同，葉銳像個一點就著的炮仗，葉鳴則處在完全相反的另一端，穩重又溫柔。葉鳴比葉未晴印象中又黑了幾分，帶著成熟男子的硬朗。

葉未晴含笑打招呼。「荊姐姐好，這是給妳的見面禮。」

「謝謝啦。」荊湲笑著接過，她已經收了一摞禮品，都還沒來得及拆開看，打算等回去後閒暇時再拆包裝。

葉未晴又坐下，裝作無意地問道：「王爺怎麼在這裡？」

「有事要同葉將軍相商。」周焉墨端過一杯茶，吹了吹裡面的茶葉。

難不成他說更重要的事便是這件事？想到他早上起來還沒有吃過東西，葉未晴便道：「阿爹也太不懂待客之道了，只知道給王爺上茶，怎麼不上一些糕點？」

「哦，是，是！我忘了這茬了！」葉安趕緊擺手招呼下人來上糕點。「還是未晴想得周到。」

一盤糕點被端到周焉墨身邊，裡面混雜了幾種不同的糕點，讓人食指大動。周焉墨確實很餓，拿起一塊糕點慢慢吃著。

江氏看著女兒的臉色，皺了皺眉。「未晴臉色怎麼這麼差，沒睡好嗎？」

「嗯，昨夜睡得不太安穩……」葉未晴越說聲音越小，心虛地瞧了周焉墨一眼，他眼中閃爍著玩味的光。

「聽銳兒說妳最近很用功。」葉鳴突然說道：「不過倒也不用用功到影響休息的地步。」

葉銳哈哈笑了幾聲。「可不是嘛！她最近在女工上頗下功夫，繡了好多條手帕，又全都給扔了，慘不忍睹。」

葉未晴被噎得說不出話，窒息地低下頭，只希望周焉墨不要看到自己。

周焉墨眼睛含笑，望了她一眼。

「姐姐怎麼突然想起練習刺繡了？只可惜以姐姐的水準，練上幾年都不一定能繡出一條拿得出手的吧？」葉彤從前廳門口走進來。

「我現在已經繡得很好了。」葉未晴抬眼，淡淡地看著她。「未必比妳的差。」

前廳中頓時寂靜，眾人不知道這姐妹之間是拌嘴還是暗諷，只能不說話。葉彤拿著一個細長盒子，送到荊湲手中。「這是給荊姐姐的見面禮，離得遠遠的就能聽到前廳這兒熱鬧的動靜，看我在路上都知道荊姐姐姓荊呢！」

「多謝小妹。」荊湲詫異於這兩姐妹之間的不和，不動聲色地將盒子接過來，放到一旁的桌子上。

「不知道大家都送了什麼東西，我很好奇，荊姐姐要不要打開看一下？」葉彤笑著問。

「那就打開看看吧。」葉安道。

荊湲這才點頭，先打開葉彤送的細長盒子，裡面是一枝上好的毛筆，荊湲笑道：「多謝小妹了，我字寫得差，確實該練一練。」

然後，她又打開了葉未晴送的方形盒子，裡面是一件額飾。葉彤捂著嘴笑道：「原來姐姐就送的這個啊！」

葉未晴心裡明白葉彤又要開始了，她懶得和她浪費口舌，尤其這一屋子人裡面還有不常回來的大哥和不是葉家人的荊湲、周焉墨，讓他們看到姐妹吵架該有多丟面子。她站起來，說道：「王爺來此應有要事相談，我們不該耽擱他們的時間，小女先行告退。」

「別啊，怎麼這就走了？」葉彤不滿地嘟囔。

「行，那妳先回去吧。」葉安揮揮手。

葉未晴點了點頭，便往門外走，走之前還注意到周焉墨旁邊的盤子中，綠色的糕點幾乎都被吃完了。

剛邁出門外，便聽葉彤狀似無意地抱怨道：「姐姐怎麼就送這種東西啊，荊姐姐豈和那些庸脂俗粉之流一般，喜歡這種金燦燦的首飾？」

葉未晴無奈地嘆了一口氣，葉彤真給葉家丟臉。

葉彤看著葉未晴匆匆離去的背影，認定她吵不過自己便落荒而逃，心裡得意至極。她滿意地笑了一聲，又坐了回去，彷彿自己才是這定遠侯府的主人。

然而還沒等她得意夠，便有一道聲音讓她激靈一下。

「庸脂俗粉？」周焉墨冷冷地問，目光在葉彤的頭上和臉上停留兩下，點點頭道：「確實是。」

葉彤臉色霎時青白，她的頭上戴了髮釵，臉上撲了細粉，奕王這正是在借她自己的話罵她！

葉彤難堪地咬咬唇，但又不敢反駁。滿場的葉家人沒有一個出聲，連她爹娘都十分難堪地看著她。呸！都是害怕權貴的主兒！不就是礙著他的身分嗎？竟然沒有人幫她！

然而，她再不甘也沒有辦法，只得忍下所有不滿情緒。「那……那我也先回去了。」

見他們二人走了，其餘的閒雜人等也逐漸撤出正廳。正廳內只留下葉安、葉鳴和周焉墨。

葉安十分抱歉。「這……叫王爺見笑了。」

周焉墨放下茶杯，彷彿剛才什麼都沒說一樣，神態自若。「沒有，是我來的時機不湊巧，反而攪擾了你們家人團聚。」

「王爺想要商討什麼事，臣內心大概有數，是為了大皇子和二皇子來的吧。」葉安突然正色道。

「正是。」

……

商議完要事之後，趕在周焉墨離開之前，葉安叫住了他。「王爺，老臣還有最後一個問題。」

「請說。」周焉墨道。

葉安看著眼前這位如青松屹立的年輕人，突然不知道該如何開口，可是不問出來他心中便不舒服。葉安嘆了口氣。「王爺覺得，未晴這孩子怎麼樣？」

「不瞞您說，我和她早已偶然相識，既然您問，我便直說了。」周焉墨眼中染上淡淡笑意。「我喜歡她，我想娶她。」

葉安沈浸在震驚中久久不能自拔，他原本只是想探探口風，卻沒想到直接得到了這種回答。當一個常年表情鮮少的人笑起來的時候，震撼力是極大的，而周焉墨眼中的笑意和認真，讓葉安明白他說的確實是實話。

「那未晴也是……這樣想的？」葉安發現自己對女兒瞭解得太少，這種問題居然還要來問周焉墨。

周焉墨苦笑著搖了搖頭。

葉安眸光一閃。「喔，那這種事情，還要看她自己的意思。」

這幾日，葉未晴在家裡樂得清閒，除了繡繡手帕，就是去後廚學著做糕點。這盛京風雲巨變，可也擾亂不了她坐在院子裡閒看葉落的心情。她知道，她現在能做的一切，便是等待時機到來。

賀苒突然來定遠侯府找葉未晴，葉未晴還以為出了什麼事，鬧了半天才知道原來賀苒只是想叫她去江邊泛舟，左右無事，就跟著她去了。

賀苒在江邊租了艘畫舫，葉未晴踏上去，發現這畫舫中除了她們兩個和負責划船的人，還顯得稍有些大。葉未晴疑惑道：「租這麼大的做什麼？那邊不是有小的，正好適合兩個人。」

「還、還有人。」賀苒突然吞吞吐吐。

「何人？」葉未晴剛問，畫舫上便走進了人。

她抬眼一瞧，此人可不正是裴雲舟嗎？她恍然大悟，朝著賀苒拋去一個意味深長的眼神。

裴雲舟走進來，才發現後面跟著一個人。葉未晴並不意外，反正有裴雲舟的地方總有周焉墨，有周焉墨的地方總有裴雲舟。

幾人圍著桌子坐下，裴雲舟自然而然地坐在賀苒的旁邊，竟然牽起了她的手，放到自己的手心裡。

葉未晴目瞪口呆。「你們什麼時候……」

「這不是正想和妳說嘛。」賀苒微微笑了一下，看向裴雲舟的眼神中帶著羞澀，就像一個柔柔弱弱的美人。

「上次見你們的時候，妳還沒給他好臉色看呢！」葉未晴目睹這巨大的反差，心裡的震驚已經翻江倒海，在她心裡賀苒哪有過這種柔弱美人的形象？一律都是頂著張出塵的臉扠腰數落人的樣子。

「妳懂什麼，這就叫天作之合。」裴雲舟得意洋洋。「我以前就說過啊，這是算出來的！」

「情愛真是使人盲目啊……」葉未晴頗為遺憾地搖著頭。人到齊之後，畫舫逐漸遠離岸邊，紗幔拂動，江風清涼。往外看，可以看到江裡游動的魚兒，賀苒搖了搖裴雲舟的胳膊，說道：「你看那江裡的魚兒多有活力啊！」

「是啊。」裴雲舟連連點頭。

賀苒舔了舔唇。「既然這麼有活力，我們抓幾隻烤了吃好不好？」

裴雲舟起身，便要去外面找網給她捕魚，走到周焉墨身邊的時候，他還拍了周焉墨的肩幾下，想讓周焉墨一起去。

「走啊，抓魚去！」

周焉墨才不是那種會親手捕魚的人，尤其是在這種時機，所以依然面無表情地坐在那裡，紋絲不動。

裴雲舟便知道是請不動這祖宗當幫手了，正要放棄，就在這時，賀苒問葉未晴。「妳想不想吃烤魚？這麼有活力的魚兒，肉肯定肥美極了，若是烤得火候正好，外焦裡嫩，再撒上些鹽巴辣椒粉，比御廚做得還好吃！」

葉未晴想了想，這烤魚被賀苒描述得太有畫面感，彷彿正在她面前冒著香氣，她誠實地點頭。「想吃。」

周焉墨突然站起來，不等裴雲舟便走到外面去，裴雲舟得意地挑了挑眉，賀苒粲然一笑。

走了兩個人，桌子旁邊便顯得空盪盪了，江風似乎也變得更冷。賀苒笑了笑，才道：「我哥哥快要成親了。」

「哦？」葉未晴驚訝道：「還挺快，我都沒有聽到消息。是什麼時候？我好準備一份賀禮過去。」

「沒想到妳還挺大度。」賀苒打趣道：「是個小官家的女兒，這回不算是攀高枝，之前那個叫香扇的早就被打發走了。」

「挺好的，合適就好。賀宣是個好人，值得結交，就算沒了那層關係，我對他還是欣賞的。」

葉未晴非常平靜，就算是剛才的驚訝，也沒有多餘的意味，這倒也在賀苒的意料之中。兩個人吹了會兒江風，意識逐漸在美妙的風景中放空。

賀苒突然說道：「其實，在清漣入夢見周焉墨的第一眼，我就覺得你們兩個人很配。」

葉未晴輕輕垂眸，遮住紛雜的思緒，卻遮不住心裡一團糟，她隨口回了一句。「是嗎？」

「對，那個時候我就開始覺得我哥實在沒什麼勝算，後來發生的一切倒也在我的意料之中。」賀苒的頭向周焉墨的方向轉了一下，關心地問：「那妳，喜不喜歡他啊？」

葉未晴低頭，捏著自己的指節，小聲說道：「喜歡……是喜歡的吧……」

如果有一個人，對別人冷冰冰的，卻會對妳笑，會溫柔地按著妳的頭，言語笨拙地安撫，會醉酒之後親吻妳，說妳是他的妻，會捨命相護，這樣的人，會不喜歡嗎？

她並非鐵石心腸，怎會心無所感。

「那你們怎麼還像現在這樣？」賀苒終於問出心中的疑問。

「是我不好。」葉未晴淡淡地笑，神色平常。「他那麼好的人，我配不上。」

賀苒皺眉，對她的妄自菲薄不滿。「有什麼配不上的？」她發自內心覺得他們是天生一對。

葉未晴不說話，過了半晌，她抬頭，神色異常認真。「妳看我像多少歲？」

賀苒愣了一下。「這什麼鬼問題，就是妳實際年齡那麼大啊……」

但經過葉未晴這麼一提點，賀苒再一看，確實能從她的眼神中看出不符合年紀的成熟。可這又不是什麼奇怪的事，身為定遠侯的女兒，理應比常人更成熟一些，早點知事才對。

葉未晴挑了個委婉的說法。「可如果……我已經活了很多年了呢？比妳想的還要多，也經歷過更多的事情。」

賀苒端著茶杯的手將將停留在嘴前，好像聽到什麼不可置信的事情一般，那一刻葉未晴還以為賀苒懂她在說什麼了，下一刻，賀苒卻無比認真問：「妳難道是妖怪？」

葉未晴失笑。「算了。」

「妳真是妖怪？還是仙女？」賀苒激動地放下茶杯，搖著葉未晴的胳膊央求道：「快給我變個術法。」

葉未晴道：「我可以讓妳杯子裡的茶水消失。」

賀苒一臉期待地看著她。

葉未晴拿過那杯子，手一揚，茶水便灑在地面的木板上，形成一灘水漬，她又把茶杯放到賀苒面前。「沒了。」

「啊啊啊啊，我掐死妳這個妖怪！」賀苒伸出雙手。

周焉墨和裴雲舟帶著一桶魚回來，船夫停止划船，轉而幫他們清理魚的內臟。船恰好停在江心，葉未晴時不時就把視線轉到負手站在另一頭的周焉墨身上。

親口承認自己喜歡周焉墨之後，再看他的感覺就有些不一樣了。

支起架子，找來木炭生好火，周焉墨把魚串上，來回翻烤，一邊烤一邊問：「想要什麼口味？要放多少辣？」他記得她喜歡吃辣食，卻又不能太辣，只能吃一點過過癮。

葉未晴卻沒回答他的問題，逕自提道：「我教青雲公主烤過魚，然後她就把我當成姐姐，常邀我入宮。」

「我知道，我看見了。」周焉墨憑著自己的感覺倒辣椒。她幫青雲公主烤魚還是在春獵的晚上，那時候他們還不太熟，他派人盯著葉未晴，這些事情自然知道。

「藉著去找她的機會，我自己在宮中也打聽到了不少消息。」葉未晴道。

「是嗎？很不錯。」

葉未晴笑意盈盈，不說話。周焉墨抬頭看她，眼中帶著無奈和寵溺。

羅櫻和葉彤約在茶樓裡。

在周焉墨的阻擾下，周衡已決定放棄葉家了，可他的放棄卻不是放過，葉家不能為他所用，那麼更不能為別人所用。他和羅櫻談到此事的時候，羅櫻想起她還有個「好姐妹」葉彤在手上，也許可以好好利用，雖然她最近沒怎麼找過葉彤，不過找個藉口搪塞過去也是輕而易舉。

所以，她主動提出要幫周衡辦好這件事。對於周衡，她知道自己不能光依靠美色，更不能恃寵而驕，她的存在更像是他的下屬，把事情做好，對他有利用價值，才能得到他的青睞。因為南兒的事，她已經讓他不悅了，總要想辦法做些什麼才能挽回。

葉彤對葉未晴本就有嫉恨之心，她只要再加一把火，葉彤還是能發揮很大作用的。

二人談了很久，就像好姐妹許久不見，十分熱絡。羅櫻又逐漸引導話題，讓葉彤說出自己對葉未晴的不滿。

羅櫻趁勢拿出一樣東西，推到葉彤的面前。「她能欺負妳，不就是因為她爹的官更大嗎？若她爹不是定遠侯，哪還敢這麼對妳？」

葉彤拿起那東西看了看，那是一件銅鐵所鑄的動物，像虎又像豹，她認不出來，問道：「這是什麼？」

「這就是一座銅雕，從外面道觀裡請來的，特別靈。」羅櫻附在她耳邊道：「妳將它放到葉安的房中，我保證過不久他的氣運就會被吸走，轉給妳爹爹。只要他被降了官職，葉末晴就再也不敢那麼對妳說話了。」

葉彤咬了咬唇，猶豫道：「這東西管用嗎？」

羅櫻含笑道：「我又沒有預知的能力，只聽說特別靈就是了，再說了，妳放到他房中，書房臥房都可，就這麼一個銅雕，又不惹眼，就算不管用，咱們也不吃虧，是不是？」

葉彤點頭，把銅雕藏到袖中。

離開茶樓之後，葉彤回到侯府，故意繞到伯父的院落前探動靜。

葉安的院落周圍沒有人守著，他不在房內的時候，附近甚至連個小廝都不會來。葉彤找到機會溜進書房，心想書房擺設的物件多，多一個銅雕並不引人注目。

她迅速掃了屋內幾眼，最後看到置物架最上面的那層似乎頗為合適，那一層她需要踮著腳才能放上去，放在最偏僻的格子裡一定不會有人發現。

葉彤沒有做過什麼壞事，之前做過最出格的不過就是和葉末晴爭搶賀宣，所以她不免緊張，心提到嗓子眼裡。

就在她踮腳放置銅雕的時候，門外突然傳來一陣腳步聲，她嚇得手一抖，半個巴掌大的銅雕脫手而出，砸在地上發出沈悶的響聲。

進門的人自然也注意到掉在地上的什物，葉銳正要去書房拿東西，恰好看到葉彤鬼鬼祟祟的不知道在做什麼。他皺眉，走到葉彤的面前。

葉彤心跳如擂鼓，想彎腰撿已沒法撿，只能用腳扒拉著銅雕扒拉到身後去。

葉銳又繞到她身後，撿起那銅雕，仔細端詳了幾眼，問道：「這是什麼？」

「我、我也不知道，就是看到了覺得好看，想放在這裡，正合適。」葉彤有些心虛。

葉銳看那銅雕的動物，隱約覺得眼熟，似乎大周宿敵北狄皇室供奉的神獸和這有點類似，不過他也沒見過幾次，記不大清。但就算不是，這東西若是被有心人士看到了，利用來大作文章就不妙了。

葉銳攥著銅雕，完全沒有還給她的意思。「這銅雕就放我這裡了，以後別什麼東西都往書房裡放。」

葉彤急得直咬唇，萬一他將那東西扣下了，有誰認得這銅雕可怎麼辦？伯父是這定遠侯府的主人，要是被他發現她想用這東西破壞他的氣運，她怎麼再在侯府待下去？況且，還有可能連累她爹娘。

葉彤撒嬌央求道：「哥，你還給我吧。」

葉銳警惕地後退一步。「讓我還給妳？妳是不是知道這東西是什麼，才挑沒人的時候放？」

「我真的不知道。」葉彤驚訝道：「是什麼不好的東西嗎？」

葉銳冷哼一聲。

葉彤害怕得流出幾滴眼淚，可憐兮兮地求著。「我真的不知道，我怎麼可能害大伯、大伯母呢？哥，就念在我不懂，這一次放了我吧，別告訴別人，不然我爹娘會罰死我的，我保證再也不會做這種蠢事了。」

葉銳皺著眉，直直地望向她眼底，心裡也逐漸動搖。連他都不確定這東西是不是與北狄皇室有關，葉彤一個小丫頭哪裡會知道？況且，都是葉家人，阿爹又沒有得罪到她，她應該不會故意想害阿爹。

「哥，求你了……」葉彤輕輕拽著他的袖子。

「好吧。」葉銳妥協道：「這件事我不會告訴別人，不過，東西我也不可能還妳。若是還有下次，就別怪我將事情說出去了。」

「謝謝哥！絕對不會有下次了！」葉彤舉起手指發誓。

葉銳等葉彤離開之後，召來幾個小廝，吩咐道：「近些日子給我守好這個院子，除了我爹娘之外，不許單獨放任何人進去。」

葉鳴的婚事定在一個月後，看似緊促，但實際上卻是順其自然的事。荊湲和葉鳴在邊關相識多年，葉安總催促他們快點成親，終於回盛京之後等到了這一天。

荊湲父母早逝，只給那些走得近的親朋送了請帖，定遠侯府中江氏和霍氏開始張羅各項事宜，每日忙得不行。

這一日，葉未晴再被青雲公主邀入宮，回府之前，青雲公主拉著她道：「再過二十多日，我們要去行宮玩，葉姐姐也陪我去好不好？」

葉未晴其實不怎麼想去，行宮對她來說沒什麼新奇的，對這些年輕人來說卻是個風景優美的遊玩之地。但是，她接近青雲公主的原因不單純，一直讓她有些愧疚，若能讓她高興點就當作補償。她點頭。「若是沒有要緊的事，我就去。」

「那就這麼說定啦！葉姐姐不去的話，我找誰玩都不開心了……等到那天，我去妳家門口接妳！」青雲歡喜道。

「嗯。」葉未晴揉了揉她的頭。

從青雲公主的寢殿出來，她又去了昭華宮探望大皇子，葉未晴沒想到自己來得這麼湊巧，周焉墨和二皇子都在裡面。

大皇子笑著看向葉未晴。「葉姑娘，我要走了。」

「去哪兒？」葉未晴問。

「磐州。」周杭很久沒有露出如此溫暖的笑容。「還要多謝葉將軍為我爭取。」

「上次你找我爹商議的就是這件事？」她看向周焉墨。

周焉墨點了點頭。

葉未晴皺眉。「磐州……可是磐州地處偏遠，和盛京根本沒辦法比，這根本就是流放！」

周杭道：「那裡雖然生活困苦，但對我和南兒來說卻比這錦衣玉食的皇宮要更安全，南兒留在皇城中，就是一個活生生的靶子。」

葉未晴驚訝。「你還要帶南兒一起去？可是去了那邊，想害你們的人也未必就會放手，尤其是去那裡的一路上，說不定會遇到什麼危險。」

二皇子道：「這已經是我們商議過後的結果，去磐州確實利大於弊。等到了那邊，那些人再想害人就不是那麼容易了。」

葉未晴明白他們說的道理，只好點頭。只是這一路上顛簸至極，南兒能受得住嗎？

葉未晴問：「何時出發？」

「後日。」

「屆時我去送你們一程。」

南兒不知道自己馬上就要和大家說再見，還傻乎乎地拽著葉未晴的手指頭玩。葉未晴看著他天真稚嫩的臉龐，不捨的情緒漸漸發酵。

但她早就是成熟的人了，知曉世上之事不能隨心所欲，離別在所難免，只要人好好的，見不見面似乎就變得無足輕重了。

二皇子越說越哽咽。「那日我不能去送你們，還有別的事情。大哥，你要照顧好自己，多請幾個人來照顧南兒，省得你手生，什麼都不會。還有，多找一些護衛，保護南兒的安全……等日後有機會回到盛京，我們再見……」

周杭不捨地看著弟弟，重重地拍了拍他的肩，這幾下彷彿包含著無數話語。

周焉墨和葉未晴先行離開，他能感覺到她的情緒有些低落。回到侯府門口，兩人在分開之前，他突然叫住了她。「阿晴。」

「啊？」她回頭。

周焉墨嘆了口氣，手掌扣住她的後腦勺，將她一把按在自己懷中。動作太突然，葉未晴險些沒有反應過來。她的臉靠在周焉墨的肩上，明明最開始是很粗魯的動作，等臉挨在他肩上的時候又變得輕柔。

她知道這是他無聲的安慰，放在她後腦勺處的手掌輕輕地拍了幾下，她道：「謝謝。」

不過片刻，兩個人就分開了。葉未晴不敢看他，匆忙道：「我走了。」

再回頭，周焉墨長身鶴立，正靜靜望著她，金黃的枯葉捲落在他腳邊，衣袂翻飛。他的肩膀太寬闊，她不敢多滯留一刻，怕再賴著，便不想離開了。

兩天的時間過得很快，周杭離京之期轉眼便到。

出了城門之後，一路向東，大周最東便是磐州。

周杭和南兒坐在馬車裡，簾子被掀開，坐在周杭懷中的南兒一直向外張望，視線始終落在騎馬的葉未晴和周焉墨身上。大概因為他沒有騎在馬上過，所以格外好奇。

出城之後又隨同走了很遠，葉未晴道：「就送到這裡吧。」

周焉墨點頭，二人勒馬停下，車隊仍轆轆向前走，南兒視線內沒了人，立馬急起來，嘴裡咿咿呀呀的，還把手伸出馬車。

周杭怕他掉下去，牢牢地抓住他，只見南兒露出一個小腦袋，帶著哭腔衝葉未晴喊：「姐……姐姐……」

葉未晴還是第一次聽他叫姐姐，雖然南兒口齒不清，叫起來像是「改改」。她有點難過，又駕馬跟上，周焉墨也立刻跟上，道：「若是捨不得，就再送一段。」

葉未晴道：「再送一段吧。」

南兒看到她過來，又不哭了。

如今他們已經出城很遠，兩側是綿延起伏的山脈，路越來越窄，群山遮蔽太陽，昏暗感幾乎要讓人窒息。突然，破空之聲響起，一枝箭矢正插在車隊前，擋住了他們的去路。

葉未晴抬頭，只見兩側山頭上烏壓壓的都是埋伏，馬兒被驚擾，不安地挪動著前蹄，葉未晴只好下馬。

周焉墨蹙眉，看著那密密麻麻的人影，說道：「沒想到他們竟然如此急不可耐，在這裡就想要動手。」

葉未晴問：「是周衡的人？」

周焉墨點頭。「嗯。」

葉未晴緊張地掃視一周，把嘴抿成了一條線。「可是我們……就只有這麼多人。」

除了他們幾個，頂多只有五、六個護衛而已，怎麼可能打得過那麼多人？

葉未晴回頭看，來的路上卻是空的，她悄聲對周焉墨道：「要不然我們領著大皇子往回逃吧？雖然不一定逃得掉，但也不能在這裡等死啊。他們在這裡埋伏，恐怕就是為了取大皇子性命，連帶著滅我們的口。」

周焉墨勾住她的手，道：「別怕，我自有準備。」

葉未晴的心本亂成一團，得到他的一句安撫，莫名安定許多。

山頭突然傳來響動，山上的人都跑了下來，腳步聲交疊在一起迴盪在山谷中聲響巨大，葉未晴抓著他的手忍不住用力了幾分。

葉未晴等人被團團包圍，正前方處，敵人露出了一條縫隙，周衡騎著馬走進來，目光沈沈瞧著周焉墨和葉未晴牽在一起的手。

周衡道：「是你。」

周焉墨輕輕勾了一下唇角，不見半點被威脅的慌張，道：「是我。」

周衡語氣中帶著輕佻的得意，親和的笑也變了味道。「看來我的直覺沒錯，你確實深藏不露，扮豬吃虎。不過，為什麼非蹚這渾水不可？不然，我勉強還能留你一命。」

「三弟，果然是你。」周杭從馬車中緩緩走出，滿眼心痛地看著他。「你太讓我失望了，大哥何曾做過半分對不起你的事？你我從小一起長大，你卻連這種情分都可拋棄，唉，權力就如此誘人，能讓你變得如此大逆不道嗎？你該問問自己的良心，可曾有半分愧疚！」

周衡縱然心硬如鐵，可聽到這樣的指責也無法做到不痛不癢。「別試圖用道義綁架我！

這世道，強者才配生存！」

周杭沈痛道：「你書都白讀了嗎？你怎麼會這樣想？」

周衡斜眼睨他。「看看你我如今的境況，我是人上人，你是階下囚，就該知道，我說的才是對的。」

葉未晴終於知道上一世那樣的結局根源於何處了，是因為周衡秉持的觀念與她大不相同，並且這是他根深柢固的思想，沒有辦法改變，所有人對於他而言只是利用的棋子，而不是一個實實在在有血有肉的人。有用的，就想辦法用，無用就拋棄。棋子只有這樣的用途，在它們身上，不配付出感情。

周焉墨冷笑一聲，看向大皇子，譏諷道：「和他有什麼好談的，他聽不懂人話。」

周衡騎在馬上，高高在上地看著周焉墨。「隨便你怎麼說，反正我隨時都可以要你的命，是吧——皇叔？還有你身後那個我不要的女人，你也敢要，你知不知道我們訂過親、做過什麼？」

周焉墨握著葉未晴的手重了幾分力道，他沈沈地盯著周衡，目光中醞釀著怒意。

明知周衡試圖挑撥，葉未晴卻也無話可說，訂親的這幾年，她和周衡沒做過什麼，可是上一世呢？她不說就沒人知道，可是她騙不了自己。

而且，周焉墨他……確實是在意的。

周焉墨道：「周衡，你殘害父兄姪兒，殺了多少人，難道你心裡沒數嗎？別以為全部滅口，這些事情就永遠不會被翻出來。」

周衡道：「既然這些事情你都知道，那便留你不得了。」

他揮了揮手，呈一圈包圍他們的人紛紛拿起弓箭，箭矢搭在弦上，等待命令。

和前世一模一樣的情景，葉未晴驚恐地睜大眼睛，抖如篩糠，但還是奔上前，雙臂張開擋在周焉墨的前面。

也許她會死，太子會死，南兒會死，但周焉墨卻不該是這樣的結果，明明上一世他一直活得好好的。若是什麼改變了他命運的軌跡，那都是因為她！是她把他牽扯進來的，若是他身殞，全部都是她的錯！

周衡被葉未晴的動作吸引了注意，她分明萬分驚恐害怕，連眼眶都泛紅，卻還是擋在周焉墨前面。而他呢，被她退親，這樣的對比讓他心中難免不甘。

周焉墨發覺葉未晴的情緒異樣，想到曾經在顯仁殿外看她也是這般魔怔的表情，不解之餘，將她拉近了自己幾分，用手輕輕順著她的後頸，彷彿在給炸了毛的貓順毛似的。

但這個方法不奏效，葉未晴還是身體僵硬，發抖得更嚴重。他將葉未晴向後拽幾步，葉未晴還是堅持走到他的前面，誓死要幫他擋箭。

周焉墨知道再也拖不得了，便道：「周衡，你的計劃並非萬無一失。」

周衡皺眉，不知他是何意，這時，山頭兩側傳來密集的腳步聲，但卻只聞其聲，不見其影。

周衡凝神一聽，這些沒有露面的人未必比自己帶的人少，他面色漸漸凝重，更何況，山上算是有利地形，已經被後來的對方占據。

周衡喊道：「不管那麼多了，時間來得及，先全部抓起來再說！」

抓和殺區別重大，不能再肆無忌憚地使用弓箭，所有人頓時改用長刀圍了上來。周焉墨的護衛在重圍中破出了一個口子，周焉墨摟著葉未晴的腰跳到包圍圈的外面。

這時候，山上的人也逐漸顯露身影，向山下奔來，一場混戰即將發生。

葉未晴看不得太血腥的東西，不然就會困在不好的回憶裡，她已經努力控制自己的情緒，卻控制不了本能發抖的身體。

直到一塊布圍上了她的眼睛。

她什麼都看不見，伸手想將眼睛上的布摘下，卻被周焉墨按住了手。她喊道：「你蒙住我的眼睛做什麼！」

周焉墨道：「既然看不了血腥，就不要看。」

「我能看。」

「別嘴硬。」

葉未晴不放心，心急地越喊越大聲，隱約有潑婦罵街的氣勢。「你究竟安排了多少人，能不能打得過他們？你蒙住我的眼睛，我怎麼看現在的情況？是不是你的人太少，根本打不過他們？」

周焉墨無奈地笑了笑，道：「白鳶，把她帶走。」

「你叫我走有什麼用，你想自己留在這裡和他們決一死戰嗎？說到底，不想讓我看見，還是敵不過周衡吧。」葉未晴聲音越來越小，越來越哽咽，眼上蒙著的布也濕了一塊，臉上掛著兩行清淚。「若是你死了，都是因為我，我會愧疚一生——唔。」

唇上傳來溫熱的柔軟觸感，葉未晴立刻噤聲。

雖然她上一刻仍在說話的兩片唇瓣還分開著，但周焉墨沒有得寸進尺，只是輕輕地碰了一下，舌尖順帶滑過她的上唇。

耳邊殺伐之聲不斷，空氣中瀰漫著血腥味，但葉未晴腦海中的血腥記憶已經被他成功地逼退。

周焉墨的聲音低沈又喑啞，彷彿帶著無窮盡的慾望，他道：「以前怎麼沒發現，妳有這麼吵。」

「我沒有！」葉未晴低頭，下意識地舔了舔自己的上唇，惹得周焉墨發笑。

聽到他低低的笑聲，葉未晴更不好意思了，雖然她知道，這並不合時宜。

周焉墨道：「白鳶，帶她走。」

白鳶走到葉未晴身邊，勸道：「葉姑娘就聽王爺的吧，他會保證自己平安的。」

葉未晴點了點頭，一雙熾熱的手扣住她的腰，將她送到馬背上，然後白鳶坐在她後面，策馬轉了個方向。

「等我回去了，記得把手帕給我。」

葉未晴向著聲音傳來的方向點了點頭，他說過「等我回去」，那他一定會相安無事吧？

白鳶帶著葉未晴遠離戰場，一離開不久，葉未晴就把蒙眼的布拽了下來，一雙眼睛腫成了核桃似的。她再回望，已經看不到他們的人影，也聽不到任何短兵相接之聲了。

她忍不住問白鳶。「你們擋得了周衡帶領的那麼多人嗎？」

白鳶說了事先準備好的說辭。「放心吧，葉姑娘，王爺料到周衡會在路上對大皇子下手，早就佈好了人手，只是沒想到對方如此急不可耐，都還沒離開盛京多遠呢，就動傢伙了。幸好王爺事先都布置周全了，葉姑娘別太擔心了，等王爺回去了，鐵定讓您見到完整的他，不缺胳膊少腿的，哎喲，我這說什麼呢！葉姑娘該想的是那個什麼什麼手帕，等王爺回去，您若給不出來，他說不定會生氣的。」

說完之後，她見葉未晴的臉色緩和了些，才放下心。

白鳶護送葉未晴回到定遠侯府，葉未晴根本坐不住，一顆心七上八下的，隔一會兒便要問白鳶周焉墨回沒回來。她知道他們有特殊傳遞消息的方式，極短時間內就能互通消息。然而每次問，白鳶都說沒回來。

問了太多次之後，葉未晴也知道自己煩，可就是忍不住。白鳶無奈道：「葉姑娘，要不然妳找點什麼事情做。」

葉未晴垂頭。「我也沒什麼事情可做。」
白鳶提議道：「不是說什麼手帕嗎？葉姑娘給王爺準備好了嗎？」
「我早就準備好了，只不過一直沒給他。」葉未晴去拿出一方帕子，放到白鳶面前，道：「就是這個，妳看好不好看？有沒有哪裡需要改的？」
白鳶指著那「墨」字，挑了挑眉。「好看啊，這字，嘖嘖，比王爺自己寫的都好看。」
葉未晴稍稍羞赧。「是嗎，那繡工有哪處不足嗎？」
「好，這繡工真好！反正我是看不出來半點瑕疵！」白鳶就是個生活在刀尖上的粗人，怎麼懂這些，她假裝認真地反反覆覆看了幾遍，之所以這麼說是為了鼓舞葉未晴，省得葉未晴沒有信心，又送不出去。
「那就好。」葉未晴將帕子整齊疊起，又陷入無所事事的狀態。
到了晚上入睡的時辰，葉未晴再問白鳶，白鳶終於回覆，周焉墨已經回來了。
葉未晴精神緊張了一天，驟然放鬆下來，疲憊感席捲全身，卻仍道：「有沒有受傷？我想去弈王府見見他。」
「沒傷著，放心吧葉姑娘。」白鳶為難地瞧了瞧外面。「天色已晚，這時候出去難保會遇到什麼危險，況且王爺安然無恙，葉姑娘不如先歇息，反正王爺也丟不了。」
白鳶說得有道理，葉未晴乖乖先睡下。
很快來到第二日早上，葉未晴梳洗完後便要出門，白鳶見狀攔住她，問道：「葉姑娘，妳這是去哪裡？」

葉未晴道：「弈王府啊。」

白鳶為難地道：「這……王爺可能不在府中。」

葉未晴點了點頭。「倒也是，以前每次去我都沒有提前打招呼，但是周焉墨要麼在那裡，要麼過沒一會兒就回來了。」

白鳶笑道：「那是因為王爺聽說妳去，才馬上趕回去。」

葉未晴心裡暖烘烘的，又抬頭看她。「那今天他有要緊事，可能不在嗎？」

「是的。」白鳶點了點頭。「昨日起了那麼大的衝突，有許多事要善後，總不能讓別人知道他和三皇子在外面光明正大地打了一架，不然那就是大事了。」

「嗯，也是，那我就再緩些吧，但不知怎的我總感覺心慌，可能得見到他才能放心。」

葉未晴也覺得自己這心慌來得沒有緣由，若周焉墨真出事，盛京只怕早已經天翻地覆，定遠侯府一定會最先收到消息，可是現在平靜如斯，是她多慮了。

下午，白鳶給葉未晴帶來一封信，上面只寫了兩個字：安心。

是周焉墨的筆跡，想必他知道她擔心，但又無法見她，所以才讓人遞了這樣一封簡潔的信。

但葉未晴的心反而更加懸著，她自己也不明白這是為何。

第十七章

隔日，葉未晴又提出要去弈王府看一看，想要見周焉墨一面，白鳶回絕，還是一樣的理由，說周焉墨一早便出了門，瑣事纏身，無暇顧及其他。葉未晴假裝順從地點頭，在侯府裡安靜地待了一天。

外面下起了大雨，是入秋以來最大的一場雨，窗櫺受到豆大雨點的擊打，發出痛苦不堪的叫聲。烏雲遮蔽天空，陽光被嚴嚴實實地蓋在烏雲後面，彷彿快要窒息，殘花敗葉落了滿地，空氣中泛著異常的冷。

白日與黑夜的交界並不明顯，幾點燭光在屋子裡面跳動著。

葉未晴一直盯著時辰，已到亥時三刻。

周焉墨再忙，總不會不回來睡覺，而且兩天都過去了，有什麼事也該辦得差不多了吧？

葉未晴拿著一把傘，從屋子裡面走了出去。

白鳶驚呼一聲。「哎！葉姑娘，妳去哪兒？」

葉未晴不打算再聽她的話，隻身拿傘潛入夜幕。「弈王府。」

白鳶攔了她幾下，發現攔不住。她嘆了一口氣，知道只靠自己說，葉未晴是不會相信的，只有去那兒親自看一眼，才會死心。

所以白鳶攔了幾下後，便也不攔了，跟在葉未晴的後面，護著她一道來到弈王府。

弈王府前站著幾名護衛，他們堵在門前，不讓葉未晴進去，說道：「葉姑娘，王爺他不在府中。」

「那他去哪兒了？」葉未晴語氣冰冷，寒風將她的臉吹得煞白。

幾名護衛無奈地解釋道：「王爺去哪兒，我們做下人的怎麼會知道。」

葉未晴意味深長地道：「我以前來，你們可是從來不會攔我的。」

護衛無語，不知道這話怎麼接，彼此無助地交換眼神。

白鳶道：「葉姑娘，雨下得這麼大，王爺又不在，這麼晚了他們也不敢放妳進去，不如改天再來。」

葉未晴收起傘，從幾名護衛中間強硬地擠進了門，一路沿著長廊走，護衛追在她的身後，想擋她進門，可又不能拿她怎麼樣，真真手足無措。

院子裡的小廝看她的眼神也甚是奇怪，不大一會兒，葉未晴身後竟然跟了許多人。

葉未晴腳步極快，風似的地走到周焉墨房前，透過窗戶看，裡面漆黑一片，看不見東西，也沒有光。

下人們紛紛在她旁邊說道：「葉姑娘，我們真的沒騙妳，王爺他真的不在府中。」

真的不在家嗎？難道是她想錯了？

她將傘隨意扔到一邊的地上，立刻有下人撿起來。他們對葉未晴的態度畢恭畢敬，可是眼中卻閃爍著奇怪的光。

葉未晴走到門前，用手敲了敲門。若是此時她向背後看一眼，就會發現周圍的氣氛一瞬間凝固，所有人都像被人掐住脖子一般，驚恐地睜大眼睛。

過了很久，都沒人開門，周圍的下人們又在試圖勸說葉未晴走，連她自己都開始懷疑，是不是真的疑心過重，所以看什麼都不正常，就在這時，門後傳來了一聲響動。

啪嗒——是清脆的開門門的聲音，門緩緩開了。

葉未晴頓時緊張起來，指甲深深嵌入手心。

只見裴雲姝穿著單薄的中衣，睡意尚未褪去，茫然地看向外面，問道：「怎麼這麼多人？」

背後的人齊齊吸了一口冷氣。

葉未晴感覺眼前的景象似是突然晃了一下，差點站不穩腳，然後，她聽到自己平靜的聲音。「周焉墨呢，他睡了？」

裴雲姝點了點頭。

白鳶一臉「我要死了」的表情，開始雙手合十祈求上蒼，她以為葉未晴到弈王府會被護衛攔著，再不濟看到房裡熄著燈也會自己回去，沒想到……沒想到事態會發展到這一步！

葉未晴看著裴雲姝。裴雲姝的臉素白乾淨，不施粉黛，頭髮凌亂，眼神迷離，被人驚擾了美夢，眼中還帶著楚楚可憐的水光，像一朵非神仙不能染指的聖花。

葉未晴木然地點頭。「噢，噢……」

她什麼都懂了。怪不得所有人都如此怕她來弈王府，原來是不想讓她看到這一幕。

她輕輕笑了一聲，笑自己自作多情。她轉身走了出去，大雨澆在她的身上，瞬間澆透衣衫，帶著冰冷的涼意沁入骨血中。這回再也沒有人跟在她的後面，也沒有人齊齊說著一個並不高明的謊言。

她逃也似地飛快離開王府，路上還抽出了藏在懷中的一方手帕，隨意丟棄在不顯眼的路邊，還未飄落在地就被雨水打濕，然後又挨上污濁的泥土，很快就看不出來分別了。

汀蘭看到全身濕透的葉未晴，驚訝又心疼，用袖子擦著她臉上的雨水，道：「小姐怎麼把自己搞得這麼狼狽？發生什麼了？」

葉未晴搖了搖頭，任由汀蘭推著她進屋將濕衣服換下來。

汀蘭知道葉未晴不想說，她能明顯地感覺到葉未晴在傷心，小姐就是這樣的性子，什麼都不願意說出來，可是她已經陪伴小姐這麼多年，很容易感受到她的情緒。

葉未晴的身子不弱，可是淋了這麼一遭雨，晚上開始有發熱的跡象。

此時奕王府裡，周焉墨的門前已經亂成一鍋粥，下人們都互相瞅瞅，不知該怎麼辦。

白鳶把角落裡的飛鸞揪出來，氣急敗壞地說：「你守著葉姑娘去，這麼晚了，別讓她在路上出什麼事。」

飛鸞瞧了眼緊閉的房門，問道：「這，怎麼辦啊？」

白鳶咬了咬唇，下定決心似的。「我來想辦法吧，你快去，葉姑娘身邊一直是你守著，你熟悉！」

飛鸞點點頭，腳步輕點幾下，轉眼消失在弈王府中。

下人們問白鳶。「這是不是應當告訴王爺一聲啊？」

「告訴也不是現在告訴，就算你們想說，王爺能聽見嗎？」白鳶嘆了口氣，對著他們揮了揮手。「罷了，都先回去，明早看看情況再說。」

下人們這才散了，院中又恢復一片寧靜。

隔日早上，白鳶便到王爺門前守著，剛一有人開門，白鳶就湊了上去，開門的人是裴雲姝的丫鬟。

白鳶問：「妳家小姐醒了嗎？」

丫鬟搖搖頭，乖巧答道：「還沒呢。」

白鳶抬頭看了眼太陽，這都日上三竿了還沒起，她一清早就來這裡守著，已經有兩個時辰了。

丫鬟似乎看出她臉上的不悅，卻也不生氣，替裴雲姝辯道：「我家小姐昨夜累成那樣，今早才貪睡了些，還望理解。」

白鳶舔了舔乾裂的唇，點頭。「嗯，理解理解。」

又約莫等了半個時辰，裴雲姝從屋裡走出，頭髮用根木簪隨便一綰，和白鳶找了個石桌隨便坐下。

「等我很久了吧，」裴雲姝道：「抱歉。」

白鳶擺擺手，道：「裴姑娘，這幾日多虧了妳為王爺診治，我是想同妳說葉姑娘的事。」

「我知道，我會告訴他的。」裴雲姝放在石桌下面的手捏緊。「我會第一時間告訴他葉姑娘來過，妳不必擔心此事。」

白鳶鬆了一口氣。「那就好。」

定遠侯府內。

葉未晴發了一夜的熱，早上終於正常了些，岸芷和汀蘭去給她熬了藥，葉未晴端著那碗極苦的藥一口氣倒進了肚子中。

她感覺渾身無力，臉色、唇色都蒼白得厲害，就像生了一場極其嚴重的病。

這一晚，她陷入了一個冗長的無止境的夢境，一直在重複所有人舉著弓箭對著他們的畫面，她依然毫不猶豫地擋在周焉墨的面前，箭矢都如同長了眼睛似的，朝她的身上襲來，鐵製的箭頭異常冰冷，如同那一個雪天，帶走她身上所有的溫度。

她倒在地上，轉頭卻看見周焉墨將裴雲姝牢牢地護在身後，表情是如此擔憂著急，連一眼都顧不得分給她。

夢境每一次輪迴，她都帶著上一次的記憶，卻控制不了自己的身體。明知道會是這樣的結果，她還是站在他的前面，在一次一次的夢境轉換中，她也自問，現實裡的她選擇擋在他的身前，真的是由於對他感到愧疚嗎？

不，不是，不僅僅如此。在她心裡，早已經把他看作可以用性命去守護的人。可明明如此，剛意識到這一點，現實又給了她一個無情的巴掌。

這個人，撩撥完她，自己又跑了。

還好，她只是把這一切放在心裡，沒有人知道，也就沒有人有機會嘲笑她，除了她自己。

她把碗放在岸芷托著的托盤中，虛弱的手控制不好力度，瓷碗重重摔在木質托盤上，嚇了岸芷一跳。

「小姐，您還是多休息休息吧。」汀蘭想把葉未晴按回到床上。

葉未晴擺了擺手。「我沒什麼不適。」

發燒了一晚上，只有疏影院裡的幾個人知道，消息沒傳出去，江氏不知情，白日裡還來喚葉未晴去同她一起操辦葉鳴的婚事。葉未晴想了想，答應了，找點事情做來轉移注意力挺好的。

然而江氏看到女兒卻嚇了一跳，明顯就是一副病容，又無精打采，眼睛也微微腫著。

雖然一整天葉未晴都沒什麼心情，但幫忙採辦東西布置什物都做得井井有條，讓江氏省了不少事。

晚間的時候，弈王府卻掀起了一陣不小的波瀾。

周焉墨終於醒了，被人小心扶起靠在床邊，裴雲姝趕了過來，掀起他的衣服，看了看傷口，說道：「還好你命大。」

「嗯。」他虛弱地應了聲。「我一直都命大。」

「王爺，你自己昏迷了幾天倒沒什麼感覺，我們在旁邊守著，都嚇得不輕，幸好沒有傷到要害，只是流血太多了，差點……唉，救回來就好。」裴雲姝叮囑道：「傷口得慢慢養著，不能著涼，不能碰水，不能吃辛辣，忌酒，按時服藥。」

周焉墨一一點頭。「好。」

「其實這些都是廢話，傷那麼多次，王爺早就都能給別人看病了。」裴雲姝覺得好笑，此次情況雖凶險，但以往也不是沒發生過。

周焉墨端詳著傷口，又看了看身上其他地方的疤痕，說實話這具身子受過的傷不少，留下的疤也不少，又多了一道，也不知那小姑娘會不會嫌棄他。

「還有，葉姑娘來過了。」裴雲姝盯著藥盒子，沒有看著周焉墨說出這句話。

周焉墨抿起嘴角，瞬間轉頭看向裴雲姝，有些緊張地問：「她知道了？」

「她不知道你受傷。」裴雲姝道。

周焉墨立刻鬆了一口氣。

裴雲姝依然死盯著藥盒子，眼神一動不動，輕描淡寫地道：「她只是來過一趟，又走了，神情很平靜的……看不出來在想什麼。」

「哦。」周焉墨聲音低低的，像是有一點失落，但他面上不曾顯露出任何端倪，只能從語氣中捕捉到細枝末節。

裴雲姝終於將視線從藥盒子上移開，瞟了周焉墨一眼，說道：「王爺儘量躺著休息，不要扯到傷口，下次換藥我再來。」

她匆匆忙忙走出去，深深呼了一口氣。

周焉墨輕輕嘆了口氣，說不出來該開心還是難過，和周衡大戰一場過後，兩人皆傷重倒地，被各自的人馬帶走。他只記得自己昏過去之前最後一句話就是交代不要讓葉未晴知道，如今成功地瞞過去了，可是如果她知道，她會在乎嗎？不見得。起碼從裴雲姝口中說出來的，便是她沒有那麼在意。

裴雲姝剛出去，便碰見迎面而來的裴雲舟和二皇子。她道：「哥、二殿下，你們來了。」

他們二人自從周焉墨受傷被送回府治療之後，已是第二次來看望，周景十分擔憂地問：「皇叔的身子如何？」

「他剛剛醒來，現在血已止住，危急的情況已經過去，接下來只需要靜靜恢復就好。」

裴雲姝皺著眉看向他們二人，一看便是來商量要事的，又囑咐一句。「你們別和他說太多事情，傷神，不利於身體恢復。」

「知道啦知道啦。」裴雲舟又溫柔地拍了拍她的肩。「這幾日妳不眠不休地照顧他，辛苦了。」

這句話似乎把她當成外人似的，裴雲姝不太高興地咬了咬唇。「照顧他是我該做的。」

裴雲舟進房後，看到周焉墨躺在床上，烏髮披散，臉帶病容，這樣的脆弱為他削去幾分鋒芒銳利，終於有一點人間煙火氣。

周焉墨感覺嗓子發癢，輕輕咳了幾聲，傷口被牽扯得極疼，只能匆忙中灌下去幾口水，才壓下了喉嚨口的癢意。裴雲舟看他脆弱的樣子，彷彿自己身上也泛著疼。

周焉墨問：「外面都怎麼樣了？」

「大皇子和小皇孫順利從另一條路離開了，也給他們多配了些護衛，路上不會有人敢找麻煩的，他們一定能平安到達磐州。」裴雲舟道：「那日你為我們爭取的時間足夠，該拿的都拿了，而且不光你受傷，周衡也受了重傷，現在應該還躺在床上起不來呢，暫時也管不了閒事。野外交鋒沒有走漏一點風聲，瞞得極好。」

「那就好。」周焉墨道。

那一日的計劃是，由周焉墨多拖延一段時間，好讓在盛京的裴雲舟和周景有機會拿些足以威脅到周衡的東西。不過，確實有失算的地方，他沒想到周衡會這麼快就動手襲擊車隊，提前布置好的人差點就趕不過來。

周景一直在旁邊默不作聲，空氣沈寂了半晌後，他才嘆了口氣，說道：「皇叔，父皇似乎有立我為太子的意思。」

「哦？」周焉墨轉頭，淡淡地看著他。「那你想不想做太子？」

周景握著拳頭，彷彿下定了什麼決心。「我原本無意相爭，可若是父皇想立我為太子，那我就做太子。」

「為何？」周焉墨問。

「全因我發現，只有擁有權力才能守護我想守護的東西。不然，我將永遠處於被動。」周景口吻堅定。

「你的確比周衡要好上許多。」周焉墨語氣淡淡，卻決定了許多人的生死。「你若是想，我可助你。」

這回輪到周景發問：「皇叔為何偏要助我？明眼人似乎都選擇了三弟。」

「因為我覺得，你會是個明君。」周焉墨看著他。

周景這幾年都在外為了百姓奔波，哪位皇子還能忍受這樣的辛苦？居心仁愛，待人寬容，若是成為儲君，便可真正為百姓謀更多福祉。

裴雲舟也贊同地點頭。

「明君」這二字，讓周景心中湧上暖流，心中也燃起了從未有過的期望。

這幾日飛鸞一直守在定遠侯府，不過與以前不同的是，他總是有意無意在葉未晴面前晃悠，而葉未晴竟然就像沒看見他這個人似的，半點反應也沒有。飛鸞好奇心作祟，上前主動找她說話，得到的也只是些讓人心塞的回答。

飛鸞被叫回弈王府，這時周焉墨已經醒來好幾天了，雖然還在床上休養，但傷口已不會太痛了。

飛鸞隱約能猜到王爺叫他去是為了什麼，果然，周焉墨開口第一句便是問：「她最近都在忙什麼？」

飛鸞實話實說：「葉家大公子馬上便要成親了，每日葉夫人都拉著葉姑娘忙裡忙外置辦東西。」

「哦，那是有得忙。」周焉墨點了點頭。「她有沒有說過要來弈王府？你是不是攔著她了？」不然，她怎麼這麼多天都不來一次。

「王爺，我實話實說，葉姑娘……她沒說過要來弈王府，雖然她要來我肯定攔著，不能讓她知道您傷成這樣，可是她真的沒說過……」飛鸞撓了撓頭。

周焉墨想想也是，再問：「那她有沒有問起過我？」

「葉姑娘她、她可能太忙了，大哥成親，肯定要大張旗鼓地辦一下，呃，瑣事太多，我、我看她都消瘦了。」飛鸞忐忑地舔了舔唇。

周焉墨不悅地瞇眼。「那她就是連提都沒有提過我。」

「呃……」飛鸞心虛地低頭，他已經很委婉地將事實講出來了。

「那你有沒有問過她什麼？她又是怎麼說的？」周焉墨道：「不必顧及我，直接說出來就是。」

「我……問過葉姑娘，為什麼不來看看王爺您，她說……」

「說什麼？」

「她說，和她有什麼關係。」

周焉墨頓時感覺什麼千斤重鼎壓在胸口，壓得他心難受，連呼吸都變得困難。他艱難地撐著床沿，從床上下來，飛鸞見狀立刻上去扶他。周焉墨一隻手捂著傷口，另一隻手被飛鸞抓著，從表情中就能看出他非要下床又扯到傷口了。

飛鸞嚷嚷道：「哎喲王爺，您下床幹什麼？這種時候就應該在床上好好歇息，傷口還沒好呢，再開裂可怎麼辦！」

「屋裡悶。」周焉墨的聲音帶上了一絲沙啞。「出去走走。」

即便飛鸞不贊同，可他身為下屬，也得聽話。外面已到深秋，寒氣入骨，攙扶著王爺向外走的同時，飛鸞順手扯下來一件外袍披在周焉墨的身上。

飛鸞扶著周焉墨在院子內走了走，果然不出他所料，周焉墨的衣服上又沾了幾絲新鮮的血印子。飛鸞嘆了口氣，他實在不懂王爺為何要這樣，最後難受的不還是自己嗎？

「王爺，要不然便回去吧，傷口又開裂了。」飛鸞皺眉。「透過層層紗布都能染到衣服上，這得又出了多少血啊？」

周焉墨卻完全忽視他的勸告，問道：「那是什麼？」

飛鸞一頭霧水，順著他的目光看過去，那邊是一片泥土地，除了幾株枯敗的植物，便也沒什麼東西了，他答。「我沒看到有什麼啊。」

周焉墨輕輕咳了一聲。「有一半埋在土裡，似乎是釉藍色的。」

飛鸞聽他的描述，找了許久才找到土裡的那抹釉藍色。「想必是誰扔在這裡的無用的東西，我會讓下人們好好打掃過。」

周焉墨卻從心底覺得那東西隱隱有什麼特殊，勾得他想仔細看一看。「拿過來。」

「啊？」飛鸞愣了一下。

就這片刻的功夫，周焉墨卻已等不及，甩開飛鸞，自己慢慢向那邊走過去。飛鸞哪敢讓他自己過去拿，趕緊飛身上前將那東西從泥土裡拽出來，卻是一條釉藍色的手帕，大半表面都覆上了又髒又硬的泥土。

周焉墨臉色不是很好，拿過那條手帕仔細翻看，邊角處用更深的藍色線繡了個秀氣飄逸的「墨」字，正是出自葉未晴之手。

飛鸞看見那個字，下意識地以為是王爺丟棄的手帕，還沒想明白怎麼回事，就聽到周焉墨在旁邊劇烈地咳嗽起來，那衣裳沾了血的地方慢慢擴大，殷紅一片。

周焉墨壓著傷口，狼狽地蹲在地上，唇齒間也泛起一絲血腥的苦澀。好狠心的小姑娘，這麼多天對他不聞不問，連這條他期待了許多時日的手帕也被她隨意丟棄在地上。他當真是期待了好久，想盡藉口一催再催，最後竟在泥土裡找到了。

葉未晴果然如她一貫的狠心，毫不拖泥帶水，連在拒絕他這件事情上也是，裡裡外外都好像在向他傳達一個消息——

從此不必再見。

飛鸞怔怔地看著周焉墨肩背挺直地走回去，完全看不出身上有傷病，但他的肩膀在微微顫抖，抓著滿是泥污手帕的手也攥得死緊。他不知道這時候自己是該上去扶著王爺，還是默默跟在他後面好？

在他們面前一貫從容不迫、運籌帷幄的弈王，哪裡像現在這樣過？最後，飛鸞還是默默地跟在他後面。王爺那般驕傲的人，應當不會想讓下屬看到他無力的樣子。

出乎飛鸞意料的是，他以為周焉墨進屋之後會回到床上歇息，卻沒想到他竟然拿著那方手帕洗了幾遍，把它洗乾淨後晾在一邊，對飛鸞道：「把水倒了，然後回定遠侯府吧。」

飛鸞心情複雜地點點頭。

「妳說什麼？竟然叫葉銳給收走了？」羅櫻一個沒忍住便喊了出來，聲音刺耳又尖銳。

坐在她對面的葉彤環顧四周，看到沒有人向她們這邊瞧之後，才慚愧地低下了頭，說道：「收走就收走嘛，反正只要他不仔細追究，也就不知道是什麼。」

羅櫻仔細思索片刻，壓住怒火。「他還沒來找妳問責，便是沒發現那東西是什麼。其實，我沒有和妳說明白，那東西不僅是吸取轉化別人氣運的神獸，還是北狄皇室內部供奉的東西。」

「啊？」葉彤一下子沒反應過來羅櫻話裡的利害關係。「北狄皇室供奉的……怎麼了？我們不能用嗎？這、這是什麼意思呀？」

羅櫻目光灼灼盯著她。「北狄和我們大周向來是水火不容，這神獸是北狄皇室在供奉的，若是我們大周老百姓也私下供奉，別人可能會誤以為妳和他們有關係。」

葉彤道：「可是我和北狄皇室沒有關係啊……」

「管妳有沒有。」羅櫻道：「別人認為妳有，就是有。」

葉彤盯著她說不出話來，半晌，才嘟囔道：「那妳知道，還把它給我？」

羅櫻冷笑一聲。「我把它給妳，誰承想妳竟然會被發現，若是有人密告妳家私藏這東西，妳就完了，屆時若是牽連到我，我亦自身難保。妳是不是認為我利用了妳？妳這麼容易就被發現了，我若是利用妳，才是我蠢。」

葉彤開始慌張起來，低下頭咬著唇。

羅櫻道：「私通敵國是什麼下場，我想妳也該知道，若是想安然無恙，就得聽我的。」

葉彤說道：「只要我二堂哥沒說出去就好了，可以想點什麼辦法銷毀物證，或者別讓他開口。」

其實這個提議已經是葉彤下了狠心才說出來的，葉銳再怎麼樣也是她的親人，讓他永遠開不了口，她還是會不捨會內疚。

「葉銳機靈得很，身手也不錯，對他下手不容易，沒得手反而會打草驚蛇。」羅櫻抬頭。「妳要解決這件事就得解決徹底。不如這樣，妳大哥婚期將至，那一日會去許多賓客，屆時妳與我裡應外合……」

羅櫻說完她的計劃，葉彤糾結半晌，才道：「只能如此了，但是……我身邊沒有什麼得力的丫鬟，早就被葉未晴換了個遍，我怕她們做不好事。」

「沒事，我去找一個機靈的給妳，讓她助妳。」羅櫻握住葉彤的手。「都怪我當時沒和妳說清楚那銅雕的來處，才導致今天這麼多事。我們已經沒有回頭路了，妳出點什麼事勢必會牽扯到我頭上，我也一樣，我們倆才是同一陣營，其他人死就死了，總比自己死要好，妳說是不是？」

葉彤點了點頭，她也想不通，事情怎麼就一步一步發展成如今這樣？

可也只能這樣，葉未晴若是出了事，全家人會一手遮天將其救回來，可若是她出了事，誰又能傾盡一切去救她呢？

轉眼數日過去，就到了青雲公主約葉未晴去行宮的日子，葉未晴一大早便起床洗漱，任由自己被岸芷和汀蘭擺弄，葉未晴的思緒開始放空。

岸芷喊道：「小姐？」

「嗯？」葉未晴回過神，疑惑地望著她。「怎麼了？」

「這個髮型怎麼樣？已經梳好了。」岸芷看著鏡子裡，剛才梳好之後葉未晴半天都沒有回過神。

葉未晴瞟了一眼，點頭。「挺好的。」

「小姐近些日子的情緒都不高，可是發生了什麼事嗎？」岸芷說道：「若是小姐不嫌我們逾越，不介意的話可以同我和汀蘭說一說。」

敏銳如岸芷，已經發現這些天弈王和小姐都沒有什麼來往，以前兩個人幾乎天天見面，還有蹲守在屋頂的飛鸞都是一臉喪氣，問他原因也不說。如果沒猜錯，肯定是弈王和小姐鬧彆扭了！

「真的沒什麼事。」葉未晴的額頭驟然抽痛了一下。「不是不把妳們當姐妹，真的沒事。」

岸芷和汀蘭撇撇嘴，她們就知道小姐會這樣說。

汀蘭道：「那小姐為什麼萎靡不振，做什麼事情都不太開心的樣子？」

葉未晴輕輕笑了，不再回答。她最近都在幫阿娘忙大哥的婚事，忙完了便在屋裡坐著躺著，和以前總往外面跑相比，當然顯得有些萎靡不振。

可實際上，她在等。局勢已經發生了變化，二皇子和周焉墨手上應該都有籌碼，現在的朝堂中只是暗流交匯，等衝突被擺在明面上的那一刻，就是一個新的開篇。

至於情緒不高，岸芷說得沒錯，這些日子以來，就像有一塊石頭梗在心中，擾得她悶悶不樂。

岸芷聽到外面的消息。「小姐，青雲公主已經到門前了。」

「好，我這就出去。」葉未晴起身，理了理裙襬。

上了馬車，青雲公主興致盎然，顯然對於葉未晴能陪伴她這件事感到格外高興。但葉未晴的話比平時更少，青雲公主也同樣感受到她情緒不高，便道：「那個，葉姐姐，那些皇親國戚今天也都會去，可能會帶許多不相干的人，用午膳的時候肯定會亂成一團，不如我們單獨在屋裡用飯吧？」

青雲公主喜歡熱鬧，她要求單獨用飯完全是為了葉未晴考慮，葉未晴了然這一點，心裡暖烘烘的。青雲公主年紀雖小，卻也會顧著她的情緒，平日孤獨慣了，有人陪伴就掏心窩子。

葉未晴自然接受她的好意，說道：「好呀。」

行宮很遠，葉未晴上一世也曾來過，這裡是專門為皇室中人建的休閒勝地，景色優美，建造時費了不少人力物力，還曾惹起民怨。費如此大力氣建造出來的行宮屹立於山巔之上，可看到雲層圍繞，美得如同仙境。

到了行宮之後，青雲公主帶著葉未晴占了兩間偏僻清靜的屋子，命行宮裡的廚子做菜。在青雲公主的屋子裡面用完飯，兩個人都決定小憩片刻。

半個時辰後，葉未晴睡醒了去找青雲公主，卻發現青雲公主還沒有睡醒，她的貼身丫鬟道：「公主昨晚太過興奮，興奮到難以入睡，是以中午才貪睡了些。」

葉未晴理解地點頭。「那就別叫她了，讓她多歇息會兒。」

她先自己打發時間，這行宮極大，她們住得偏僻，聽不到什麼聲音，走到人多一些的地方，便能聽到有人剛至的嘈雜聲。聽這陣仗，這一次確實來了不少人，葉未晴隨意散散步，某些地方和她上一世的記憶重合，一點都沒有變，卻已然隔了一世。

人一多，出的么蛾子就多。有些攀附到皇親的小官把可以來行宮當成一種談資、一種莫大的榮耀，甚至帶著自己心愛的女子過來，只為討她歡心。

眼下這胖子就是，拉著一名女子從馬車上下來，出示了權杖之後進了行宮大門。他身邊的女子楊柳細腰，媚態橫生，立刻挺直了腰板，極為得意。若是愛流連花樓的人就會認出，這女子正是某花樓當紅花魁，胖子想要討好她，將她娶進府當小妾，終於等到機會帶她來行宮玩，以此顯擺自己的身分。

花魁看著四周雄偉又優美的建築，感嘆之色溢於言表，期盼地問：「給我們安排了哪間？」

胖子驕傲道：「沒有安排，都是自己去選。」

花魁道：「那我們得選間寬敞又漂亮的！」

胖子心虛地嘿嘿兩聲，心道這寬敞又漂亮的屋子早就被別人給占了，哪裡輪得到他，便扯謊道：「寬敞又漂亮的屋子都在中間，這邊位置不好，特別吵，隔音也不好，有點什麼動靜都叫別人聽去了。」

花魁低頭嬌羞一笑，說道：「那也是，聽官人的，官人選吧。」

胖子道：「我們往邊上走一走，邊上幽靜，景色又美。」

葉未晴散完步回來，正好看到這二人在她屋子附近徘徊。

胖子和花魁先去了她旁邊那間屋子，那間屋子看樣子已經有人住了，外面立著一個面無表情的侍女。胖子上前問：「這屋子可住人了？」

那侍女冷冰冰的，一看便不好惹，她反問：「不然我在這裡立著做什麼？」

侍女厲害成這樣，主子也許是個不好惹的，胖子和花魁皆瑟縮了一下，胖子嘟囔道：「好好好，再問問別的屋子。」

花魁轉頭又看向葉未晴已經住下的那間，那間門前沒人守著，但葉未晴正站在他們身後，知道他們又看上了她的，皺了皺眉。

花魁扭著屁股走到門前，竟然沒有敲門就直接推開了門。葉未晴不悅道：「那間是我的。」

冷冷的聲音入耳，花魁猛地回頭，聽到葉未晴言語中的不快，瞪了她一眼，說道：「是妳的就是妳的，非擺出這麼一張臉給誰看呢，跟死了人似的。」

這話委實不算動聽，葉未晴冷笑道：「未經敲門就擅闖，還言語粗鄙，野調無腔。」

花魁瞬間被她的話激怒，這幾句話恰恰戳到她的痛點上，她來到這行宮裡最在意的便是她的身分地位上不得檯面，如今被人明晃晃指出來，如同狠狠甩了她一巴掌，讓她的臉色難看至極。花魁是那胖子帶來的，這般侮辱她，自然叫他的面上同樣難堪。

花魁裝作委屈，拉著胖子的袖子小聲說道：「大的地方我們占不得，占小的地方又被人看不起，這間偏僻屋子前一個看門的都沒有，想必這女子也比丫鬟品級好不了多少，讓這樣的人騎到頭上去，我倒不怕丟這個人，就是官人……傳出去了以後可怎麼在同僚中做人哪！」

胖子點頭，況且他帶花魁來這裡的目的就是討好她，若是讓她受了委屈，看到自己如何窩囊，還怎麼說服她進自己家門？這花魁也是極搶手的，長了一張好臉蛋，一副銷魂身，不知有多少人想要。

胖子一臉橫肉極其野蠻，威脅道：「妳現在道歉，我就饒了妳，不然，妳要想想自己能不能擔得起後果！」

葉未晴甩了甩袖子，完全沒將他們放在眼中。「欺軟怕硬。」

花魁也不再小聲慫恿，反而大聲說道：「你看她完全不將我們放在眼中，得給她點顏色瞧瞧！官人去呀！」

說完，花魁輕輕推了胖子一把，胖子被推出去，也不好再退回來，只能走到葉未晴面前。葉未晴感到厭惡，稍稍後退一步，離他遠了些。

花魁以為葉未晴是怕了，心想這人也不過如此，說幾句就怕，肯定不是什麼地位高的人，定要好好收拾她一頓！於是喊道：「官人，打她！給她一巴掌！」

葉未晴皺眉，胖子果然聽花魁的話，卯足了勁，一隻胳膊掄過來，看似力氣大，可誰會傻呵呵在那兒等著挨這一下？她後退一步，輕巧地躲了過去。胖子不罷休，還追上來想打。

青雲公主聽到動靜，還沒完全醒，迷濛中推開門，就見她的小皇叔不知道從哪兒冒出來，正在使勁毆打一個人，胖子被打到趴在地上求饒。

周焉墨剛來就看到這胖子居然不知死活想要打葉未晴巴掌，儘管他一向穩重自持，碰到和葉未晴有關的事情就無法冷靜，立時一腳踹過去，胖子就飛出去幾尺遠，躺在地上渾身痠痛無法爬起，痛到彷彿所有器官都挪了位，第二腳踢在他的右臂上，骨頭「咯」一聲，胳膊以一個奇怪的角度支著，一看便知這隻胳膊是斷了，第三腳踢在他的左臂上，是以他想要打葉未晴的兩隻胳膊都斷了。

胖子趴在地上疼得嗷嗷叫，兩隻手臂無法動彈，兩隻腳一個勁兒地蹬著，像一隻姿態奇異的王八，他嘴裡淒慘喊著：「別打我啦，別打我，我錯啦！」

花魁在旁邊嚇得花容失色，不敢貿然求情，只盼著躲在角落中沒人找她算帳。

再打下去恐怕要死人，葉未晴見周焉墨沒有停手的意思，便勸道：「你是想把他打死嗎？」

周焉墨停手，轉頭語氣陰冷地問：「他不該死嗎？」

明明把人打成那樣，他自己身上卻分毫不亂，依舊儀表堂堂，只有從嗜血般的眼神中能窺見端倪。

「……停手吧。」葉未晴垂眸。「別打了，沒必要因為我沾你一身腥。」

誰知道這胖子的靠山是誰？就算那花魁是渾水摸魚進來的，這胖子也肯定有些關係，懲治懲治算了，沒必要將人打死。更何況，周焉墨和她牽扯得越多，她就越難還得清，不管是她需要的還是不需要的，他都幫過那麼多。他既已經和裴雲姝那樣，又何必再同她牽扯不清？恩恩怨怨還來還去，要到何時為止？

周焉墨抿著唇，她又在和他劃清界線。

「不是什麼腥都能沾到我身上。」周焉墨淡淡地回了一句，轉頭拽著那胖子的衣服，一路緊貼地面拖行，將他扔到葉未晴面前，命令道：「道歉。」

胖子連連求饒道：「對、對不起！抱歉！都是我的錯，是我欺人太甚，有眼不識泰山，您大人不記小人過……哎喲！」

周焉墨又踹了他一腳，但這一腳顯然沒有剛才的力度大，周焉墨揪著他的領子說道：「饒你一條狗命，給我記住了，就算是皇帝在這裡，可都不敢那樣對她。」

胖子嘴角青紫，連連點頭。「是是，小的記住了！」

幾人走出來，抬著胖子走出去。周焉墨又冷冷瞧了那花魁一眼，道：「現如今這行宮，誰都能進來了。」

花魁也立即被扯著走出去，她心裡尚存幾分僥倖，那個心狠手辣穿著黑衣服的人沒說要如何處置她，是不是意味著她能逃過一劫？世人皆憐香惜玉，她對自己的姿色還是有信心的。可等到她被扔回花樓，才知道自己的想法是多麼天真。

青雲公主弱弱地探出身子，走到葉未晴的身側，低聲打了個招呼。「小皇叔。」

周焉墨點了點頭，深深地望了葉未晴一眼，他想找她好好談一談，但礙於青雲在身側，不方便說。

青雲公主見周焉墨走了，悄悄地衝葉未晴吐了吐舌頭，然後拉著她出去玩。

周焉墨並非走遠，而是走到葉未晴房間另一邊居室的門前，那裡立著一位侍女，方才站在那裡目睹了全程。周焉墨跟她說了幾句什麼，侍女就恭敬地讓出了這間屋子。

青雲公主剛拉著葉未晴閒逛半圈，就喊著腹痛跑去了茅廁，出來後也未見緩解，宮女急道：「莫不是吃壞了什麼東西？」

葉未晴搖頭。「若是吃壞東西，我和公主中午吃的是一樣的，我卻半點感覺都無。」

宮女聞言更急了。「別是鬧了什麼病！」

葉未晴道：「先將公主送回屋去，找行宮的大夫來看看，這行宮裡應該有大夫吧？妳去問問。」

請大夫看過後，發現是青雲公主自身的問題，她身子虛弱受不得顛簸，吃的東西又稍稍油了些，雖然不算特別油，但她以前跟著楊淑妃吃素，這種程度自然不能適應。於是，青雲公主只能躺在房裡歇息。她還眼巴巴瞧著葉未晴，想她帶她出去玩，可葉未晴為了她的身子好，一口拒絕了她。

葉未晴決定自己出去轉一轉，上一世的身分可以隨意進出行宮，這一世估計和皇室再無什麼親近關係，也許這是她最後一次來這裡，行宮景色難得一窺，總得不負此行。

在他們的居室後面，是更偏僻的地方，有一高亭佇立，葉未晴順著冰冷的石階爬到頂上，那高亭原來比她想像中寬敞許多，不僅僅是個亭子，視野開闊，可以看到宮牆外面連綿的青山，白雲似薄紗般披在青翠上，一簇簇的風鈴懸掛在木頭做的支架上，隨風搖曳，敲出不同的音階，自成一曲。

石階傳來腳步聲，葉未晴回頭，看到周焉墨走了上來。

她握緊了手，不知道該說什麼，氣氛太過寂靜，她想走下去，卻在擦肩時被周焉墨攔住。

周焉墨低頭問她。「走什麼？」

葉未晴把頭垂得更低。

「嗯？」周焉墨低沈的聲音響在她的耳側。「不想見我？」

葉未晴深吸一口氣，說道：「是。」

見周焉墨的手還攔在身前，她也不知道哪裡來的氣，狠狠推了他一下。雖然對她來說是很大的力氣，但應該對他不算什麼才是，可周焉墨卻悶哼一聲，捂住腹部某處，險些跌倒。

葉未晴看著他緊皺的眉頭，瞬間顧不得別的，關切地問：「你怎麼了？可是受傷了？」

「是。」周焉墨眉頭皺得更緊，酸道：「不必管我，妳想走就走，路已經給妳讓開了。」

葉未晴問：「怎麼受的傷？難不成是剛才那胖子？」

「……」周焉墨無語。「妳也太小瞧我了，是送大皇子出去的那日。」

葉未晴驚訝地瞪大了雙眼，原來那日他和周衡交鋒竟然受了傷，而她一點風聲都沒有聽到，該不會……白鳶和弈王府的人故意攔著她，是不想讓她知道他受傷的消息？她不管不顧地闖進去，碰到裴雲姝，是在照顧受傷的他嗎？一切都是她誤會了？

葉未晴急忙問道：「那你是不是傷得很重，才會到現在都沒好，我有沒有碰疼你？」

關心則亂，她照著印象摸了摸剛才他捂著腹部的地方，問道：「是這裡嗎？」

周焉墨搖了搖頭，葉未晴又換著地方摸，連連問了好幾聲，他都搖頭。

「……等會兒我要被撩撥得著火了。」周焉墨低低笑了一聲，復又站直，一點疼痛的樣子都沒有。

葉未晴知道自己又被他耍了，瞪了他一眼。「剛才打人不疼，現在被我推了一下就疼了。」

「不鬧了，我們上去。」周焉墨牽著葉未晴的手，又將她帶到了一簇簇風鈴底下，葉未晴彆扭極了，還好到地方他就鬆開了手。

葉未晴抬頭看著黃銅風鈴，道：「你受傷，不該瞞著我。」

周焉墨淡淡地應了一聲。若不是情況危急，他又怎麼會想瞞她？當他失血太多逐漸失去意識的那一刻，想的是即便他死去也要把後面的事安排好，讓她可以無憂無慮生活，想做什麼就做什麼。

他從小沒人愛，幸虧在她身上學會了愛人，他已經想清楚了，即使她一次次將他推離，他也應該將想說的話說出來才是。

周焉墨道：「妳在此處等我片刻，我去拿樣東西，速回。」

葉未晴點點頭，望著他匆忙離去的背影，他走了之後，四周便只剩下風鈴聲與鳥鳴聲，葉未晴閉眼仰頭，風從髮絲間拂過。

沒多久，便聽見他回來的聲音，確實去得快來得也快。

宮音響起，隨後接變宮之聲，周焉墨在她身後彈琴。葉未晴不解，他回去這趟就是取琴來了？隨著這幾個音，她才聽出，這彈出的琴音竟然是兩種截然不同的感覺，一種深沈而曠遠，一種出塵而若仙，兩種不同感覺的琴音交織纏繞，生出纏綿相惜之感。

不知怎的，她突然想起，這一世和他第一次正經的初見，就是他彈琴她起舞，那時候彈的是首激昂的入陣曲，現在卻是首溫柔纏綿的小調。

兩個人都沒有說話，他靜靜地彈，她靜靜地聽。最後一個音結束，周焉墨把手輕輕放在弦上，最後一絲顫動也了無蹤影。

「阿晴。」他喚。

葉未晴終於轉過了身，周焉墨靜靜坐在那裡，手下是一張通體漆黑的琴，廣袖垂落，身後青山白雲，宛若謫仙。

他望著她，眼中似乎包含了許多東西，明明什麼都還沒說，可那目光裡包含太多，灼得她想別過頭去。

他終於開口。「有幾句話一直都想對妳說。若是妳答應，就朝前走一步，不答應，做別的什麼都行。這幾句話很短，不管怎樣，望妳能聽我說完。」

葉未晴已經預料到他想說什麼，她緩緩點頭。「好。」

「我常想，能早點認識妳就好了。」早點認識她，就不用錯過那麼多，不用看著她和別人訂親再退親，波波折折，整個大周，但凡提起與她最相配的人，那只有一個，就是他周焉墨。不過還好，仍不算太晚。

葉未晴全身止不住顫抖，是啊，早點認識他便好了，連他都覺得晚，於她而言便更晚了，他如何能知曉，他們之間隔的，是她的一世。

「小姑娘。」周焉墨語速緩慢，似乎要將每一個字都唸得分外清晰。「我喜歡妳，非常喜歡。」

葉未晴眼眶酸澀極了，無論她怎麼忍，都止不住淚水的誕生，都止不住它們一滴滴流出眼眶。

周焉墨道：「我願捨棄一切，換來有妳的餘生。只有妳。」

我也願意，她心道。

「妳願意嫁給我嗎？」

可是他那麼好，她又如何配得上呢？就算接觸得足夠多，充分瞭解她的性格，可他並不知道她經歷過的事情，他會在意的。他那麼好，就該配一個同樣是天底下最好的女子。

死一般的寂靜蔓延開來，眼淚一滴一滴爬過葉未晴的臉，她眼中糾結的情緒被周焉墨看得分明。他從來沒有像現在這樣緊張過，費了很大力氣才壓抑住想問她究竟在怕什麼的衝動。

葉未晴後退了一步，突然逃也似地離開了這裡。

他不懂她在猶豫糾結些什麼，若問不清，他絕對不會甘心。明明已經決定好，若是她拒絕，他就不再糾纏她，可是真到了這樣的時候，他才發現自己根本就放不了手，甚至還滋生硬搶的想法。

周焉墨自嘲地勾了勾唇，過了許久，才抱起琴，一步步走了下去。

第十八章

「葉姐姐！」青雲公主在屋子前面徘徊半晌，剛看到葉未晴的身影就大聲地喊了起來。

葉未晴身形一滯，低頭吸了幾下鼻子，將情緒整理好，才朝青雲公主走過去。

青雲公主挽著她的胳膊，沒發現半點異樣，天真地問：「葉姐姐，妳去哪兒啦？有沒有發現什麼好玩的地方？」

「沒有。」葉未晴側頭看著青雲公主，皺眉問：「妳身子好了？就這樣跑出來。」

「好多啦，喝了許多熱水，現在已經沒什麼感覺啦。」青雲公主笑嘻嘻的。「好不容易母妃管不到我，葉姐姐就讓我好好玩一玩吧……我想玩射箭！」

葉未晴自然點頭同意，青雲公主命下人去找行宮裡有沒有弓箭，還當真找到了兩把。

青雲公主樂道：「看看我這半年練習的成果如何。」

還沒定好靶子，青雲公主就持弓對準天上，嚇了葉未晴一跳。青雲公主的動作太快，一箭出去才叫葉未晴明白，青雲公主竟是對準了天上的飛鳥，只是這一箭差了十萬八千里，一隻鳥也沒射中。

葉未晴被她這麼一攪，紛亂的心情平息了下來，既然早就決定放棄，不如果斷一點。

「妳才練了半年，就是練了幾年的人，也未必射得中那些小鳥。」葉未晴溫柔地笑，她不知道那是什麼鳥，但只有巴掌大，飛在空中目標更小，就算是她都未必有把握射得中，她打趣道：「妳不會是想糊弄我，才故意找了個極難的目標吧。」

青雲公主撇嘴。「哪有，姐姐別誣衊我了。」

又射幾箭，皆以失敗告終。青雲公主沮喪地蹲在地上，說道：「不玩了！虧我還想烤小鳥吃呢！」

葉未晴拿起另一把弓，說道：「我試試。」

就看葉未晴熟練地挽弓射箭，甚至都沒怎麼瞄，就有一隻鳥撲著翅膀被射中落地。

青雲公主興奮地跑過去撿回落在地上的箭，說道：「太厲害啦！」

葉未晴再搭弓，其中有幾箭射偏，最後打落了四、五隻。青雲公主手裡握著一把串著鳥的箭，笑得傻憨憨的。「晚上來烤，等晚上沒人了，我們偷偷烤。」

葉未晴發現青雲公主似乎格外喜歡自己動手烤東西吃，初識時就在烤魚，現在又要烤鳥。用晚膳時，青雲公主還特地叮囑葉未晴少吃一點，因為還有消夜等著她，葉未晴嘴上應著，實際上一口都沒少吃，心道那消夜就那麼幾塊肉，還不夠塞牙的。

窮苦人家羨慕錦衣玉食的生活，富貴中長大的反而時不時想感受下清苦樸素。青雲公主將那幾隻鳥拔毛清洗，樂在其中，有了烤魚的經驗，她觸類旁通，鳥也烤得熟練。

「姐姐，妳和我小皇叔熟嗎？」青雲公主突然問道。

葉未晴怔了一下，反問道：「妳怎麼想起問這個？」

青雲公主道：「下午我看他幫妳出頭來著。雖然沒有看到全程，但他揍人好厲害，又好可怕。」

葉未晴摸了摸她的頭。「誰揍人不可怕？」

「說得也是。」青雲公主贊同地點了點頭。「可我那個小皇叔，對什麼事都十分漠然，不像會出手幫別人的樣子。我覺得他……」

葉未晴。「嗯？」

青雲公主十分費解，搖了搖頭。「哎呀，我也說不明白。」

火星四濺，周圍只有這一點亮光，青雲公主認真地烤了半晌，然後把食物從火架子上面拿下來，說道：「應該好了，姐姐，給妳！」

葉未晴只拿了一串。「我要一隻就好。」

「好吃，真好玩。」

青雲公主邊吃邊滿足地瞇上眼睛，但突然不知想到了什麼，神情落寞了起來。

葉未晴關切地看了她一眼。「妳怎麼了？不想吃了？」

「不是的，我只是想到，也不知道這樣開心的時候能有幾回。」青雲公主開始傾訴。「等我及笄，就會被父皇和母妃嫁出去了吧！說不準會嫁到邊疆哪個偏僻的部落去，言語不通，水土不服，幾十年也回不來大周一次，每日被一群人看著，就好像被關在監獄裡，能做的事只有一個接一個地生孩子……」

葉未晴無話可說，因為青雲公主上一世確實被派出去和親了，縱然楊淑妃再不捨，面對著周衡施壓，她也只能乖乖把青雲公主送出去。所以自己還要勸她嗎？若是給了她多餘的希望，那希望破滅的時候又該有多絕望？有些事情不是說躲就能躲得過的，她不去，別的公主就得去，誰又不無辜呢？

「人未必能一直開開心心的，不可能一切都如己所願，所以要自己想辦法找樂子。」葉未晴道。

青雲公主嘆道：「唉，也是，我原本還期盼著屬於自己的美好愛情呢！姐姐，是不是在很多事情面前，親事就顯得無足輕重了。」

「是啊，絕大多數時候，它只是用來交換利益的籌碼。等妳長大了就會知道，在家族利益面前，每個兒女都要隨時準備奉獻。」葉未晴垂眸。

青雲公主點頭。「若是大家一起不幸，我也就沒那麼傷心了。」

葉未晴笑道：「和不喜歡的人在一起，不算不幸，只能說是平常事而已，天底下本來就沒有幾個人那麼幸運，能和喜歡的人在一起。」

青雲公主抬頭，微微疑惑地朝某個方向看去。

葉未晴全然沒有注意她的神情，依舊自顧自地說：「更何況和喜歡的人在一起又怎麼樣，就能保證他不會移情別戀嗎？能保證他一輩子對妳好？只怕，又是另一種悲劇。」

樹後的陰影卻傳來了一句冷冷的問話，一聽便是周焉墨的聲音。「這話誰教妳的？」

葉未晴嚇得手裡的食物都掉在了地上，抬眼瞧到他，不悅地問：「我們說話，你跑來偷聽什麼？」

周焉墨給青雲公主使了個眼色，青雲公主會意，立即抱著食物跑回自己房間。

葉未晴擦擦手，走到他面前問道：「你來這裡做什麼，我們不是已經說清楚了……」

「說清楚了？說清楚什麼了？」周焉墨眼中閃過危險的光。「我倒想問問，那些話，誰教妳的？」

葉未晴瞪了他一眼。「我自己領悟的不行嗎？」

「這也不是，那也不是，妳倒是說出一條好路來。」周焉墨向前走了一步，葉未晴為了躲他，後退一步，周焉墨道：「是不是我逼著妳爹把妳嫁給我，妳就聽話了？」

葉未晴瑟縮地後退，一直到後背抵到樹上，退無可退。周焉墨緊捏著她的下巴，逼她和自己對視。葉未晴從他的眼神中看出來，他是真的生氣了。可是有些事情，要她怎麼說出口啊，他豈會信？

周焉墨沈沈道：「妳不想嫁我，總要給我個理由。」

葉未晴依舊不答話，周焉墨眼中的怒意更甚，索性欺身而上，尋到那兩片柔軟輾轉廝磨，用力極大，似乎要把自己的怒火通過這一方式發洩出來。

葉未晴又驚又懼，兩隻手胡亂推著他的胸膛試圖將他推開，但那點力道根本微不足道，他似乎是嫌那兩隻亂動的手煩了，直接將她那兩隻不安分的手一左一右扣到樹上，右手將兩隻纖細的手腕鎖得緊緊的，左手捏著她的下巴讓她不能轉頭，每一處都牽制得萬分牢固。

葉未晴焦急憋屈得眼中閃著幾點淚花，下意識地一口重重地咬在他的唇上，還以為他吃痛就會放開她，卻沒想到周焉墨竟顧不得疼痛，藉著她主動張口的機會更得寸進尺。

「唔……」她忍不住發出聲音，酥酥麻麻的感覺蔓延全身，她好像突然脫了力一樣，全身上下到處都軟綿綿的，意識迷濛中，反抗的力度逐漸變小、消失。

那個吻，帶著鋪天蓋地的霸道占有慾，讓她避無可避。不知什麼時候，掐著她下巴的那隻手也放了下來，在她的腰窩處反覆揉捏。

他又親了親她的嘴角、下巴，然後才品嘗到那一點鹹鹹的苦味。面前的人輕輕抽了抽鼻子，周焉墨一頓，停了下來，只見葉未晴眼睛紅紅的，也不知是從什麼時候開始哭的。

周焉墨皺了皺眉，問道：「妳就這麼討厭我？」

「滾。」葉未晴道：「放開我。」

周焉墨更加生氣，掐著她雙手的那隻手又用力了幾分，語氣也變得惡狠狠的。「就不放。明日我就去找皇上賜婚。」

「你……」葉未晴用紅紅的眼睛瞪著他。「你到底怎麼樣才能想通？」

「把話說明白，」周焉墨盯著她。「我還能考慮考慮。」

葉未晴為難地咬了咬唇，但一咬上就傳來一陣火辣的痛，她的唇已經紅腫得不像樣了。看樣子不把話說清楚，他根本不明白她到底在為難什麼。可這些經歷是她難言的傷疤，她還沒有做好準備要告訴別人。

半晌，她深吸一口氣，道：「好，我說，你先把我放開。」

聞言，周焉墨鬆開她的手，葉未晴的手腕被掐出了一道紅印子，揉起來稍微有些痛，她邊揉邊領著周焉墨往剛才烤東西的火堆旁走，找了個乾淨的地方坐下。

火光明滅映著二人的臉，看到她緊緊抱著自己的膝，這是一個自我保護意味極強的姿勢，周焉墨面色越發凝重。

她還沒開始說，周焉墨也不催。過了一會兒，葉未晴才終於下定決心，開口道：「接下來我說的，你可能不會相信，但都是真的，我也不想再有一星半點事情瞞著你了，等你聽完，應該就不會再想和我成親了。」

周焉墨皺眉道：「說吧。」

葉未晴不知該如何措辭。「我……哎呀，怎麼說呢……其實我，已經活過一次了。」

周焉墨轉頭，疑惑地盯著她，還以為自己聽錯了。

「對，從今年往後的這幾年，我已經經歷過一次，不過和現在的情形有諸多不同，反正不知為何，我又回到這一年重新活過。」葉未晴看著他。「那你也能猜到，那時的我肯定成親過一次……嫁的人不是你，是別人。」

雖說沒聽過這種時間回溯之事，可按這樣想，許多事情便能解釋得通了。

「妳拒絕我，是因為他？」周焉墨聲線微微顫抖。

這麼想也沒錯，葉未晴點頭。「是。」

周焉墨低頭，過了許久，悶悶的聲音傳來。「妳還在等他，想和他成親？」

葉未晴瞪大了眼睛，說道：「我沒有，你誤會了！」

周焉墨這才吁了一口氣，問：「那妳不想再嫁他，可是因為他待妳不好？那個人，是周衡？」想來想去，似乎也只有周衡了，只有周衡與她的婚事差一步就水到渠成，可是她卻直接策劃了火燒卿月樓毀掉婚約。若早知道，也不必等到婚期將近才動手。

葉未晴道：「對。」

「他的確不是什麼好東西。」周焉墨冷哼一聲，隨後，他猜想到一種可能。「那妳是怎麼回來的，妳……」

葉未晴把話接過來。「我死了。」

周焉墨眸子中的黑色似乎狠狠震盪了一下，他反應過來之後，立刻撈過葉未晴的手，牢牢牽在手裡，怕她再走丟似的。「是怎麼回事？」

「周衡登上了帝位，和羅櫻聯手除去了我。」葉未晴勉強一笑。「不只是我，整個葉家都沒了。」

周焉墨一震，難得地沈默了半晌。

「沒關係的，如果一切都重新來過，我不會讓這些事再發生。」周焉墨一把將她狠狠揉進自己懷中，力氣很大，可也給了葉未晴一種真實感，忍不住就哭了。「上一世他欺負妳，這一世我幫妳報復回來，妳想怎麼報復就怎麼報復，有我在。」

他的手輕輕拍著葉未晴的背，像哄小孩子似的，她哭得更凶了，長久以來積累的壓力像洩洪般地發散了出去。

她道：「你又不欠我的，這些事與你無關，別插手。」雖然最開始，她想方設法讓周焉墨、周景等人摻和了進來，可現在她後悔了，深怕自己會害到他們。

「是妳的事就與我有關。」周焉墨完全不在意，接著問道：「妳不肯讓我娶妳，是怕我介意？」

葉未晴點了點頭。

「傻。」他揉了揉她的頭。「我哪會介意，妳肯嫁我，我高興都來不及。」

也不知她說的那時候他都在幹什麼，竟然沒有遇上她，就這樣錯過了。若是遇上她，她怎麼還會受這樣的罪？

葉未晴狐疑。「你真的不介意？」

「真的。」周焉墨道：「要是我早點遇見妳便好了，也就不會讓妳經歷這些。」

這樣一來，他曾經的疑惑便也都能解釋清楚，諸如她為何知道那麼多她不該知道的消息。看著她臉上掛的淚珠那樣礙眼，想了想便貼上去一一吻掉，中間還說：「答應我吧。」

葉未晴下意識地點了點頭，但須臾過後，她又反悔地搖頭。

周焉墨沈沈盯著她，她道：「我怕你後悔，你仔細想一段時間再說。」

他擰起眉頭。「不會。」

葉未晴依然搖頭。「等你冷靜，過十天半個月之後，若反悔就算了，我不會多說什麼。」

周焉墨想了想，決定不再爭論下去，便道：「那就按妳說的做，可是我不會後悔，什麼時候問我，答案都是一樣的。」

葉未晴點頭，用微不可見的聲音說道：「好……謝謝你。」

卻還是被周焉墨敏銳地捕捉到，他問：「謝什麼，不許謝。」

「因為認識了你，才讓我的人生改變了這麼多。」

「不是。」

葉未晴抬頭看他。「嗯？」

「不是因為我。」周焉墨語氣鄭重。

都是因為她自己，才給她賺了一個完全不同的人生。他的小姑娘，雖然彆扭倔強又好強，卻很聰明，就是對待親事的態度有問題，需要改一改。

「咦？」葉未晴突然睜大眼睛。「那是什麼？」

周焉墨低頭，卻見自己的方帕從懷裡露出一個小角，他扯出來，她驚訝地道：「這、這你怎麼找到的？」

周焉墨低頭疊好。「在妳扔的地方撿的。」

「我都不記得我扔到哪裡了。」葉未晴越說越心虛。

周焉墨問：「為何繡好又扔掉？」

葉未晴想到這裡，就狠狠瞪他一眼。「還不是你受傷了非要瞞著我，我去弈王府，卻撞見裴姑娘正從你房裡出來！那番情景能叫我怎麼想？正常人都會像我那樣誤會你們……我氣得就把手帕扔了。」

他眼中瀰漫出笑意。「我是怕妳擔心才不讓人告訴妳我受了傷。雲姝是名大夫，我一直視她如親妹，不過妳如果在意她，那我以後再也不找她了。」

「別，我也聽說她師從名醫，醫術高超。」葉未晴嘟囔道：「你還是找她吧。」

明明不甘願，卻還讓他這麼做，周焉墨眼中笑意越發深刻，越看越覺得小姑娘口是心非的樣子可愛極了，不自覺便又貼了過去。

葉未晴怔了一下，說道：「我……我的嘴已經腫了，公主肯定會問我怎麼回事，我……」

周焉墨微微勾了勾唇，說出的卻是低沈勾人的氣音。「方才，她已經偷看到了。」

有股火頓時從她的臉上燃起，連帶著脖頸耳後都染上紅霞，看來她又沒做好表率，丟人。但是這回他卻放過了她，只是輕輕在她唇上貼了一下，就又坐回原位，眼中不僅倒映著火苗，還有他這麼多年來最歡欣的喜悅。

他之所以會前來行宮就是為了找機會跟她好好談談，如今得到這樣的結果，正是他所期待的。接下來的幾日，他本打算陪葉未晴留在行宮玩一玩，可朝廷中卻傳來大消息，睿宗帝發布了詔書要立二皇子為太子。沒辦法，碰到如此大事，他們都只能先回去。

馬車在定遠侯府門前停下，葉未晴掀開簾子，那裡有一隻纖長的骨節分明的手在等著牽她下來。

葉未晴輕笑，把手遞給他，問道：「你怎麼也下來了？」

周焉墨道：「想看著妳回去。」

青雲在另一輛馬車裡，探出頭對葉未晴揮手。「葉姐姐，下次見。」

葉未晴點頭，青雲公主正下令車夫向皇宮駛去，葉未晴卻突然叫住了她。「公主。」

車夫停下動作，青雲公主聞聲又掀開簾子，探出頭笑嘻嘻地問：「怎麼啦？姐姐這麼捨不得我？」

葉未晴沒回覆她的玩笑，面色嚴肅，語氣堅定。「命運是自己爭取來的，我收回之前的話。我自己當時都想不明白，不應該亂教妳。」

青雲公主愣然片刻，然後問道：「那姐姐妳現在想明白啦？」

葉未晴點頭。周焉墨微彎唇角，輕輕摩挲著她的指尖，這一個小動作被寬大袖袍擋著，以青雲公主的角度看不見。

她目送著青雲公主的馬車遠去，直到看不見才收回目光。回頭，卻見周焉墨眸光幽深地看著她。

她有些羞赧，又不敢直視他，低頭盯著他的衣服問：「怎麼這樣看著我，我臉上有東西嗎？」

他嗓音低沈。「阿晴，早點嫁我吧。」

她臉上燙得不得了，轉身往侯府大門走了幾步。「我回去了。」

「嗯。」他應了一聲。

葉未晴直到走到大門裡面，才好意思匆匆回頭，卻見周焉墨仍在原地看著她，似乎就等她回頭這一瞥，平日銳利似劍的目光，現在像被一團軟水包圍著。

他就那樣立在那裡，眼中含笑，等著她的背影完全消失在眼前，再期待著下一次的相遇。可只有他們兩個人才知道，他們是花了兩輩子的時間，才走到彼此身邊的。

睿宗帝的詔書下得突然，許多大臣都反對，其實也就是立長還是立賢的較量。大皇子周杭已被流放，按理應是皇次子繼位，但也有一部分人說三皇子周衡才能突出，足堪擔當太子的重責大任，有人便反駁二皇子才是心繫天下，才能未必比周衡差到哪兒去。

睿宗帝已經嗅到了其中不安定的味道，力排眾議，並將太子冊立典禮訂在三天後。睿宗帝的身子一日不如一日，有些事情越早塵埃落定越好，只是這典禮太過急迫，使幾個部門忙到叫苦不迭。

冊立大典上重要的臣子必須在場，周焉墨和葉安站得不遠，葉安打算等大典結束的時候，叫住周焉墨商量些事情。

典禮開始，周景從殿外臺階一步步走上來，身著黑色的太子服，金線描繪圖案，端莊大氣，底下的周衡看到了覺得十分刺眼，但他也只能乖乖站著，並且不能表現出分毫不悅。

左右他手中握著許多籌碼，暫時讓周景當這個太子也不是不可以，以後他有的是辦法再將這個位置奪回來，一時不忿便不忿吧。

而坐在皇帝身邊的羅皇后表情更是精采，好不容易將寶押到老三身上，卻叫老二當了這個太子，可是她再不甘願又能怎麼樣，誰叫她膝下無子，曾經的孩子夭折，都怪那個女人！她忍不住轉頭狠狠瞪了周焉墨一眼，那個女人的孩子還活得好好的，自己的孩子卻夭折了，而且她還傷了身子骨，再也沒辦法生育，灌下去這麼多藥也無用，誰能知曉她坐穩皇后的位置有多難！

周焉墨似有感知，抬頭視線略過羅皇后，就在對視的一剎那，叫羅皇后全身冰涼，如墜冰窖。羅皇后慌張地將視線移回來，詔書一句一句宣讀著，她卻一個字都聽不懂了。

禮畢之後，葉安叫住周焉墨。「王爺，要不要來我府上一坐？」

周焉墨不假思索道：「好。」垂眸遮去笑意，能光明正大看他家小姑娘的機會怎能捨棄？

到了侯府，他看到門窗上到處貼著喜字，布置得喜氣洋洋，葉安解釋道：「我長子的婚宴，小女出了不少力，很多都是她著手布置的。」

周焉墨道：「她眼光不錯。」

他得仔細看看，才能琢磨到她的喜好，說不準等他們婚宴的時候也能用上。

兩人一前一後邁進前廳，就有人給葉未晴傳消息，她問：「就只是談話？不用飯？」

那人答：「是。」完全不明白小姐為何會問這一句奇奇怪怪的問題。

葉未晴卻是思量著，冊立大典開始得極早，她和周焉墨一起用過幾次早飯，他早上向來吃得不多，起這麼早一定更沒胃口、吃得更少，而現在距飯點時間還早著，他肯定餓了。

她嘆道：「阿爹真是一點都不細心。」

然後立刻從癱著的椅子上爬起來，帶著岸芷和汀蘭奔向後廚。

上一次他來，一盤子糕點裡綠色的那種吃得最多，應該最合他的口味，她問廚娘。「家裡做的那種綠色糕點是什麼？」

「綠色的？」廚娘想了半晌才想起來。「哦！小姐說的可是用茶粉和綠豆一起做的那種？」

葉未晴咬唇糾結道：「我也不知是哪種，我沒吃過。」

廚娘笑道：「綠色的也就一種，小姐想吃我現在就蒸一盤。」

「不不不，妳教我怎麼做，我自己動手。」葉未晴催促道：「快點。」

在廚娘的指導下，她把茶粉磨碎、綠豆搗碎，又調了麵粉等等，她學東西很快，做出來的第一盤看起來就像模像樣，連廚娘都讚嘆不已，若是小姐來當廚子，只怕要搶了他們的飯碗。

可是葉未晴嚐了一口，卻皺眉道：「苦。」

「茶粉放多了就是這樣的，多一點沒關係。」廚娘安慰道。

葉未晴不滿意，又做了一盤，第二遍動手更加麻利，她卻覺得還不夠快，就怕周焉墨和阿爹議事完離開了，等不到她的這盤糕點。

第二盤蒸好，葉未晴嚐了一塊，差不多滿意了，命汀蘭趕快端過去。

葉安正在前廳和周焉墨交談，便看到汀蘭端著一盤糕點送到周焉墨的桌上，他懷疑地瞧了瞧，汀蘭是女兒的隨身侍女，怎麼會被分派到這樣的活計？當他看到那盤形狀做得不是很規整的糕點，頓時明白過來。

他還不知道奕王和女兒之間的事，只當他們還沒戳破那層窗戶紙，於是便想促成一番。

周焉墨注意力全在和葉安說話上面，沒怎麼看那盤糕點。

葉安卻咳了咳，說道：「王爺，你嚐嚐那盤糕點吧。」

周焉墨搖頭拒絕。「我不餓。」

葉安用手擋在嘴旁，偷偷對他道：「那是小女做的。」

周焉墨揚眉，有些驚愕，把那盤糕點端過來，仔細端詳幾眼，才輕輕拈起一塊，不捨地放到口中。沒別的感覺，只是好吃，真好吃。

他輕輕地笑了，抬頭看到前廳門外有個鬼鬼祟祟的身影，他有點印象，是葉未晴身邊的汀蘭，藏得不大好，叫他輕輕鬆鬆就看到。汀蘭還在等著看周焉墨吃得如何，然後回去告訴葉未晴。

周焉墨自然知道這一點，一塊接一塊，一盤子馬上就見了底。

葉安看著他，無奈地笑了，感嘆道：「唉！我都沒有這種福氣，她都不給我做！」

葉安心下了然，只怕女兒並非如弈王從前所說，對他半點心意都無。她在侯府裡嬌生慣養的，什麼時候做過洗手作羹湯之事？肯為他做糕點，那對他的想法必定是特殊的。

葉安又細細打量了幾遍周焉墨，是越看越滿意。見識謀略讓他自愧弗如，偏偏長得又一表人才，比從前定的幾個女婿人選都好上一大截。

冊立大典結束後，周衡直奔二皇子走去，叫住了他。「二哥。」

周景回頭，看到是周衡。「三弟。」

周衡向他作了一揖。「二哥中午有安排嗎？我們兄弟許久沒一起聚一聚了，若空閒，一起用飯如何？」

周景道：「好。我中午沒什麼安排，去我那裡吧。」

周衡和周景一道回去，周景先把身上繁複的衣服脫下，換了一套方便的才出來。等菜一道道端上來，恰好到了飯點，而周景和周衡已經聊了起來。

表面上聊得火熱，兄友弟恭，實際上周景半分情感都未流露，只聽周衡傾訴，細看他究竟想做什麼。

周衡精明，只說些不痛不癢的。

一頓飯眼看著就要結束，周景實在按捺不住，這口氣早就憋在他心裡許久，裝來裝去著實心累，他直接問道：「三弟，大嫂那件事，是不是與你有關？」

「大嫂？」周衡裝作疑惑。「哪件事？」

周景深深吸口氣。「還有哪件事？就是她和老四，還有之後的一連串事情。」

周衡大驚失色，說道：「二哥可別亂說，他們的事情與我能有什麼關係啊！」

他也知道，這件事被周景察覺十分正常，但他也不怵，只要抵死不承認，沒有證據，別人又能拿他有什麼辦法？

周景深深看了他一眼。「你能保證，大嫂的死與你沒有半點關聯？」

「二哥，沒想到你竟然懷疑到我的身上，我為自己辯解再多，有用嗎？還不是只靠一張嘴。二哥若是懷疑我，那就用證據說話，證據擺在眼前，我不會不認。」周衡苦笑，轉頭道：「不過要說與我沒有半點關聯，這也不對，我也算害死大嫂的幫凶，若是及時制止的話，可能便不會發生這樣的事了。」

周景瞳孔一縮，急忙問道：「此話何意？」

「再怎麼說，憑我這張嘴也沒辦法給別人定罪。」周衡道：「只是大嫂和四弟有染，雖然四弟否認，但這可是真事。我年齡和四弟相近，所以偶爾有什麼事他會同我說，我知道他們之間的關係，也曾勸過他，可是他不聽。」

周景怒道：「那大嫂的死因呢，總歸不是大哥打死的吧！」

「被大哥發現後，他很慌張，來問我怎麼辦，這種事我怎麼好插手，便回覆我在忙，搪塞了過去。」周衡飲下一杯酒。「只怕那時，四弟就起了殺心。」

周景不可思議地看著他，若不是手上有些線索讓他大致猜到真相，說不準就會被周衡的說辭騙了。

「他日日擔憂此事被揭開，總是吃不好也睡不好，消瘦許多。於理上，他確實該付出代價。可如今證據全無，此事也已塵埃落定，我們幾個再翻能翻出什麼浪？」周衡望著周景。「二哥，倘若這件事在你心裡過不去，我就去把四弟抓來，向你、向大哥請罪！」

周景震驚得說不出話，沒想到周衡竟然把過錯都推到老四身上，明明只是推論，卻說得有門有道。明明剛被封太子該高興才是，可他從未如此心累過，酒杯緊緊地握在手中，過了半晌，他才道：「我有些累了，你先回去吧。」

「是。」

周衡站起身，向二皇子行了一禮，然後走了出來。一抹笑在他臉上悄然綻放，野心和得意在更深的地方根深柢固。

誰愛當太子就去當，反正這天下遲早會是他的，想給他安罪名？無所謂，只是也要秤秤自己的斤兩，他說是黑的，那就成不了白色。

隔幾日，便是葉鳴的婚宴之日。

最近發生的事情太多，大事一件接著一件，讓葉安焦頭爛額，可到了兒子婚宴這一重要日子，他卻是喜氣洋洋，一大早就忙著招待賓客。

葉家長子的婚事本就引人矚目，而新娘是個美麗的邊塞姑娘，更讓人津津樂道。來者皆是朝中舉足輕重的人物，葉未晴跟在江氏的身後幫她招待客人，隨著吉時將近，來的人越來越多，葉未晴卻被突然一拽，拽到一個無人的角落裡。

她瞪了周焉墨一眼，小聲質問：「你把我拽過來做什麼？」

外面鬧得很，說不準什麼時候就會有人走到這兒來，葉未晴有點害怕，可眼前周焉墨離她這樣近，又很刺激。

他貼近她的耳朵，輕聲道：「妳說呢。」

當然是想她了。

微弱的氣流噴在她的耳側，讓那白嫩嫩的一片都染上緋紅。突然，他的指尖貼在她的耳珠上，若即若離，輕輕摩挲，癢到心裡去了。

葉未晴一顫，想掙扎，周焉墨忙道：「別動，別傷到。」

她只能乖乖停下，過了一會兒才發現，他將她原來戴的那副耳墜摘下，又換了一對新的上去。

紅色的水滴形珊瑚珠子掛在她的耳朵上，上面還有黃金作裝飾，襯得她膚色更加白皙，也添幾分熱烈活潑。周焉墨滿意地看了看，可葉未晴卻看不到，便問：「是什麼樣的？」

「紅珊瑚的，等妳晚上回去了再瞧。」他道：「紅色襯妳，妳用紅色最好看。」

她用手好奇地摸了摸，他把原來那對耳墜放在她手裡，同時說道：「妳沒忘吧？妳給過我兩個單只耳墜，說我可以拿它們換妳幫我兩個忙。」

她輕笑道：「是你一直沒有找我幫忙的呀。」

他道：「我現在有忙需要妳幫，不知妳幫不幫？」

她道：「你得先說是什麼忙啊！」

「想要妳這個人。」他低頭環住她的腰。「兩只耳墜夠不夠？」

葉未晴笑，兩隻黑溜溜的杏眼變成了彎月。周焉墨很少見她笑得這樣開心，以前她總是淡淡地笑，笑不達心，現在卻耀眼到晃眼，他愛慘了這個笑容。

他低下頭去啄那兩片軟唇，舌尖纏繞追逐，沒一會兒就把她弄得喘不上氣。而外面熱鬧至極，誰也不知道下一刻是不是就會有人走到這裡看見他們纏綿的一幕。

他就喜歡看小姑娘在他懷裡軟成一灘水的樣子，嘴上逞強著，實際上掐著他的手卻不自覺用力。

他決定放開她，好讓她喘得上氣，但卻又轉換了陣地，他移到她的耳畔，一口將那紅珊瑚珠子叼入口中，一點點向上移，親吻她的耳珠，再將那小巧的耳珠含到嘴裡，用舌尖撥弄。

小姑娘掐著他的手更加用力，最後放開她的時候，她的杏眼水氣濛濛，像被人欺負了一遭。

她的口脂有些被他親到外面去了，讓人看著就不生好心，而他不知不覺間呼吸也凌亂起來，他深吸一口氣穩住心神，細細地幫她把糊掉的口脂擦掉，說道：「去幫妳娘吧。」

「喔，好……」她不敢直視他，微微斂眸，睫毛似鴉羽般濃密，聲音也弱弱的。

新娘子被接了過來，又經過一連串繁瑣的步驟，被送到了新房去。葉鳴在外面招待賓客應酬著，葉未晴能看出今日大哥有多高興，連眉梢都帶著笑意，還非常迫不及待，可是偏偏又被人纏住，不能脫身。

葉彤趁著眾人繁忙之時，悄悄從酒席中脫身，葉未晴和葉彤坐同一桌，立刻就發現她神情不對勁。

難不成葉彤又想出什麼么蛾子？還是在大哥成親這一日，定是羅櫻又給她出了什麼餿主意。

她思索片刻，在葉彤出去不久後也起身，一路靠遮掩跟在她後面。

葉彤先沿著人較多的方向走，然後突然改變方向，出了一道小門。葉未晴見她出了小門，沒有立刻跟上去，而是等了片刻，找個東西先把自己身形藏住，果然，葉彤在小門外等了半晌，又回頭鬼鬼祟祟瞄了幾眼，若是葉未晴剛才仍跟著，必定會被發現。

葉彤見沒人跟隨，這才放下心，朝另一邊招手，悄聲叫道：「采萱，采萱！」

一個丫鬟打扮的人走了過來，兩個人又結伴一起走。這個丫鬟葉未晴自是感覺眼熟的，一個荷香一個采萱，可不是羅櫻帶在身邊的心腹嗎？葉未晴皺著眉頭，小心翼翼地跟了上去。

葉彤緊張地問：「東西呢，東西拿了嗎？」

采萱拍了拍鼓鼓的袖子，答道：「拿著呢，就在我這裡。」

葉彤又朝四周看了一圈，心跳如擂鼓，聲線也開始顫抖。「萬一被人發現了怎麼辦？被發現了，我要怎麼說？」

「葉姑娘妳放心，哪有那麼容易被人發現，況且在自家院子裡逛有什麼問題，誰敢來質問妳？反而是小姐妳若是鬼鬼祟祟，一看就知道有古怪。」采萱道：「表情別那麼緊張，放鬆些，就當平常散步閒逛。若是被發現了還有我呢，我幫妳解釋。」

葉彤稍稍安心，深吸了兩口氣。

葉未晴一路跟下去，竟然來到了爹爹的寢房外，因著葉鳴大喜之日，這邊便沒留什麼人，倒給了葉彤一個空子鑽。

采萱從袖子裡掏出個木盒子，遞給葉彤。「快去，我在外面望風。等妳出來了，我們再點火。」

葉彤走出幾步，采萱朝四周看看，拿出火石，又折了幾根樹枝準備點火。

葉未晴此時站出來喊道：「站住，妳們要幹什麼?!」

葉彤腳步一頓，面色蒼白地回頭看采萱，不知該如何是好。采萱憤恨地瞧了葉未晴一眼，喊道：「她就一個人，先讓她閉嘴！」

葉彤只能一手拿著盒子和采萱一起過來對付葉未晴，眼看就要扭作一團廝打，這時，始終跟在葉未晴身邊的飛鸞跳了出來，一掌就將葉彤拍出幾尺遠，葉彤跌落在地，首先接觸到地面的臀部背部都疼得要命，快要散架一般，而手中的盒子也隨之摔落，在地面上滾了幾滾，散落出一大堆信件。

葉彤著急地向木盒處爬，試圖將信撿回來，飛鸞又上去踢了木盒一下，葉彤好不容易快爬到了，轉眼間木盒又比剛才更遠了幾尺。

葉彤簡直要被氣出一口血，她吼道：「你一個小小護衛竟敢以下犯上！那是我的東西，快給我！你不知道我是誰嗎？敢這樣對我，我讓伯父把你趕出去！」

飛鸞嘿嘿一笑，氣定神閒道：「不好意思，老子在你們葉家，恰巧是個黑戶！」

采萱這邊拿著點燃一端的樹枝和葉未晴糾纏，葉未晴不敢貿然靠近，怕燒到，又怕她逃走，糾纏得很是艱辛。

采萱知曉現在被發現了，事情是做不成了，這二人不會讓她們拿著信件好好離開，所以唯一的辦法，便是摧毀那物證！這樣，誰都不能說她們來這裡是別有所圖。

采萱盯準了那些信件的方向，將著火的樹枝朝著那頭扔出去。只要點燃這些紙張，再想辦法拖住葉未晴和她的護衛，等書信燒得差不多，她們就清白了！

她們只有這唯一一次機會！

然而，飛鸞立刻就發現她的意圖，飛身一腳踹在樹枝上，就叫它改變了方向。

葉彤瞪著眼睛，久久不能回神。采萱一顆心猶如從高空墜落摔成一灘爛泥，但她很快便想到了應對的法子，那就是逃。

采萱轉頭就跑。她又不是葉家的人，誰也不認識她，只要能逃出去，以後未必會被認出來！

葉未晴發現的時候，采萱已經跑出去幾步，她大聲喊道：「飛鸞，抓住她！」

飛鸞回頭，腳尖輕輕點了幾下，就正好落在采萱面前，幾個招式就將她雙手反剪到身後，采萱跪在地上，半點動彈不得。

空氣中飛來濃厚的黑煙，葉未晴轉頭一瞧，驚愕地發現爹爹寢房的窗戶不知何時已經被點著了，采萱丟出去的那根樹枝不近不遠，恰好被踢到窗牖的縫隙中，接觸到窗戶紙，立刻就燃了起來。

黑煙越來越大，婚宴上的眾人發現有異，連忙趕過來查看情形。

葉安一過來，首先看到的就是這樣混亂的場面，采萱被飛鸞押著，葉彤坐在地上，葉未晴擋在她身前，寢房的窗戶被點燃，黑煙不斷升起，空氣中瀰漫著嗆鼻的味道。

葉銳喊道：「快！先去幾個人滅火！」

定遠侯府的下人們都蜂擁過去提著水桶潑水，火勢本不大，很快就被控制住。來參加婚宴的賓客也都沒有說話，安安靜靜地看著熱鬧。

葉未晴和她們糾纏了半晌，衣服頭髮都稍稍凌亂，周焉墨十分不悅。他走過去從地上撿起一封信件，慢條斯理地拆開。

葉彤看到這一幕，唇色盡失，牙齒打顫，大聲喊道：「別！」

葉厲和霍氏走到女兒身邊，將她扶起來，不悅問道：「妳怎麼搞成這副模樣，在這裡做什麼？今天妳大哥婚宴來了這麼多人，妳就盡給我們丟人！」

若放平日，葉彤早就大聲反駁回來，可現在，葉彤沒時間搭理他們，只緊緊盯著周焉墨手中的那封信。

葉嘉皺著眉，似乎發現了什麼端倪。

周焉墨看著看著，嘴角逸出一抹冷笑，將那封信一個字一個字唸了出來，驚得在場眾人一身冷汗。

那信上寫了什麼？正是以北狄皇室的口吻，給葉安寫的一封信！只怕那散落一地的信件，也是同一個人寫的！

葉安聽完一頭霧水，說道：「本侯從未收過這樣的信，也和北狄皇室沒有一點聯繫！」

眾人哪還能接著看熱鬧？有人走出來，義正辭嚴道：「只怕這件事不能讓葉將軍單獨解決了，茲事體大，還需仔細徹查一番，給皇上給百姓一個交代！」

「就是！既然我們看到了，就不能姑息！」

也有人質問：「這些信件當真和葉將軍無關？」

葉安氣得嘴唇發抖，真是好大一盆髒水！

葉未晴道：「這當然與我爹無關，我目睹了整個過程，這是栽贓嫁禍。」

人群立刻安靜下來，她接著說道：「這些信是我小妹和那個婢女帶過來的，她們鬼鬼祟祟離開婚宴，我發現之後跟了她們一路。若未猜錯，她們的計劃應當是想先將這些信件放到我爹的寢房內，然後點火燒房子引來眾人，撲火的過程中這些信件便會被眾人發現，屆時便可誣衊他通敵叛國！」

霍氏急問道：「彤彤，是妳姐姐說的這麼回事嗎？娘不信妳會做出這種事情，快向大家解釋！妳是不是只是湊巧路過，被錯認成和那個婢女一夥的？」

采萱急著要說話，卻被飛鸞捂住了嘴。

眼淚在葉彤眼中打轉，她沒想到事情會鬧這麼大，也完全沒有意識到結果，她哭喊道：「娘，我不知道！都是那個婢女要我做的，我不知道！」

采萱無語地翻了個白眼，在心中使勁罵她蠢貨。

霍氏險些站不穩，葉嘉立刻上去扶住她，葉彤還在妄想用撒嬌化解這次災難。「爹、娘，大伯、大娘，便饒了我這次吧，我下次絕不會再犯了，都是采萱教唆我做的，不然我怎麼會害你們呀？我知錯了，下次絕對不會再這樣！大伯，我以後定會好好孝順您的，比姐姐做得還好！」

葉厲深深嘆了口氣，這麼多雙眼睛看著，通敵叛國，這牽扯的不僅僅是葉家，女兒這次實在犯了大事了！

賓客中有人說道：「事態嚴重，依我看一定要送去大理寺審查，誰知道這信是真是假？今天發生的事是栽贓還是葉家和北狄真的有聯繫？」

其他人紛紛附和，而大理寺卿正在賓客之中，即刻命人將葉彤和采萱押回去。

葉彤嚇到大哭，被押出去的時候還撕心裂肺地喊著。「阿爹阿娘救我！大伯，我真的錯了！」

葉銳一聲不吭，聯想到以前葉彤試圖放在爹爹書房裡的那座銅雕，心裡大概清楚她的意圖，這種事她已經不是第一次做了。

霍氏眼圈通紅，淚止不住地掉，一邊哭一邊捶葉厲。「你怎麼不幫她說說話求求情！你還是不是她親爹！」

葉厲一腔怒火無處發洩，語氣十分不好。「我幫她求情有什麼用！她連這種事情都做得出來，怕是要把我們葉家一家都拉下來才甘願！」

看完熱鬧，卻不能讓葉鳴的婚宴砸了，葉安只能強顏歡笑地招待各位賓客回去喝酒，而葉厲和霍氏則直接回到屋子裡商量怎麼辦。

葉未晴說不上自己心情如何，似乎又是輕鬆又是沈重，悵然若失。

周焉墨拍了拍她的肩，安慰道：「沒必要因為她難過，這事她得自己負責。」

葉末晴眼角有些紅，朝他勉強笑了一下。「我沒有難過，我只是……」

周焉墨冷冷道：「她不配做妳的妹妹，就衝著她以前做的那些蠢事，我會讓她後果比今日更慘烈，她該慶幸自己今天是被送進大理寺公事公辦。」

似有一股暖流活絡她冰凍的全身，她也立刻想通。放到別人家，姐妹不和比比皆是，親人說到底，比別人多的只是那一層血緣關係，在背後暗戳捅刀，明面上卻披著親情的皮，這樣的人不是沒有，比仇人更加可惡，這樣的人永遠也看不到別人對她的善意與友好。

發生在定遠侯府的這樁事成了盛京的大消息，很快便傳到羅櫻耳中。羅櫻一聽到，就恨得將桌子都掀翻了，荷香瑟瑟發抖立在一旁。

羅櫻狠狠攥著拳頭。「這葉彤真沒用，什麼事情都做不好！還有采萱也是，成心給我找不痛快，就不能讓我清靜清靜！」

荷香問道：「小姐，這可怎麼辦？絕不能牽連到我們。」

「我知道！」羅櫻恨恨道：「只怕押回大理寺之後就要審查，過幾個時辰，我們再去牢裡探一探。采萱是個聰明的，葉彤不是，一定不能讓她供出我們的名字！」

羅櫻去牢裡探望的時候，葉彤正躲在牢房角落抱著自己哭。

她沒想到陣仗會這樣大，審問她的人也十分嚴厲，還拿用刑嚇唬她。她一急，又有意隱瞞，就將事情說得斷斷續續，前言不搭後語。煎熬幾個時辰後，她才總算又被放回牢裡。還在指望著家人來救她，卻聽見羅櫻在外頭叫道：「葉彤。」

葉彤聞聲，迅速起身衝上前，兩個人隔著鐵欄杆相望，手鐐腳銬嘩嘩作響。葉彤看到熟人都快哭了。「妳來了，快救我出去呀！快去幫我打點一下，這件事又不只是我自己做的！」

羅櫻閉眼，額頭青筋直跳，半晌她調整好情緒，睜眼道：「妳沒有提到我吧？」

葉彤眼珠一轉，心想羅櫻十分害怕被拉下水，可這些事情本就是她一手策劃的，如果自己把一切都說出來，是不是可以把罪推到她的身上？

葉彤道：「我現在還沒說，可是我和采萱是分開受審的，我不知道她有沒有說。」

羅櫻道：「她不可能供出我。」

葉彤抓著她的手，羅櫻險些就將她的手甩出去，葉彤察覺到，不高興道：「雖然我現在沒說，可我不保證以後也不會說。」

羅櫻瞪著她，語氣嚴厲。「葉家是不會救妳出去的了，這件事妳若不認，便是葉安得認，妳想想，你們家的人怎麼可能出賣葉安？那是你們葉家的主心骨！能救妳的人只有一個……」

葉彤忙問：「誰？」

羅櫻故意讓她急了一會兒，才說道：「只有我能救妳出去。」

葉彤雙手抓住欄杆，激動地說：「怎麼救？」

羅櫻道：「只要妳別把我供出來，三皇子會想法子拖住這邊的進度，就算案子結了，也能拖住讓妳不去服刑。只是，妳可能要被關上一陣，才能放出來。」

葉彤瘋狂點頭。「好啊，妳答應我的，我不會把妳供出來，妳得履行承諾把我救出去！不然，我就把實情說了，大家誰也跑不掉！」

羅櫻後退一步，葉彤稍稍狀似癲狂，看來受了不小的刺激，不過身上倒是完好無損，看來沒被用刑。說完話，她就先走了出去，路過牢裡獄卒，還給了他一塊碎銀，獄卒才又回去看管犯人。

羅櫻向外走的時候，看到某間牢房中采萱渾身浴血躺在地上，十分狼狽，視線在空中相撞，她只是掃了一眼，就頭也不回地走了出去。

有人完好無損，有人皮開肉綻。呵，還真是小姐與丫鬟的區別。

這邊，葉厲和霍氏來到了疏影院，為了幫女兒求情，他們都圍在葉未晴的房裡。

葉彤雖然犯錯，可叔叔嬸嬸沒做什麼，要說哪裡錯，只有太過放縱女兒而已。葉未晴不好趕他們出去，只能聽他們說話。

霍氏親暱地拉著她的手。「未晴，妳妹妹從小就沒吃過什麼苦，在牢裡哪能受得了？妳去幫她說說話吧。」

「嬸嬸，您太高看我了，我能說得上什麼話。」葉未晴道。

「當時在場的就妳和妳的護衛，只要妳說這件事和彤彤沒關係，都是那個婢女做的，彤彤不就能放出來了嗎？」霍氏道。

「就是，這件事鬧大，連妳爹的臉面上都不好看。我們儘量在家裡頭解決，別讓外人摻和進來，不行嗎？」葉厲也道。

葉未晴不同意。「可當日發生了什麼事，我的話都說得很清楚了。」

霍氏道：「那妳就說妳看錯了啊，後來細細想來並不是那麼一回事，不就好了嗎？」

「抱歉，我不能。」葉未晴搖頭。「葉彤她不會不知道那盒子裡裝的是誣衊我爹通敵叛國的信件。她明明知道，卻還打算將信放到我爹房中，甚至特地挑了我大哥婚宴的時機，這樣陷害我爹，我們一家會是怎樣的下場，葉彤不明白，二叔二嬸難道也不明白？」

霍氏臉色白了幾分，葉厲也漸漸面色凝重。

葉未晴接著道：「這樣的罪名豈能隨便安在別人身上，這可是通敵叛國啊……若我未及時發現，中了她的計，只怕現在就輪到我爹百口莫辯、性命堪憂，豈止我爹，還有我娘、我哥，這已然不是自家人能包庇的行為，你們疼女兒我理解，可也不能是非不分黑白不辨！」

葉厲豎眉。「妳這說得也未免太嚴重！」

「就是如此嚴重！」

還未等葉未晴回答，一道聲音便傳了過來。葉未晴抬頭，看到二哥氣勢洶洶地走進來，他打頭陣，後面還跟著娘和大哥、大嫂。

葉厲道：「葉彤可是你們的妹妹啊，我們都是一家人！」

葉銳冷哼一聲。「一家人，怎會兩次三番地害一家人？」

霍氏疑問道：「你這是什麼意思啊？」

葉銳絲毫不給他們留情面。「以前葉彤就做過類似的事情，被我撞見，她求我不要說出去，我盼她悔過，就沒有對別人說，我已經給過她一次機會。」

他張開手掌，靜靜躺在上面的正是那日沒收的銅雕，他道：「這同樣是北狄皇室的信物，看來她早有預謀，揪著這罪名鍥而不捨，栽贓了一次又一次。」

江氏在旁哀嘆。「這是什麼仇什麼怨哪，非要置我們於死地……」

葉厲和霍氏皆臉色青白，一時無話，明白求情不成，便灰溜溜地退了出去，試圖找其他辦法。

葉未晴轉頭朝荊湲微微一笑。「大嫂，見笑了，剛入門便叫妳碰見這些亂七八糟的事，還差點誤了妳和大哥的婚宴。」

荊湲搖搖頭，爽朗道：「沒關係，大事要緊。」

葉鳴感到深深的惋惜，不僅因為婚宴被擾，還因為小妹竟然做出這種事。他和葉彤已經幾年未見，這幾年他一直都在邊關，小時候葉彤還是個挺好的孩子，再一見居然釀成如此滔天大錯，也不知是被誰教成這樣。

葉銳問道：「那些信件是誰給葉彤的？我覺得光憑葉彤做不成這樣的事，那個叫采萱的婢女應當好好查一查，她們背後一定還有誰想陷害父親。」

「交給大理寺吧。」葉末晴道：「我相信會有個公正的決斷。」

盛京已經動盪至此，說不準明天就換了一個樣，那些隱藏在背後的勢力也該浮出水面了。雖然葉末晴心裡深諳這個道理，但她沒想到變故來得這麼快。

當天晚上，周景深夜拜見睿宗帝，將收集許久的證據呈上，那些證據每一條都直中周衡的要害，寫他如何利用身分之便貪污銀錢，又用這些銀錢私自養兵。每一條都是殺頭大罪，每一條都觸碰逆鱗。

睿宗帝還沒翻完那些證據，就一口血噴了出來，星星點點污了奏摺，原本就差的身體差點背過氣去，宮裡亂成一團，連周景都沒料到睿宗帝反應會如此大。

周衡收到暗線的消息，連夜潛逃出京。

葉末晴奇怪地問：「太子殿下怎麼突然就行動了？」

周焉墨搖搖頭。「我亦不知，他沒有和我商量過。」

但這也確實打了周衡一個措手不及，不過周衡反應過來之後，立刻在小城起兵。一時間，風雨飄搖，人心惶惶，大臣們每日還是照舊上朝，只不過撥開皮肉，裡頭的那顆心是朝著這邊還是朝著那邊，就不得而知了。

第十九章

葉彤的案子已經審得差不多，就差最終如何判處結果還沒出來。

葉家一家人都在大理寺聚齊，大理寺卿對葉安很是客氣，一道送到門外。葉厲和霍氏要去牢裡看望葉彤，葉安搖搖頭，終是沒有跟去。

再見葉彤總會有些難堪，而他們也無法大度到原諒葉彤，當這件事沒發生過。

葉彤看見爹娘過來看望，立刻跑到鐵欄旁邊問道：「阿爹阿娘，你們給我送吃的來了？」

葉厲和霍氏是來聽取案件詳細過程的，又不是特地來給她送吃的，自然沒有給她帶，霍氏便搖了搖頭。

葉彤立刻不高興地問道：「那你們過來幹什麼？這牢裡的飯菜太難吃了，稀粥裡的幾粒米都是生的，菜葉子也沒幾根，我根本一口都吃不下！如果不想我餓死在牢裡，就每天給我送飯過來！」

葉厲被這話激得生氣，斥道：「妳這孩子怎麼對爹娘說話的，知不知禮義廉恥？除了我們還有誰能來看妳？」

葉彤被他吼得微微瑟縮，霍氏拉了拉葉厲的袖子，勸他控制一點。葉厲閉上了嘴，只是那一張臉憋得通紅。

霍氏一開口便紅了眼圈。「對不住啊彤彤，都是爹娘不好，沒給妳帶飯，找了很多人活動，也沒活動出個名堂，他們都不願插手此事。」

葉彤道：「哼，就知道指望不上你們。」

霍氏眼淚流下來。「彤彤還這麼小，坐牢可怎麼辦啊？」他們還權當葉彤不知道結果，所以才這樣鎮定。

葉彤皺了皺眉，不耐煩地說：「好了，別哭了！會有人救我出去的！」

葉厲立刻問道：「誰啊？」

葉彤嘴巴開合，想想這種事情還是不適合說出去，萬一被別的囚犯或者獄卒聽到就不好了。她便敷衍道：「這怎麼能說呢，以後再和你們說。」

霍氏和葉厲心裡燃起一線希望，看她這樣保不準真認識什麼能幫忙的人物，會迎來一線轉機。

只不過，這牢裡消息閉塞，葉彤現在仍不知曉周衡已經狼狽逃出盛京的消息，自己是無端被人戲耍，白高興了一場。

葉未晴從大理寺回來後直接去了弈王府，剛從大門進去，就發現今日的弈王府似乎格外熱鬧，多了好多工匠在那裡敲敲打打，忙著修繕府邸。

她好奇地看了一路，直到看見周焉墨。周景今日竟也來了弈王府，和裴雲舟一起商討著事情。

周焉墨瞧見她，遠遠就朝她伸出了一隻手。

葉未晴不好意思在這麼多人面前這樣，為難地看了看周景和裴雲舟，但周焉墨還是不肯把手放下，她只好乖乖把手遞給他，坐在他身側後他還不肯放手，他們幾個便如此議事。

裴雲舟倒是習慣如常，周景這個身旁沒人的感覺無比淒涼。

「方才說到哪兒了？」裴雲舟道：「喔對，差點忘了，曹九那個老狐狸狡猾得很，這幾日都在朝上慫恿太子殿下往和饒多多發兵，背地裡和周衡沆瀣一氣，想要坑我們一把。」

周焉墨道：「不必管他，陪著周衡小打小鬧就行，讓他長些信心，也可不必損害到交戰城池百姓的利益。」

上一世的周衡，一起兵便勢如破竹，輕而易舉就拿下了盛京，可他背後的力量，幾乎都是他用了各種各樣陰暗手段才爭取來的，手段陰暗見不得光，一旦被人拆穿就會遭到反噬。這一世葉未晴針對這些人就個別都有一些布局，以致周衡的勢力沒有預期中強大，現在無論從哪方面看，周衡敗北已成定局。

所以葉未晴有些無聊，聽著聽著就犯睏，打了個哈欠。

周焉墨看見，便對周景和裴雲舟說：「就這樣，你們先回吧。」

周景一頭霧水，他們才來沒多久，有的事情還沒說完。裴雲舟對他挑了挑眉，眼中露出無奈又鄙夷的光。

看見二人站起來，葉末晴疑惑地問：「這就打算走了嗎？」

裴雲舟笑道：「妳想我們留下來？」

葉末晴面無表情。「那倒也沒有。」

裴雲舟捂著心口彎腰，一臉心痛得快要死的模樣，周景大笑著拍了拍他的肩，說道：「我們快走吧，雲舟意猶未盡的話，我們可以找個酒樓接著聊。」

待這二人走後，葉末晴才道：「你怎麼趕他們走啊？」

周焉墨道：「要談的事差不多談完了，讓他們盡快回去處理公事。」

實際上，他才不是這樣想的。每次周景和她見面，他都會回憶起在涉平她輕柔地給周景擦臉的畫面，而且周景差那麼一點就對她有什麼想法了，他一想到就覺得心裡不舒服。

是他想太多，可又控制不住醋意，就任由它發展吧。

只是周景如今當了儲君，身邊沒有太子妃，更沒有侍妾，該早日給他物色幾人才是。以前說是總要奔波流離，現在看他還能找什麼藉口！

想到這裡，周焉墨心情好了起來。

葉末晴心裡卻一直裝著一件事情。前陣子在行宮內，她說好讓他有一個仔細考慮的時間，給他有反悔的機會。雖然沒有明確幾天，但也大概說了個範圍，十天半個月左右，如今已然半個多月過去，他還沒有提過此事。

難道是忘了？最近實在動盪不安，說不準在那些重要的大事面前，他暫時忘了這件事。可也不能始終拖著，她也想名正言順地待在他身邊啊。

葉未晴沈思片刻，想委婉地提醒他一下。「皇上立太子立得急，從剛頒布詔書到冊封只用了幾日，容不得他人反對，一般來說是需要一段日子的。他現在病了，把事情都交給太子管，整個過程也才半個多月而已……幸好太子接手得快，安撫了眾人焦躁的情緒。」

她特地在「半個多月」這幾個字上加了重音。

周焉墨微微點頭，贊同道：「確實，太子有治國之才。」

葉未晴皺了皺眉，難道是她提醒得太委婉，他沒有反應過來是什麼意思？

她又說道：「以後我們還有機會去行宮玩嗎？上次去了都沒有玩盡興，人又多又混雜，行宮應該好好管理，不能隨便什麼人都讓進了。」

她又故意提了行宮，表面上還算淡定，實際上她都想掐著周焉墨的脖子，邊晃邊說你快想想在行宮裡都發生了什麼事都說了什麼話啊啊啊！

周焉墨微微一笑，淡淡道：「妳放心，行宮已經加強了管理，不是什麼人都能進的。」

葉未晴像突然洩氣了一般，眼神幽怨地瞧著前方的茶壺。

他是不是反悔了？是不是在故意逃避不想說，要等她主動開口？

她倒了一杯茶，周焉墨阻止道：「茶放太久，涼了。」

她一口生生灌了一杯，抹了抹嘴，說道：「涼茶好。涼茶降火。」

周焉墨在她身側看不見的角度，滿眼皆是放肆的笑意，溫柔得如同初融的冰雪，任哪個認識他的人瞧見了恐怕都要嚇得不會走路，弈王哪有過如此柔和的時候？

周焉墨當然知道她的意思，可他也說過他絕不會改變自己的答案，他是在故意逗弄她的。好可愛，好想揉揉她的頭。

隔日，葉彤一案的判決便出了。原本她該受幾年牢獄之苦，葉安替她說了幾句話之後，大理寺卿決定派她去極遠的南邊的蓮溪寺剃髮修行十年，三日後前往。

去那麼遠的地方，和流放無異。葉厲和霍氏思量幾番，葉彤年紀小，在那裡生活必定艱難，為了求這個情，他們再也沒有臉面面對葉安，索性陪她一起去蓮溪寺。葉嘉這些年一直跟著葉安習武，所以還打算留在盛京。

葉彤得知自己要去蓮溪寺的時候還不以為然，可三天之後她臨出發之前卻慌了，明明羅櫻說好了會幫她拖延、會救她的，怎麼直接便要啟程了？

她拍著欄杆對獄卒大喊。「快去羅府找羅櫻！快去，我爹娘會給你們好處的！」

獄卒本來不願理這個蠻橫的小姑娘，不過看在是定遠侯姪女的面子上，還是替她跑了一趟，回來告訴她。「羅小姐說她不來了，還說祝妳一路平安。」

葉彤喊道：「怎麼可能？怎麼可能?!」

獄卒惋惜地搖了搖頭，想這人怕是受了刺激傻了吧。

葉彤又瘋狂拍著欄杆喊。「我要翻供！帶我去見大理寺卿！」

獄卒道：「判決下了多少天了，妳還翻什麼供？不會有人理妳的。」

葉厲和霍氏收拾好東西準備和女兒一起去蓮溪寺，除了他們之外，只有身為葉彤親哥哥的葉嘉，還有葉未晴和葉銳跟著去送他們一程，恰好撞見這一幕。

霍氏道：「彤彤，妳少費些力氣吧，去蓮溪寺之後安生一些，說不定還能減少幾年期限，還俗時候尚早，怎麼也比在牢獄裡蹲著強。」

葉彤紅了眼睛不說話，瘋了似地盯著葉未晴。

獄卒將門打開，大批兵卒在外等候著將葉彤押到蓮溪寺，葉彤手上戴著鐐銬，出來的第一件事卻是奔著葉未晴過來。

她使勁掙扎著，嘴裡還惡毒地喊道：「葉未晴，我要殺了妳，我要掐死妳！都是妳害了我！妳不得好死，妳毀了我一輩子！」

葉未晴原地站著沒動，兵卒立刻將葉彤拽走。

葉銳嘆了口氣。「還真是死不悔改。」

葉未晴道：「那就讓她好好嘗嘗苦果吧。」

葉彤被扯得踉蹌，嘴裡還不停下。「葉未晴，我到如今這地步妳開心了吧？我咒妳不得好死！」

葉嘉蹙眉喊道：「彤彤，和妳姐姐道歉！是妳做錯事，妳還不知悔改！」

連葉銳聽見這話也皺了皺眉，想上去找葉彤算帳，卻被葉未晴拉住胳膊，她搖了搖頭示意他別氣。

她緩緩走到葉彤面前，看見葉彤氣得臉紅脖子粗的模樣，平靜說道：「妳會到如今這地步，都是妳咎由自取。如果是我主動對付妳，妳認為還能像現在這樣去寺廟裡清修十年如此瀟灑嗎？念著和妳的親緣，我從未出手害過妳，可惜在妳眼裡，這親緣已經薄弱得隨時要隨風消散。」

葉彤恨得牙癢癢，她對葉未晴的恨意越來越深，可最氣的卻是她做不了什麼來報復，每次想到這裡，就覺得胸腔快要爆炸。

葉未晴繼續道：「還有妳那個好姐妹羅櫻，妳難道沒有發現她自始至終都在利用妳嗎？妳好好想想，是她毀了妳的一生，而不是我。」

沒等葉彤說話，葉未晴便對著其他人道：「走了。」

葉嘉打算送妹妹送遠一點，所以只有葉銳跟著葉未晴先行回去。

葉銳邊往外走邊說道：「二叔竟然降職去陪她，也不知道怎麼想的。」

「畢竟是自己的女兒，二叔二嬸不能像什麼都沒發生一樣在這裡繼續待下去，陪她一起過去也挺好的。」

「把葉彤教成這樣，估計沒辦法再扳回來了，還不如重新生一個算了。」

葉未晴聽完忍不住笑出聲。

牢裡的路潮濕又陰暗，只有偶爾幾扇極高的天窗投下幾縷陽光。葉末晴走出去的時候路過采萱所在的牢房，血腥的氣息撲面而來，躺在地上的幾乎是一個血人，全身皮膚都沒有完好的地方，衣衫破爛，十個手指甲全都被拔了。

采萱似乎感覺到她的視線，微微抬頭，露出瘦得凹陷的臉頰和空洞無神的雙眼。

不知怎的，葉末晴就想起前世裡采萱的樣子，意氣風發，狗仗人勢，連最後葉家全被周衡誅殺的時候，采萱都站在羅櫻的身後，下巴高高昂起，高興地看著他們赴死。

不知道大理寺是怎麼判處采萱的，可看她現在受刑的程度，想必也活不了多久。這一世，采萱還沒來得及成為羅櫻的心腹，就終結了一生。

葉末晴靜靜地看了她幾眼，然後走了出去，迎接牢獄外的光明。

馬車剛停在侯府外，葉末晴就發現旁邊又停了一輛馬車，趙嬤嬤、岸芷和汀蘭都站在外面，看到葉末晴回來，她們頓時鬆了一口氣。

葉銳左右看看，疑惑道：「妳們都在這兒站著幹什麼？」

岸芷道：「小姐快進來，有人來提親了！」

葉末晴腦子頓時轟了一下，還沒反應過來，葉銳就喊道：「什麼？讓我看看，是誰如此大膽！」

葉末晴看到葉銳這個時候還要損她，狠狠推了他一把，然後提著裙子跑到岸芷身邊，每一個裙角都雀躍。

汀蘭看見小姐高興的樣子，也沒忍住，打趣道：「小姐，妳怎麼不問問是誰啊？」

葉未晴便裝模作樣地問：「是誰？」

岸芷捂嘴笑。「當然是奔王爺了，不然還能有誰，有這等直接上門提親的勇氣？」

嬤嬤止住她們的玩鬧。「好了小姐，既然回來了就快去前廳吧，大家現在都在前廳呢！」

前廳裡，葉安、江氏還有葉鳴、荊湲都在裡面坐著，和和氣氣地同周焉墨說著話，尤其是葉安，臉上的笑意藏也藏不住。多虧葉銳和他提起考慮周焉墨作為女婿人選的事，不然他也想不到這安排，尤其在觀察以後，發現女兒也對周焉墨悄悄上心，不僅幫他親手做糕點，還總繞著彎打聽和他有關的事情，這些跡象讓他越來越覺得這兩個人合適。

葉未晴尋了個位子坐下，隨意掃了眼旁邊堆著的一箱箱聘禮，媒人手裡還捉著撲棱棱的大雁。

周焉墨看了葉未晴一眼，對她微微笑了笑。

葉未晴忍不住回了他一個白眼，虧她前幾日無論怎樣提醒，他都不給回應，現在竟直接過來提親下聘，誰知道這個人是在捉弄她還是想給她一個驚喜？

江氏一直盯著他們兩個，看到這一幕，又有點拿不準女兒的心思了。

媒人還在前廳裡細數著二人有多麼相配，江氏直接打斷了她，問道：「晴兒，這樁婚事妳覺得怎麼樣？」

葉未晴點頭表態，卻沒作答。這叫她怎麼回答？誇的話也許那媒人轉頭就會說葉家小姐不矜持，叫別人看笑話；稍微有一點點不願意，又會惹爹娘多想。

不過江氏看她點頭，倒是放了心。

葉安無意識地摩挲著扶手，說道：「那這樁親事就這麼定了。王爺曾在邊關與我共事許久，未晴若嫁給他，我放心。」

媒人看成了，喜笑顏開道：「那我們現在商量下婚期？」

葉銳皺眉。「這流程進行得未免也太快了吧……」

周焉墨道：「是我提的要求，我想盡快迎娶阿晴。」

媒人又看葉未晴反應如何，她也回道：「都好，聽王爺的吧。」

媒人拿出一本黃曆，細細翻看上面日子，唸道：「這個月二十四，倒是宜婚嫁娶，但是離現在沒剩幾天，準備得太匆忙反而不好，反正我是不建議你們選這日。」

江氏點頭。「妳說得對，再看看別的。」

媒人又道：「下個月十五也是吉日。」

周焉墨道：「就這日吧。」

江氏皺眉，遲疑地道：「下個月十五，會不會也有些匆忙？就差一個多月了，怕是嫁衣要加急訂製才行，而且迎娶王妃那些規制之類的我也不太懂，會不會很麻煩？」

周焉墨立刻熱切地道：「伯母放心，我都會準備好。」

葉安道：「那就這麼辦。」

那媒人視線掃到屋裡的布置，發現有的地方還貼著喜字，便帶著諂媚說道：「看來侯爺家真是有福，接連有喜事，別人羨慕都羨慕不來！」

葉安和江氏都愛聽這樣的話，笑得嘴角咧得不能再大了，江氏趁勢看著荊湲意味深長地說：「要是什麼時候能抱上孫子孫女，我這輩子也就圓滿了！」

媒人笑道：「快了快了，肯定快了！」

商量完重要的事情，葉家全家齊送周焉墨和媒人出門，趁他們不注意的時候，葉未晴悄悄拉著周焉墨問：「你怎麼突然這麼急著娶我？」

周焉墨道：「當然要抓緊日子，省得妳和別人跑了。」

葉未晴笑。「我還能和誰跑？」

「當然是比我好的人。」

「比你好的？你快想想都有誰，讓我認識一下。」

周焉墨蹙眉思索片刻，遺憾道：「抱歉，我想了想，好像真沒有，對不起葉姑娘了。」

葉未晴笑得更歡快。「你還要不要臉！」

周焉墨揉了揉她的頭，這才說出真實原因。「皇帝身子不好，快不行了，若趕在這時候駕崩，我可不想再多等幾年。」

葉未晴心道也是，他又附到她耳邊說：「妳也不怕憋壞我。」
葉未晴臉上一紅，心虛地朝四周看看，見沒有人聽到，她才放心。
恰好走到侯府大門，葉未晴目送著他背影離去，轉頭，江氏拉起女兒的手，依依不捨道：「晴兒也快要嫁人了，一晃十幾年過去，太快了，娘什麼都不要，只希望夫家能對妳好。」
葉未晴眉眼彎彎。「他會的，阿娘。」
就算所有人都對她不好，他也會對她好，永遠相信她。

今年盛京的冬季來得特別快，先飄了一場小雪，然後兩場下了幾天幾夜的雪紛至沓來，厚厚的雪鋪蓋在地上，整個世界像是被冰封了一樣。
賀苒遞了帖子找她出去閒逛，葉未晴正在考慮穿哪件披風出去，她猜賀苒肯定穿白色，她就挑了一件白色的披風。
穿戴好之後，葉未晴領著岸芷、汀蘭就出了門，兩個小妮子一聽要出門玩，比誰都高興。
賀苒果然穿了一身白，看到葉未晴便大喊道：「哎喲，讓我看看我們的新娘子！」
葉未晴拍了她一下。「在大街上嚷嚷什麼，有沒有點兒小姐樣？」
「好好好，我錯了。」賀苒笑道：「上次見妳和弈王還沒什麼進展，再一見到就婚期將至了，也給我沾沾妳的喜氣。」

葉未晴忙向外蹦出兩步。「沾我的喜氣，還不如拜拜月老。再說妳有什麼要沾的，裴雲舟就差把妳名字寫臉上了，一顆心整天拴在妳身上，遲早的事。」

賀苒不滿意地噘嘴。「不提還好，一提我就生氣，不知道他最近在忙什麼，都沒時間來找我。」

「所以退而求其次來找我了？」葉未晴指指自己。「看來我就是個替代品。」

「好了，什麼都說不過妳。」賀苒拉住她的胳膊。「我想去城外湖邊走一走。」

葉未晴道：「走。」

城外有些遠，但兩個人都沒什麼事，沒坐馬車，帶著各自婢女徒步走了過去。走到那裡，披風已經被寒氣浸染，說話口裡冒出白氣，葉未晴將披風裹緊了點，說道：「怎麼突然就變得這麼冷。」

賀苒道：「過幾日可能會暖和一點。」

湖邊人很少，只有幾個像她們一樣閒的人在這裡閒逛，賀苒帶著葉未晴一路走到有石階的地方，順著走下去。

葉未晴一路走到最下面，再往前走就是冰凍的湖面，湖面並不平整，往遠處看還有裂紋。

賀苒還在接著往前走，回頭問道：「妳不下來玩一玩？」

葉末晴搖頭。「湖面凍得不結實，我可不敢下去。」

賀苒取笑道：「膽子太小了，那我下去走走。」

葉末晴制止道：「妳別過去，掉下去怎麼辦，這裡可沒人能救妳。」

「我就在邊上走一走，不去中間，好吧？」賀苒妥協，左腳踩在冰面上，右腳又踩上去，葉末晴看冰面沒有任何異常，才放下心。

賀苒先是小心翼翼地在上面走，沒多大一會兒，就開始在上面滑。葉末晴無奈地看著她，就像看著三歲小孩似的。

好景不長，一個打滑，賀苒就摔在冰面上。她嘶的一聲吸了口冷氣，跪在冰面上久久不能起來。

葉末晴也顧不得冰面會不會開裂，直接走上去攙扶她慢慢起來，婢女們也要上去搭把手，葉末晴忙喊道：「別，妳們站在岸上！」

岸芷道：「賀小姐流了好多血！」

葉末晴一看，還沒看到傷口，倒先看到被血染紅的白色披風一角，她又撩起披風和裙角，發現她的腳踝上被凸起的冰劃了一道傷口。

葉末晴問：「妳能走路嗎？」

「還可以。」賀苒道：「走吧。」

葉末晴扶著她一步一步挪到岸上，到了岸上，她回頭一瞧，發現剛才站著的冰面多了幾道裂痕，只怕她們再多站一會兒就要開裂。

賀苒哭唧唧道：「太遠了，我走不回去了，一走路就疼，走幾步倒是能忍。」

「讓妳皮！」葉未晴恨鐵不成鋼。「這邊沒什麼人，我們先想辦法回到城裡，再找馬車坐吧。」

賀苒胳膊放在葉未晴的肩上，受傷的那隻腳抬起來，藉著葉未晴的力一跳一跳前進，滑稽極了。

快要進城的時候，城門口一名士兵問道：「可是葉姑娘？」

葉未晴點了點頭，疑惑道：「你是？」

「葉姑娘可能不記得我，我是太子殿下身邊近侍，跟在他身邊見過您幾面，所以記住了。」他看了看賀苒的腳，關切地問：「姑娘可需要幫助？太子殿下正在城牆例行巡查，也許此刻正在崗哨處，妳們要不要去那裡歇一歇腳，這天寒地凍的，姑娘的傷還是得上個藥才好。」

葉未晴看了看高大的城樓頂，然後道：「好，你帶我們去吧。」

沿著樓梯爬上去，士兵輕輕敲了敲崗哨的門，說道：「殿下，您的友人來訪。」

周景開門，看到葉未晴和賀苒先是驚喜了一下，但隨即看到賀苒白披風上刺眼的紅，迅速讓開門口請她們進去，說道：「怎麼受傷了，要緊嗎？」

賀苒搖頭。「不要緊，只是貪玩摔了一跤。」

葉未晴說道：「殿下，叨擾您了，剛好遇上您的侍衛說您在這兒，便來請您幫忙了。」

周景笑道：「沒事，我先找軍醫。」

崗哨內沒有生火，比外面還要冷，周景讓人找來軍醫看看賀苒的傷，軍醫上了藥後簡單做了包紮。

周景交代道：「這只是暫時用用，等會兒我派人送妳們回去，記得回去後還是得去醫館仔細看看，省得以後落了疤。」

「多謝殿下。」葉未晴看了一圈，問道：「殿下今天怎麼會在這裡？」

周景微微笑道：「我是來這裡巡查的，看一看盛京的城防有無改進必要，也看一看百姓生活如何，城牆上的視野好。」

「殿下真是憂國愛民。」賀苒發現崗哨角落裡豎著一把琴，疑惑道：「這裡怎麼還有把瑤琴？」

周景看過去，解釋道：「那是我新訂的一把琴，順路取的。」

周景將那把琴小心翼翼地拿過來，把外頭纏繞的黑布摘下，露出的是一把全新的黑漆漆的瑤琴。

葉未晴好奇地問：「殿下喜歡彈琴？」

「從小修習，但未必彈得有多好。」周景不好意思地笑。

賀苒道：「殿下給我們彈一曲聽聽吧！」

周景隨意彈了一曲，葉末晴不懂，但起碼能聽出他彈得極好，便不遺餘力地誇讚。「殿下真是太過謙虛，明明就彈得很好。皇室的人都要從小修習琴藝嗎？我記得弈王和三殿下也都彈得極好。」

周景緩緩搖頭。「琴確實是皇室必修，可我小皇叔卻討厭極了彈琴。」

「啊？」葉末晴驚訝，彈得好的人怎麼會厭惡彈琴？她還記得慶功宴那次他主動為她彈琴，上次在行宮他也為她彈了一曲，怎麼想都和厭惡沾不上邊，她問道：「為什麼？」

「這我就不知道了。」周景道：「只是看以前誰要是逼他彈琴，他都會生氣。」

葉末晴皺眉，明明他彈得那麼好，到底為什麼厭惡彈琴？

周景說道：「若是葉姑娘好奇，就去問小皇叔吧，他一定會告訴妳的。說起來，我今日還見了小皇叔一面，我出宮時恰巧碰見他進宮。」

殿內龍涎香的味道沾染到每個角落，甚至讓周焉墨的身上也沾染了一層，他眼中閃過厭惡的光。

睿宗帝被張順扶起來，看著站在他面前的周焉墨，一絲忌憚一閃而過。

睿宗帝聲音嘶啞道：「弈王，聽說你要成親了。」

周焉墨點頭。「是。」

「聽說……還是和葉安的女兒。」睿宗帝勉強地笑了笑。「好小子，本來朕想把這閨女留給自己做兒媳的，倒便宜你了。」

睿宗帝一向和他說話夾槍帶棒，不過對於這事，周焉墨連忍也不想忍，直道：「我不這樣覺得。」

「嗯？」睿宗帝抬頭，差點以為自己聽錯了，想了想又虛偽地笑道：「也是，既然都成定局了，朕就不該再說那樣的話，朕給你道歉。」

周焉墨沒說話。

睿宗帝也不管他，逕自提起他要說的事。「如今老三要搶老二的江山，內憂外患，朕既然決定傳位給老二，你可要多幫幫他啊，別忘了，你是他的小皇叔。」

周焉墨冷冷地看著他。「自然會幫，不過不是因為他是我姪兒，而是因為他適合當一國之君。」

「你這是什麼態度？」睿宗帝不悅地問：「你對朕有什麼不滿？是怨朕把你遣到陽西關嗎？陽西關雖苦，朕也是為了鍛鍊你……」

他想了想會讓奕王不悅的事應該是兩年前把他遣到陽西關，苦累倒是其次的，細皮嫩肉的皇親說不準一上戰場就喪命，他也確實如此希望，只不過最後周焉墨依舊平安歸來。

「夠了。」周焉墨冷笑。「這麼多年，你做過什麼你自己不清楚嗎？還是要我一一提醒你？」

睿宗帝大驚，指著他道：「你、你知道些什麼？」

「你以為我什麼都不知道？」周焉墨靜靜地看著他。「你休想帶著美名下葬，你死後，我會把所有事情都揭發出來，污點惡名，會隨著你的名字永世留存。」

睿宗帝氣得吐出一口血，幾乎快要昏厥過去，周焉墨遞了個眼色，旁邊立刻有大夫跟上去治療。張順無奈地站在一邊，這大夫已經常伴睿宗帝身側，連太醫院都束手無策的病況，他卻能保住睿宗帝一時的性命，就算是奕王的人，那又有什麼辦法呢？沒有其他人能保皇上的命了！

張順嘆了口氣，三皇子是撓破頭皮下藥謀害皇帝的命，弈王卻是想方設法延長他的命。

葉未晴把賀苒送回去之後，自己才回了府。剛在疏影院坐下，趙嬤嬤就過來請她到前廳，說是弈王為她訂製的嫁衣送來了。

汀蘭跟在小姐身後前往前廳，邊走邊問：「小姐怎麼要成親了卻這麼淡定呢？」

岸芷笑道：「就說妳不會看人，小姐哪像妳說的那樣了，小姐是臉上淡淡，明明心裡開心著呢。」

葉未晴道：「好了，別的沒看出來，妳們兩個比我開心倒是真的。」

「說真的，以前小姐很容易開心的，可是後來又突然變了，也許因為被三殿下傷透了心，那段時間常悶悶不樂，最近才又慢慢變回像以前一樣。」岸芷道：「當時為了三殿下真是不值當，誰知道他現在就變成亂臣賊子了呢！」

原來把她突然的轉變當成是被周衡背叛的緣故，葉未晴笑笑不反駁。

到前廳的時候，送東西的人已經走了，只剩兩個盒子放在桌子上。

江氏道：「弈王給妳準備了嫁衣和頭面，當真貼心得緊。快打開看看是什麼樣的、合不合尺寸，若是不合再找人修改。」

「我在這裡怎麼試尺寸呀？阿娘和我去疏影院吧。」葉未晴道。

「也是，我糊塗了。」江氏拍了拍腦袋。

打開第一個木盒是一套極其華麗的嫁衣，上好的紅綢，密密麻麻的金線刺繡，並蒂蓮從衣襬一朵一朵盛放蜿蜒到胸口，繡娘的手藝極好，並蒂蓮繡得栩栩如生，層層疊疊綻放。每走動一步，嫁衣微微顫動，上面的蓮瓣就像被風吹拂似的，若隱若現。

江氏和岸芷、汀蘭皆忍不住驚呼出聲，其他官家小姐們成親也沒有穿如此重工的嫁衣的，雖然葉未晴即將成為王妃理該隆重一點，但這也太奢華、太大手筆了，這樣一件嫁衣可不是短時間內能趕製出來的。

葉未晴試上之後，發現尺寸都正好適合她。看著銅鏡裡那個人，她也有些恍惚，上一世成親她也沒穿過這麼美的嫁衣。

江氏問道：「弈王之前找妳量過尺寸了？看來不用再改。」

她哪裡去量過尺寸，估計是周焉墨在和她接觸的時候就記住了，難以啟齒，她只得撒謊道：「是。」

再打開第二個木盒，裡面放著一整套首飾，和這件奢華的嫁衣差不離，這些首飾也很貴重。

江氏感覺心裡甚是熨貼，女婿對這些上心不就說明對女兒重視嗎？她笑道：「看來我們未晴會是盛京最漂亮的新娘。」

葉未晴看著那套首飾失神，上手摸了摸裡面的一對簪子，金簪尾部立著一隻孔雀，讓她感覺有點熟悉。

「好，既然沒什麼事，娘先不在這裡坐著了。」江氏道。

葉未晴點頭，然後把嫁衣脫下來，小心疊放妥善保管。

汀蘭雙手合起放在腮邊，憧憬地道：「以後全盛京的女子都要羨慕我家小姐了！」

這時，外面傳來低沈的聲音。「阿晴。」

葉未晴差點以為自己聽錯了，直到岸芷提醒她。「似乎是王爺的聲音。」

她出去一看，果然周焉墨站在院子裡。葉未晴失笑。「找別人送嫁衣，你自己卻來後宅找我，還以為在玩什麼調虎離山呢！」

按理來說，周焉墨這時候應該回她一句玩笑話，可他卻什麼都沒說，讓她直覺感到他發生了什麼事情。

她問道：「你怎麼啦？」

周焉墨走到她面前，狠狠地擁住她，頭埋在她的頸窩裡。

她被抱得險些喘不上氣，只感覺周身被龍涎香圍繞著，快要讓人窒息。她回擁住他，輕撫他的後背，像在平撫一隻炸毛的貓一樣。

她感覺到周焉墨似乎平靜了一些。

他終於在快要把人逼瘋的龍涎香中找到了一條出路，捕捉到了她身上一絲像是瓜果氣味的甜香，然後再讓甜香慢慢擴散，遮蓋住其他的味道。

他道：「妳真好聞。」

葉未晴笑道：「我哪有什麼味道。」

他道：「有的。」

她眨了眨眼睛。「我自己怎麼從來沒聞過？」

「久在芝蘭之中。」周焉墨鬆開了她，問道：「對了，嫁衣試過了嗎？」

「試過了，特別合適，哪一處都正正好。」葉未晴道。

「喜歡嗎？」他問。

「喜歡啊！特別喜歡！」她不假思索便回答。「嫁衣什麼時候開始做的？那得是幾個月以前了吧？那時候我還沒說我心悅你呢，你是不是早就吃定了我？說實話！」

周焉墨低聲笑道：「是妳吃定了我。」

他就只想找人做這個尺寸的嫁衣，如果她答應嫁給他，那正好派得上用場，如果她不嫁，他也不會再為別人做嫁衣了。

葉未晴沈浸在喜悅中好一會兒，才想起來自己想問的話。「對了，我聽太子說你其實不喜彈琴，真的嗎？」

「是。」他點頭。

「那你不喜歡，還給我彈什麼？」她問完，感覺自己語氣似乎有些急，又解釋道：「我沒有質問你的意思，只是想說如果你不喜歡彈，就不用彈琴給我聽……」

「妳不一樣，那首曲子也不是一般的曲子。」周焉墨眼底似乎有融化的雪水，語氣不知不覺也放柔許多。「那是我娘留下的樂譜，只為摯愛之人彈的。」

「那首曲子叫什麼？」她問。

「離思。」

葉未晴有些驚訝，她以為會是個極其情意繾綣的曲名，沒想到卻帶著淺淺憂思。

她想問，為什麼會叫這個名字？你娘又是個怎樣的女子，怎麼從來也沒聽說過她？可萬一說這些，觸及了他傷心的往事，就不好了。

周焉墨看她猶猶豫豫的樣子，在她的腦門上彈了一下，她輕呼一聲。

「在我這裡，永遠也不用欲言又止。」他道：「帶妳去見見我娘吧。」

葉未晴一路心情忐忑又沈重地跟著周焉墨來到了皇陵，彎彎繞繞走到了一個偏僻的地方，那裡立著一塊小石碑，主人的姓名叫做聶瀾，只有名字和逝世日期，籍貫、成就都是空的。

其他地方立著的都是皇帝或妃子的墓碑，看起來十分莊重，但這石碑未免有些潦草，提醒著這裡的人不受寵愛的事實。

不過，四周倒是非常乾淨，一定經常有人來打掃。

「這就是我娘的墓碑。」他淡淡道：「其實她也不叫這個名字，真名究竟叫什麼，我也不知道。」

葉未晴不知該說些什麼好。

「有一個從前侍奉過我娘的嬤嬤，在這裡做守陵人，不出意外的話，她已經看到我們了。」他抬頭喊了一聲。「嬤嬤。」

有個年紀大約四、五十歲的婦人慢慢走出來，說道：「看你帶了人來，我就沒有貿然出現。這位是？」

周焉墨看向葉未晴，緩緩牽起她的手，說道：「再過些時間，我們就要成親了。」

嬤嬤立刻激動起來，眼中似乎閃著淚花，拍手說道：「好啊，真好！阿墨要成家了……」

「嬤嬤，妳和她聊聊吧。」他道：「我去旁邊轉一轉。」

周焉墨離開，葉未晴獨自面對嬤嬤竟然有些緊張，就好像第一次見婆婆似的。

「我給妳講講阿墨娘親的故事吧。」

「好。」

「那是很久以前的事了，盛京旁邊的封紫有一姓聶的大戶人家，聶氏家主是那裡的父母官，雖然比不上盛京的權貴，可在當地也是最大的官了。可後來因為些緣由，聶家男丁流放，女子充妓，我當時也不懂那些罪名，只是我家小姐跟我說聶家是被冤枉的。被冤枉又能怎麼樣呢？好好一個家瞬間就分崩離析了。原本我家小姐也該去當軍妓的，卻因為姿色甚好被看中，改了名字送進宮中，和封紫聶家再無關係。」

葉未晴仔細聽著，她沒有聽說過聶家的事情，其一年頭太早，那時候她還沒出生，其二盛京的人眼界高得很，根本不稀罕管地方的事情，所以這件事也沒有流傳開來。

嬤嬤接著道：「進宮總比去當軍妓好，說不準得了盛寵還能挽救聶家上下，那時候小姐也才像妳這麼大，就要服侍大她二十多歲的顯文帝。後來生下一個兒子，但地位還是十分低微，在後宮之中和宮女差不了多少，且因相貌生得好看，小姐在後宮過得很是艱難，誰都能欺負她。」

嬤嬤伸出手，上面都是累年的斑駁疤痕，她道：「這些，都是那些女人下的手，有的拿我給小姐下馬威，有的不敢動小姐就來罰我。」

葉未晴於心不忍地皺起眉，問道：「後來呢？」

「小姐若是姿色平庸些便罷了，可她偏偏生得那般貌美，又被睿宗帝記掛上了。」

「啊？」葉未晴震驚，顯文帝是睿宗帝的父親，父子看上了同一個女人？

「一開始，還是太子的他就不避嫌地常去找小姐，小姐將他拒之門外，可大概在小王爺四歲左右，顯文帝薨逝，睿宗帝繼位。」嬤嬤嘆了口氣。「他當了皇帝之後，更加手眼通天，誰還能奈何得了他？睿宗帝想殺小王爺，小姐沒辦法才和他交換條件，甘願成為他的寵姬，沒名沒分，又不能被外人知曉。她都答應什麼都不往外說了，可睿宗帝竟偏執得很，把她關進華清殿，像個禁臠一樣，不能自由出入！」

皇室秘辛果然骯髒又齷齪，常人無法想像。

「那他真的就放過奕王了嗎？」葉末晴問。

嬤嬤苦笑了一聲。「哪能啊，睿宗帝想殺小王爺，不僅僅因為他是小姐和先帝的骨肉，更因為年齡相差太多，等睿宗帝老去的時候，小王爺正當壯年，他怕小王爺搶他的江山啊！那時小姐被關在屋子裡，小王爺就被鎖在旁邊的柱子上，稍有哭鬧，就會迎來一陣毒打，打到鼻青臉腫，眼角開裂，小小年紀，他就只能在旁邊看著他娘是如何受欺負的！」

被打的次數多了，就知道自己不該哭，只能強忍著眼淚，憋住喉嚨中的哽咽，不發出半點聲音，若影響到睿宗帝的興致，他們母子倆都不會好過。

想像得到當時的周焉墨是怎樣小小地蜷縮成一團，手上戴著鐐銬，渾身發抖地克制自己。葉末晴感到十分生氣，又十分心疼，睿宗帝真是個禽獸！

「後來呢？」

「雖然小姐被關在屋裡，但是其他人多多少少也能聽到些風聲。皇帝常來小姐這兒，去別人那裡就少了，羅皇后和其他幾位妃子不滿已久，商量多次後，某日便趁皇帝上朝時闖入華清殿。皇帝平時不讓外人隨意進入，可下人們怎麼攔也敵不過皇后娘娘的鳳威。」

「她們做什麼了？」

「她們一開始先是爭執起來，小姐不服輸，縱使只有一個人也把她們懟得啞口無言，導致一位妃子十分生氣，拿出提前藏在袖子裡的匕首……就、就捅了上去，流了好多血，皇后見勢不好，立刻命人先將小姐挪到床上，宣太醫過來，我則是去蒙住小王爺的眼睛，讓他別看，他掙扎得很，手都破皮受傷了。」

年紀那麼小就得面對這些事，估計會烙在腦子裡一輩子都消除不掉，可他的人生才剛剛開始啊！

「後來宮人們說皇上要來了，小姐知道皇上不喜小王爺，就怕她一死，沒人能繼續護著小王爺，所以她只能求那些剛跟她起了爭執的娘娘們，求她們想辦法護著小王爺，她可以對皇上說自己是自殺。那些娘娘們深怕皇上怪罪，自然只能同意。後來皇上來了，小姐就說自己是自殺，那時血流了好多，床單幾乎都被染遍，太醫來說沒辦法救了，他們把被子蓋到小姐身上遮去血污，又把小王爺帶到床前和她告別，我永遠都記得小王爺當時的樣子……」

「他有質問那些人為什麼害死他娘嗎？」葉未晴問。

「不，他沒有。」嬤嬤搖頭。「當時的他還不知道什麼是生、什麼是死。看到小姐那副樣子，小王爺只是臉色煞白地以為娘親想睡了，睡醒之後他還能和以前一樣再見到她。直到小姐的屍體被抬出去，他還不知所措地躺在滿是血污的被上不肯走，後來他就被帶到別的宮裡住，華清殿就這麼荒廢了。」

葉未晴眼眶濕潤。「那幾個女人有沒有履行承諾保護他？」

「保護什麼呀，」嬤嬤苦笑一聲，搖了搖頭。「但還是要感謝她們，把這個消息告訴了德安長公主，她們什麼都沒做，但長公主卻派了幾個侍衛護著小王爺。皇帝忌憚他的長姐，不敢明目張膽對小王爺下手，只能私下偷偷摸摸派幾個刺客，找人給他的吃食下毒。我們再謹慎，也吃過幾次虧。」

「太難了。」葉未晴哽咽道，喉嚨酸到幾乎說不出話，眼淚連成線滑落。

她四歲的時候在幹什麼？在娘親的保護下安心長大，不愁吃不愁穿，有什麼不高興的，哭喊幾聲就能得到所有人的注意。

而他，時刻得提防著有人取他性命，東西不能亂吃，睡覺不得踏實，偶爾中毒、受傷都是常事，每每活了下來都要慶幸自己躲過一劫，然後在擔驚受怕中還要組建自己的勢力，這些哪裡是他自願的，都是被逼的，因為不如此他就活不到今天。

但有了勢力之後，皇帝也因此更加忌憚他，怪不得她總覺得皇帝對他的態度有些詭異。

四處都是死路，偏偏讓他闖出一條生路。

「後來小王爺在外面建府，我還留在宮中，知道此事的所有人都被滅口了，是王爺把我救了出來，替我偽造已死的證據，幫我重新造了一個身分，我在府內照顧他幾年，後來自願來到這裡守陵。」嬤嬤說道。

「嬤嬤，謝謝妳。」葉末晴感激道：「多虧有妳一直照顧他，否則當初他年紀那麼小，是躲不過那些刺殺的。」

「是他自己爭氣，懂事早，書比別人讀得好，琴也精通，他該是個天才，只可惜命運不公，不然，他該名揚天下的。」嬤嬤無奈地流下了淚水。

「他不喜歡彈琴，也是因為聶夫人嗎？」她問。

「是的，小姐她彈得一手好琴，在華清殿裡無事可做便日日彈琴，也會親自教小王爺琴藝。但後來因為娘親的死令他太過悲痛，小王爺就極少主動碰琴了。」嬤嬤突然驚訝道：「妳知道這麼多，可是王爺給妳彈了『離思』？」

「嬤嬤也知道這首曲子？」葉末晴問。

「那是小姐的習琴先生留下的曲子，小姐沒有教過王爺這支曲子，但卻留下了樂譜。這支曲子很特別，是彈給心愛之人聽的，可惜小姐她……從來也沒給別人彈過此曲。」嬤嬤拉住她的手，語重心長道：「阿墨為妳彈了這支曲子，以後你們一定要好好的，知道嗎？」

他不僅給她彈了此曲，彈的時候還沒說這首曲子代表的意義，害她以為只是首再普通不過的曲目。如果後來沒有提起，怕是她此生可能都不知道此曲的來源。

「知道，嬤嬤，我們一定會的。」葉末晴微笑道。

她緩緩跪在聶灡碑前，恭恭敬敬磕了三個頭。

聶夫人一生悲苦流離，周焉墨的前半生也命途多舛，命運欠他的，她會幫他補回來，她會一直陪在他身邊，不離不棄。

「好了，地上涼，快起來吧。」嬤嬤將她牽起來，說道：「王爺真的很爭氣，聶家的人後來都被他救回來了，現在在各地經商，日子過得很是富裕，殺害小姐的那位妃子也付出了應有的代價。」

葉未晴理了理裙子，發自內心地感嘆道：「他真的很好。」心裡想了很多，可又不知道該說什麼，於是只能再說一遍。「他真的很好。」

又聊了幾句，周焉墨才回來，葉未晴問道：「你去做什麼了？」

「只是去看看這裡又多了哪幾位熟人。」回答完，他看向嬤嬤，拿出一張請帖。「這是我成親之日的請帖，屆時嬤嬤一定要來。」

嬤嬤接過來，直點頭。「好，知道了！一定去，一定去！」

周焉墨牽起葉未晴的手，說道：「那我們就先回去了。」

兩個人往外走，葉未晴看了看身後的那些墓穴。「我們以後也會葬在這裡吧？」

「是啊，生同衾死同穴。」他又問道：「害怕嗎？」

他的意思是問她怕不怕死，她笑道：「不怕，和你在一起，有什麼好怕的。就算明天死，今天的我能和你在一起，就很知足開心了，我想要的已經都得到了，了無遺憾，區別只是這時間的長短罷了。」

她以為他會很感動，可是他卻皺了皺眉，有點凶地說道：「別亂說。」

「好吧。」她癟了癟嘴。

又往外走了幾步，葉末晴突然說道：「你揹我吧。」

周焉墨沒問她是不是累了，直接蹲在她的前面，任由她趴到他的背上。她使勁環住他的脖子，臉熱呼呼地貼上他的頸側，兩個人緊密相連。

知道他的往事，她此刻的心情真是心酸又難過，可那些事都過去了，再提怕是徒增傷悲又不能改變什麼，她能做的只有以後好好陪伴在他身側，讓他知道任何事都不會只有他一個人面對。

她親了他一下，讓周焉墨腳步不自覺地頓了一下。

「我真的好喜歡你。」她喃喃道：「我怎麼就沒有早點認識你呢？」

「現在不是也來得及嗎？」周焉墨失笑。

「早點認識你，你就不用那麼難了呀。」葉末晴追悔莫及。「說不定以前能幫幫你。」

「我不想。」他道：「我自己可以處理。」

我不想在身陷囹圄的時候認識妳，我只想讓妳坐享其成。不需要妳為我付出多少，我只想把世間最美好的事物盡數捧到妳眼前。

知道周焉墨的身世之後，葉末晴下定決心要對他更好一些。

第二十章

時間飛逝，一轉眼就到了出嫁的前一天。

江氏把女兒叫過去，悄悄給了她一個錦盒，叮囑她一定要到沒人的地方再看，葉未晴茫然地收下，前世她成親前阿娘可沒給過她這種東西。

江氏雖然高興，但又十分不捨，親近地拉著她的手細細摩挲，說道：「妳的嫁妝爹娘都給妳備好了，放在院子裡，妳看見了沒？」

葉未晴搖了搖頭，往外瞟了一眼，就見密密麻麻的箱子擺在那裡，她嚇了一跳，說道：「阿娘，妳這是給我準備了多少？」

「六十四抬，要和聘禮等同的。」江氏笑道：「再說六十四抬多嗎？一點也不多，我女兒值得世上最好的。」

人人都在意這個，但凡有人成親，大家也愛到街上瞧熱鬧，看看有多少聘禮，這不僅意味著娘家的寵愛，也關係著在夫家待遇如何，只是葉未晴還真沒把注意力放在上面，可能周焉墨已讓她很有安全感，這些有沒有都無所謂了。

「好了，娘也不和妳說太多，今日好好歇著，在娘家住的最後一晚，明日就是別人家的人了。」江氏說著說著眼圈泛紅。

葉未晴不由笑了幾聲，無奈道：「娘！就這麼想把我推出去？嫁個人就不是葉家的人了？」

「娘當然不是那個意思！」江氏被她這麼一逗，心情緩和了許多。

「再把我留幾年，可就沒人要嘍！要真嫁不出去，妳肯定比我還急！」葉未晴道：「好在弈王府離侯府不遠，走著很快就到，就跟前後院似的，沒那麼多規矩，爹娘想我隨時都可以來。」

「好了，知道啦，快回去歇著吧！」江氏把她往門外推。

葉未晴回到自己房裡後，打開娘親給的錦盒瞧了一眼，裡面裝的是本春宮圖冊，她笑了笑，隨手放在小几上。

安頓好之後她早早就睡下，一夜無夢。

第二日，她起得非常早，將一身行頭都換好之後，岸芷、汀蘭都忍不住齊齊驚呼出聲。上一次葉未晴只是略試了嫁衣，就已經十分令人驚豔，現在認真地穿好全套服飾及首飾，更加體現出這身嫁衣的美。黑髮仔仔細細地綰起，襯得皮膚越發白淨，一雙杏眼眼波流轉，瞳仁流露無限風情，秀麗婉約中又帶著活潑明豔，就像一團火，但這團火是可親近的、不灼人的。

葉未晴本來就生得高眺美麗，這一身嫁衣放大了她的優點，顯得更加明耀動人。

汀蘭感嘆道：「王爺眼光太好了，挑的嫁衣再適合小姐不過。」

岸芷笑道：「當然眼光好，眼光不好的怎麼會挑上我們家小姐？」這幾句話把喜娘逗得直笑，這邊葉未晴閉著眼睛由著別人化妝，臉上不敢笑得太開，就怕一不小心畫出去。

她皮膚好，不需要太多修飾，只需薄薄地打上一層香粉，再畫上胭紅口脂就好了，連眉毛都很完美。化完妝再戴上鳳冠，嬌氣裡又帶著貴氣，江氏過來之後看得連連稱讚，還給喜娘包了一個大紅包。

江氏還叫人從廚房裡拿來幾盤糕點，讓女兒先墊一墊肚子，忙活一天之後說不準要到什麼時候才能吃上呢。葉未晴聽話地塞了一肚子，將口脂吃掉了一點又補上。

時間似乎過得極快，沒一會兒，就有人來通知。「王爺來迎親啦！」

江氏眼圈瞬間紅了，狠狠握住女兒的手，似乎不想放開，喜娘在旁邊提醒道：「快去吧，誤了吉時就不好了！」

葉未晴把頭上的紅紗放下來，瞬間遮擋了視線，江氏只得拉著女兒走到門口，葉銳正在門口處等著揹她上花轎。

葉安站到妻子旁邊，輕聲安慰她，看著兒子揹著女兒，眼裡滿是欣慰。

葉銳剛把妹妹揹起來，就嫌棄道：「妳什麼時候這麼沈了？小時候揹妳還沒這麼重。」

葉未晴不甘示弱地回道：「那是二哥太虛弱了吧，回盛京之後疏於練武，都沒力氣了。」

「就妳嘴皮子厲害。」葉銳在大喜的日子也不想一直同她拌嘴，他囑咐道：「不過只能我嫌，不能周焉墨嫌，周焉墨若是對妳不好，哥哥們去幫妳討公道。」

葉未晴好笑之餘不免感動。「謝謝二哥。」

葉銳將妹妹揹上了花轎，葉未晴一路什麼都看不見，只能感覺到花轎晃晃悠悠地被抬起，車隊啓程了，一路上吹吹打打，還放著炮仗。她的嫁妝吸引了沿路百姓，都在驚嘆定遠侯府嫁女兒的大手筆，羨慕她日後定會享福。

大概是故意繞了幾圈才到弈王府，路程比她想像得久了些，轎子停下後，有限的視野內只能看到一隻手伸到她的面前。

葉未晴伸出手，握到了一隻修長而有力的手，帶著炙熱的溫度不斷傳來。她還沒看過周焉墨穿喜服的樣子，好想掀開蓋頭看一看，不過怕不吉利，才把這股衝動硬生生忍下去。

她被牽著走下轎，接過喜娘遞來的紅綢一端，小心緩慢地往前走。根據喜娘的指引，跨火盆、踩瓦片，四周都是喧鬧的聲音，然而這紅布一隔，天地間彷彿只剩下她和周焉墨這麼大的距離。

然後就是拜堂，先拜天地，再拜父母，葉安和江氏在堂前坐著，笑盈盈地看著兩個孩子，最後是夫妻對拜，拜完之後葉未晴被引著走到洞房裡。

剛挨到床邊，便聽汀蘭大驚小怪地喊道：「小姐，這新房都是新修的呀！」

岸芷對她擠眉弄眼。「叫什麼小姐，該叫夫人。」

「哦，對對對。」汀蘭捂住自己的嘴，又問葉未晴。「夫人渴不渴，要不要喝點水？」

葉未晴搖頭，說道：「我不喝，我怕喝水又要掀起蓋頭，不吉利。」

她這是一點不吉利都不想往身上沾呢，汀蘭笑道：「好，只是看樣子王爺還要應酬許久，我看今日來的賓客一個個看起來都怪難纏的。」

葉未晴道：「正常的，不能怠慢。除去皇上沒來，其他的高官貴客都到齊了。」

於是葉未晴不吃也不喝，就在床上規規矩矩地坐著乾等，坐到腰都瘆痛，好在周焉墨回來得比她想像要快一些。

看到他回來，岸芷、汀蘭都齊聲道：「王爺。」

隨後她就感覺到旁邊陷下去一塊，他低沈的聲音被酒泡過更加醇厚。「久等了。」

聲音似乎沒有往常清明，應是喝了不少酒。

葉未晴道：「不久。」

周焉墨取過一旁的喜秤，輕輕將她的蓋頭挑起來，看到她的臉的那瞬間，他的呼吸停滯了一下，然後隨即又低聲笑起來。

葉未晴心中有些忐忑，這個樣子他不喜歡嗎？

然後她才看到穿著喜服的周焉墨，他平日喜著玄色，看起來冷漠又沈穩，現在換上大紅的喜色，卻是俊朗無比，少了幾分不近人情，多了幾分瀟灑挺拔。

兩個人對視看了許久，幾乎快要把其他人隔絕在外，岸芷忍不住出聲提醒道：「王爺王妃，該飲合巹酒了。」

葉未晴匆匆將視線挪開，面上飛紅，道：「喔，對！」

她拿過旁邊的瓢，周焉墨隨即也拿過來，兩個人頭幾乎靠在一起才將裡面的酒飲下去。

看該提醒的都提醒了，岸芷和汀蘭齊齊退到門外，房間裡就剩下兩個人，周圍的溫度似乎都變高了，葉未晴侷促之中隨便找話說。

「剛才掀完蓋頭，你笑什麼呀？」

「我在得意，我娶到一個寶貝。」他的手放在她臉上，大拇指摩挲著她的臉蛋，說道：「阿晴，今天很美。」

「我以前不美嗎？」葉未晴故意挑刺問。

「以前也美，現在格外美。」他笑著湊近她的臉，輕輕吻了上去，然而儘管他想溫柔一些，一碰到她卻克制不住，不知道什麼時候就把她壓到了床上。「阿晴，從今天開始我就有家了。」

葉未晴笑了笑，更加熱烈地回應他。

呼吸凌亂，氣息交纏，他卻突然支起上身。葉未晴原本還懵著，反應過來之後不解地望著他。

他突然問：「我是不是酒氣很重？我喝了很多酒，為了早點過來，被他們多灌了幾杯。」

「是有點。」葉未晴道：「不過我也喝了合巹酒，也有酒氣，沒關係的。」
「不行，我還是去梳洗一下。」周焉墨起身。
看他如此執著，她笑著問：「你是不是有點緊張呀？這些都沒關係啊。」
「有點。」他倒也坦誠地承認。畢竟洞房花燭夜，他可不想在這麼重的酒氣中度過。
弈王府裡沒有婢女，侍奉他的都是小廝，他喚小廝過來燒水沐浴，葉未晴則是跑到鏡子旁把頭上的飾品都拿下，把繁複的嫁衣掛在一旁。
等周焉墨沐浴完出來之後，她也去沐浴，這麼一來又折騰不少時間。
她穿著紅色寢衣，剛頂著一頭濕漉漉的頭髮出來，就被周焉墨拽到了床上，拿過一條手巾幫她擦頭髮。
她的背後就是他的胸膛，周焉墨可能是怕把她弄疼了，竟然一綹一綹細細地擦。
這麼慢吞吞的，倒不像在擦頭髮，反而像在調情。葉未晴忍不住道：「擦頭髮哪有這麼擦的，那得擦到猴年馬月去。」
周焉墨把手巾遞給她，認真道：「請夫人賜教。」
葉未晴把手巾往頭上一扣，用力擦了幾下，把頭髮擦得亂糟糟的，感覺到手裡的手巾吸去不少水分，她又用梳子梳了一遍，然後道：「好了！」
「就仗著自己髮質好，換了別人這麼擦，說不定頭髮都沒了。」周焉墨把手巾搭到一旁，然後把她拉到自己懷中，聲音壓得很低，在她耳邊說：「既然擦完，那就該做正事了。」

葉未晴鼓起勇氣，既然她都成過一次親，哪能這麼扭扭捏捏的，簡直太做作了！她要教一教這個還是第一次成親的人！

她揪住周焉墨的領子，細碎地吻了上去。

那股火早在沐浴之前就被點燃，周焉墨現在哪裡還能忍住，按住她的頭加深了這個吻，霸道而炙熱，快要讓人喘不過氣。

葉未晴不知怎的，就想起來在涉平喝醉之後的那個夜晚，他也是這樣吻了她，還說她是弈王妃，當時是洞房花燭夜，然後第二天就把這事給忘了……

越發激烈的攻勢令她不能再分神想這些問題，喜燭的光影影綽綽，芙蓉帳暖，錦被滾浪。

他的髮絲傾瀉而下，交纏著她的，她肌膚如雪，裹在大紅的寢衣中，眼睛半瞇著，媚態橫生，看得他眼尾都發紅。

他輕輕挑開衣帶，手掌炙熱到一碰就燙得她一個激靈，輕輕的吸氣聲響起。

饒是她做好了準備，在他解衣帶之後還是嚇了一跳，曲起腿就要往後退，被他捉住腳踝一把拉了過來。

他輕輕瞇起眼睛，尾音帶著笑意。「怎麼了，想逃？」

葉未晴毫無反抗之力，輕聲求饒道：「你輕點。」

岸芷和汀蘭聽到屋裡響起動靜，都紅著臉跑到更遠的地方去了，其他人過來湊熱鬧，來一個她們就攆一個，直到天黑，裡面才沒了動靜。

汀蘭拿不定主意，問岸芷。「這都晚上了，夫人一天沒吃東西，我們要不要送點吃食進去？」

岸芷雖然主意多，但這方面也不大懂，便道：「還是再等等，等夫人叫我們再進去。」

過了一炷香的時間，周焉墨隨意披了一件衣服走出來，對她倆吩咐道：「去廚房讓他們做些阿晴愛吃的，另外再叫人備些熱水。」

岸芷臉紅地應了，歪著頭想透過他身側看看裡面夫人怎麼樣，卻什麼也沒看見，她只得退出去做事。

汀蘭好奇地問：「妳看見什麼了？」

「什麼都沒看見。」岸芷搖頭。

周焉墨關上門，走到床邊，葉未晴累極了，睡得很沈，對他的動作沒有半點反應，兩條雪白的手臂露在外面，烏髮披散著，臉上還帶著淚痕。

外面很快就將備好的熱水送進來，周焉墨輕輕叫醒她。「別睡了，去洗洗。」

葉未晴哼唧一聲，艱難地睜開眼睛又閉上，語氣嬌憨。「不去，我好累。」

「不行，得聽話。」周焉墨用雙手將她從被子裡撈出來。

葉未晴瞬間清醒了，兩手迅速抓住被子往身上一蓋，羞澀的不想讓他看到自己的身體。

周焉墨沒忍住，低聲笑了出來。葉未晴氣憤地抓住他的袖子，語氣軟乎乎地凶他。「還笑，我累死了，都怪你！」

「都是我的錯。」他立刻承認。「那也要去洗一洗，不然對身體不好。」

「叫岸芷、汀蘭來吧。」葉未晴抓過寢衣，迅速地套到身上。

她剛在地上走一步，腿就不受控制地痠軟，使不上力氣，差一點就跪到地上，還好周焉墨反應快，將她扶在懷裡。

「妳確定要叫她們來？」周焉墨瞧了一眼她脖頸處的肌膚。

葉未晴順著他的視線瞧了一眼，耳珠紅得快要滴出血來。

「那還能怎麼……啊！」

她說到一半，就被周焉墨橫著抱起，她蹬了幾下腿抗議道：「我不要你幫我洗！」

「反正都看過。」他抱著她放到浴桶裡，然後道：「放心，這回不碰妳了。」

她身子太弱，根本受不住，還要等以後習慣了才行。只是他這個年齡火氣正旺，只能硬生生地忍耐，縱使他定力極強，也差點沒控制住。

第二日，葉未晴直到日上三竿才起來。

睡了一夜之後，她的腰似乎痠痛得更加厲害，她在弈王府裡逛了逛，發現許多地方都和以前不一樣了，她甚至還在院子裡找到了一架雙人大鞦韆。

她找了一本話本子，坐在鞦韆上看，周焉墨後來也湊過來，她就依偎在他身上，兩個人一起看。

發現他看得很入迷，她忍不住問：「你不用處理公務嗎？」

「妳想讓我去處理公務？」他問。

「沒有，我只是怕耽誤你。」她道。

若是她把他帶得不務正業可怎麼辦？她可不想這樣。

「沒什麼好處理的，最近朝中上下很太平，一致忙著對抗外敵。」他輕輕吻了她的髮絲一下。

「周衡那邊如今怎樣？」

「他們打了幾場勝仗，越發驕傲，徐將軍也得了他的信任，這招誘敵深入之計很管用。」他道。

「那就好。」

「阿晴。」他突然叫她。

感覺到他的語氣很不一般，她抬起頭疑惑地看著他。

他道：「過一陣我可能要出征了。」

葉末晴愣了一下，又轉回頭看著話本子，悶悶地說道：「挺好的呀。我爹說過你領兵很厲害，在戰場上應該可以發揮得更好，將來成為百姓的英雄。」

他摟過她的肩膀，問：「真覺得好？」

「真的。」她坦然承認。「就是不太捨得，不過我仔細想了想，有個解決的辦法，我想和你一起去前線。」

他皺眉拒絕。「太危險。」

「我是葉家的人，也是弈王的人，怎麼能做膽小之輩？」她語氣再自然不過。

也許是「弈王的人」這四個字取悅到了他，他猶豫幾番後最終同意了。

已經到了冬天，這幾日每天早晨兩個人都在溫暖的被窩裡賴床，葉未晴自己都覺得自己不像話，若是有長輩在這裡，怕早就挨罵了。

到了回門這一日，她卻是不得不早點起來，周焉墨早已將要帶去的東西準備好，又幫她披上披風，理了理臉蛋旁邊一圈的白狐毛領。

走到定遠侯府門口，遠遠就看見了爹娘在門口等待著，欣喜地把他們迎到屋裡去。

江氏一直惦記著女兒，此時看到女兒氣色不錯也就放下了心，拉著她到一邊說體己話，交代著該如何與夫君相處。「有什麼事，要心平氣和地說，千萬別語氣太衝，到最後就吵起來了。常關心關心人家，別太冷淡，也別太熱情。」

「好的，阿娘。」葉未晴乖順地道。

「這幾日相處得如何？」江氏關心道。

「都挺好的。」葉未晴笑。

上一世她嫁入宮中，回門時身邊跟了一群宮女太監，阿娘可沒拉著她說這些貼心話，公事公辦過去了，現在這氛圍倒是融洽，才像一個家。

「那就好。」江氏拍拍她的手。「你們都年輕，難免有爭執，磨合後摸清楚彼此脾氣，才能長久下去。」

這脾氣早就摸清了，葉未晴笑笑不說話。

「還有件事，妳過來，我偷偷和妳說。」江氏神秘地招手。

葉未晴更靠近一聽，原來娘說的是更容易受孕的法子，聽得她滿臉通紅。江氏說完，十分正經地囑咐道：「這可不是什麼玩笑話，聽娘的，娘再怎麼樣都生了你們三個，這法子我也告訴妳大嫂了。」

「知道了，阿娘。」葉未晴羞赧地坐正。

葉安和江氏越看女婿越滿意，兩個人留在那裡用完中飯，葉安和江氏一道送他們到門外。

走在路上，兩人還沒回到弈王府，就聽到全城響起鐘聲，一聲一聲的，彷彿要敲到人腦子裡去，這鐘聲他們再熟悉不過，彼此互相驚愕地對視一眼。

周焉墨道：「睿宗帝薨了。」

百姓聽見鐘聲紛紛擠出門瞧情形，大街上人潮十分擁擠，有時擁擠的人流中又要艱難地讓出一條道，因為時不時有馬車要穿過人群駛向皇宮。

周焉墨和葉未晴立刻回府換了套正式的衣服，然後也盡速進了宮。

睿宗帝的寢殿內跪滿了人，哀聲痛哭，一個個哭得像模像樣，然而是人是鬼、真哭假哭又怎能知曉。

周景看到周焉墨過來，走到他身邊，神色痛苦，雙眼腫脹，顯然剛哭過一場。

周景道：「小皇叔，你來了，父皇還是沒能挺過去，不過多謝你找來大夫為父皇爭取這些時日，若沒有你，只怕父皇早就……」

周焉墨拱手道：「請皇上節哀。」

周景愣了一下，這才反應過來自己已經是新皇的事實。

朝廷的禮官還在計劃著該如何出殯、什麼陣仗，同旁邊的人爭執道：「自然要越大陣仗越好，先皇功德無量，深入人心，就該大辦！」

「如今還在打仗，應該節儉！」

睿宗帝屍體未寒，他們就開始爭執起這個，叫周景感覺悲涼又可笑。

沒一會兒，張順突然慌慌張張地從外面跑進來，對周景道：「皇上，有幾個女人在擊鼓鳴冤。」

這一切讓周景忙不過來，再好的脾氣也染上一絲不耐。「擊鼓鳴冤又不歸我管，來找我稟報什麼？」

「她們狀告的是先皇！」張順焦急且無奈。

禮官齊齊噤聲，殿內的人也都往這邊瞧，周景急匆匆地跟隨張順出宮，看看究竟是怎麼一回事。先皇剛剛薨逝，就有人敢狀告他，若不是大事，那豈不是在蔑視皇威？

周焉墨和葉未晴走出殿門，她問道：「是你做的？」

「嗚冤是，駕崩不是。」他拉起她的手，溫熱的溫度傳過去。「他的命是真到頭了，救不回來，但他做的那些錯事都是實實在在的，我只是把它們推到明面上而已。」

「挺好的，既然做了錯事，就別指望只有美名功德加身。」她贊同他的做法。

二人出去要經過顯仁殿外那一條長長的路，厚雪鋪在地上，踩起來咯吱咯吱地響。他的手格外暖，只要握著他的手，就一點也不怕寒冷。

葉未晴望著這條路，感觸頗多。「其實上一世我就是在這裡死的，也是冬天，下了很大的雪，萬箭穿心，特別的冷。」

周焉墨的手握緊了幾分。「我們換條路走。」

「不必。」葉未晴釋然地搖頭。「以前我每次走這條路，都會有不好的記憶湧現，現在同樣也會想起，但我不會那樣難過了，因為我知道這一世我絕對不會再落得那樣的下場。」

「有我。」他道：「誰敢對妳動手，先等我死了再說。」

葉未晴心裡暖乎乎的，能遇見他真是一生最大的幸運。

百姓所看見的，通常只是上位者想讓他們看見的。他們這一生做過的好事，被百倍誇大流傳於世，得人人讚頌，其中骯髒事不想被別人知道，百姓就接觸不到一星半點。就像這世間沒道理可講，好人背負罵名被世人唾棄，壞人卻在陰溝裡安穩過一生，不過一旦這些事情被翻出來，就會遭到更強烈的反噬。

就如同睿宗帝。

那一日的上告只是一個開端，受了告狀者的鼓舞，竟有更多的人去擊鼓鳴冤。有的事實實在在，有的事找不到證據，無法辨別真假，但人們都有自己的判斷，一夕之間，睿宗帝的名聲就臭了。

沒想到他有這麼多的污點，小的來說貪圖美色，南巡途中也要張羅各色美女服侍，還和他的父皇爭奪寵姬。大的來說則是愚蠢自負，多年前一地洪水嚴重，朝廷下令將河流改道，造成許多城池旱災嚴重，顆粒無收，許多流民有家不能回，那些城池到現在都沒恢復。而這個決定竟然是睿宗帝不顧眾臣反對強硬實施的，自然激起民憤。

最後，睿宗帝只能悄悄出殯，一國之君死後竟然落得如此下場，真是令人唏噓。

周景就在這個民心飄蕩的時候舉行了登基大典，從大周各地選妃充盈後宮，穩固勢力。葉家的兵權也被恢復，葉安留在京城養老，由葉鳴繼承他的衣缽，不日前往陽西關，葉銳則留在盛京任職。

周景下令往前線增援兵力，由弈王周焉墨帶領大軍，葉末晴隨行。

睿宗帝名聲臭了，自然牽連到現為太后的羅皇后，這些事情多多少少都與羅家有關係，羅家百口莫辯，火速入獄，抄家斬首。

葉未晴聽見這個消息的時候愣了一下，偌大家族連根拔起竟然是這麼容易的事，當初他們輕而易舉讓葉家滅門，因果輪迴，報應不爽，終究還是落到了自己頭上。

曾經她滿心都是復仇，偏執到顧不上其他，全世界好像只剩下她的仇人，如同一個半瞎的人，好在有一個人將她拉回萬丈紅塵，才瞧見這生命的諸多精采。

「羅櫻沒被斬首，她到處託關係求情才逃過一死。」周焉墨道。

「她為什麼沒被斬首？」葉未晴驚訝道，沒想到到了如此地步，羅櫻還是能找出一條生路。

「檢舉有功。她把羅太傅和羅皇后做的事都一樁樁揭了出來，補足不少案底，念她有功，免她一死。」周焉墨說著說著，眼底帶上鄙夷。

「也許她想的是不管怎樣，她爹和她姑姑都必死無疑，再多一樁少一件也不妨事。」葉未晴輕蔑地笑道：「按她的想法，她爹和她姑姑說不定都該感謝她，至少拯救了羅家的一條血脈。」

「羅太傅這回真完了，當場就被氣得吐血，羅皇后也捂著心口上不來氣。」周焉墨道：「不過羅櫻還是被賣到窯子裡了，妳要不要去看看她？」

「要。」她點頭。

羅櫻把所有希望都寄託在周衡身上，在葉未晴對她構成威脅的時候，她就陷害葉未晴；當周衡對葉未晴沒有興趣的時候，她就幫周衡陷害葉家。她確實心狠手辣賭得正確，不然上一世也不會成為贏家。

現在，她一定還在等著周衡殺回盛京，救她出來。

葉未晴知道，最容易摧毀一個人的方法就是只給她一點希望，讓她永生為之努力，但永遠做白工，永遠都達不到。

這還是葉未晴第一次去窯子這種地方，羅櫻所在之處尤其是最下等的窯子，來這裡的人什麼樣都有，但都是貧窮的、骯髒的，出不起錢，姑娘們也都是罪臣的女眷，在這裡受到非人的折磨。

羅櫻疼得兩腿直打顫，她仔細地清理流出血水的地方，但她都這樣了，卻還要不停歇地接客，只因為她生得美貌，來這裡的人都要點她。

自從她來到這裡，就從未休息過，每天她都覺得自己快挺不過了，可每次快要潰爛的時候，就有人給她送來療效極好的藥膏，歇息一晚便會恢復，第二日又要不間斷地接客。

她咬唇止住痛呼，眼中閃過恨意，看看來這裡的都是些什麼人，好一點的是出大力的苦工，差一點的還有街上乞討的乞丐，身上髒兮兮的又粗暴無比，八百輩子沒見過女人，一碰她她就噁心得想吐。

她生來便凌駕於眾人之上，憑什麼要受這樣的苦！

上完藥，穿好衣服，老鴇對她喊道：「羅櫻，又有人點妳了，快點準備好！」

即使是對這般低賤的女人，她也要卑躬屈膝，只為了生活得更好一點，她溫順道：「好的。」

來人推門進來，羅櫻的瞳孔驟然收縮，恨意止不住流淌出來，牙關輕顫。

原來竟是周焉墨和葉未晴，他們是來看她的好戲的？可恨他們穿得如此光鮮亮麗，而自己……

葉未晴看了看這四周的環境，破敗至極，地面髒亂，木板隨意搭了個床，上面鋪了層洗得褪色的褥子，兩層灰濛濛的薄紗與外面隔開，屋子裡只有一個簡陋的梳妝檯，上面立著斑駁的銅鏡，窗櫺上落了一層灰。

她皺了皺眉，就聽羅櫻寒聲問道：「你們來這裡做什麼？難不成還想要我的命？」

「為何見了王爺王妃仍不下跪？」周焉墨冷冷地問。

羅櫻咬牙跪下，僵硬地行了個禮，下面流血的地方痛得鑽心，她說道：「到底有什麼事，我們這裡可不陪聊。」

葉未晴道：「妳應該感謝我們，因為我們來了，妳才不需要一直陪客，有點苟延殘喘的空暇。」

羅櫻冷笑一聲，心道現在你們高高在上，哪日等她出去了，風水輪流轉，絕對會讓你們更慘！

「妳不會還在奢望周衡來救妳吧？」葉未晴輕蔑地笑了一下。「那妳也太天真了，如今周衡自身難保，妳怕是永遠都要留在這裡了。」

羅櫻想到日後景象，一陣淒涼湧上心頭，兀自嘴硬道：「不可能！周衡不會輕易認輸的，我押的人不會這麼簡單就輸！」

「那就走著瞧吧。」

「葉未晴，妳別得意得太早，我還沒死呢！只不過是我氣運不好罷了！」羅櫻笑了起來，狀似瘋癲。「等以後我出去了，我一定要妳比我慘上百倍千倍，看那時候妳旁邊這人還敢要妳嗎！」

葉未晴挽過周焉墨的胳膊，笑道：「他要不要我，我不知道，反正沒有人會要妳，更別想著周衡了。」

「妳、妳……」羅櫻氣極，便要上來抓葉未晴的臉。

周焉墨一腳將她踢遠，砰的一聲她摔到地上，地上的飛塵四散，一時半會兒都無法爬起來。

周焉墨皺了皺眉，拂了拂妻子身上的灰塵，說道：「我們出去吧，這裡太髒了。」

他們剛走出門口，旁邊就有一女子擠到了屋裡，將羅櫻扶起來，小聲瑟縮地道：「妳怎麼會惹上他們這些貴人！以前我可是盛京最大間花樓裡的花魁，就因為惹到他們兩個人，才被發放到這裡來，和以前待遇相比簡直一個天上一個地下，我都想一頭撞死了事了！以前陪的都是些貴公子哥兒，現在都是些什麼人哪！」

羅櫻感激地看了她一眼。她以前聽說過這個女人的故事，是一個名滿盛京的花魁來著，卻來到這種地方。除了羅櫻，便是這花魁接客最多了。

「多謝。」羅櫻道：「我身子難受得不得了。」

「沒辦法，什麼閒雜人等都可能會來這兒，說不定身上有什麼病，還有特殊的癖好……唉，都是命啊。」花魁嘆氣。

羅櫻身上本來就遍布青紫，碰到一些難纏的人隨時可能丟去半條命，現在挨了周焉墨一腳，身上可能又多了幾處青紫的痕跡，但即便身上青青綠綠的，要她陪的人卻半點不少。太絕望了，她的親人已經全被處死，她連給他們收屍都做不到，而她死了，更不可能有人為她收屍。

周焉墨幫葉未晴繫上披風，對旁邊的老鴇冷漠地說道：「我看羅櫻體力很好，同時多給她安排幾個不是問題。」

老鴇連連點頭。「欸，王爺說得是。」

羅櫻聽到這話更加絕望，連花魁也不敢再陪著她，急著奪門而出，撇清與她的關係。

幾個髒兮兮的男人同時走了進來，羅櫻縮在床腳，慘聲尖叫，聲音淒厲。

她眼中流下眼淚，不情不願不配合，其中一個男人譏諷道：「還以為自己是官家小姐呢！醒醒吧，妳知道上妳一次才要多少錢嗎？」

另一個男人伸出手掌，五根手指張開著。「五個銅板，哈哈哈哈……」

一個銅板可以買一個饅頭，她只值五個饅頭的價錢。

羅櫻意識不清地喃喃道：「他會來救我的，他會來救我的，你們都該死……」

然而那幾個男人卻對她的瘋話渾不在意。

半月後，周焉墨和葉未晴到達會嵐郡。

會嵐郡地處東南，是通往盛京路上的一道關卡。這裡地勢頗高，若周衡拿下這裡，攻往盛京的難度就會小上很多。如果沒有猜錯，攻到會嵐郡周圍的周衡下一步的目標就是這裡。

周焉墨每日早出晚歸，有的時候葉未晴會去演武場看他練兵。他身著漆黑的鐵甲，立在高處，面容冰冷，眼神堅毅，如同寒星，一舉一動皆透露著不能反抗的權威，令所有士兵望而生畏。

和平時判若兩人，卻讓葉未晴更加心動，能看到這樣的周焉墨，不枉她辛苦追到前線。

戰時物資稀缺，城裡的百姓知道即將打到這裡，潰逃大半，整個城內瀰漫著壓抑的淒涼感。

晚上的時候，周焉墨去別的帳中議事到很晚，回來的時候主帳中還燃著一盞小燈，等著他歸來。

他看到葉未晴沒睡，有些驚訝。

葉未晴把懷中抱著的湯婆子放到一旁，然後上去擁住了他，他身上的鐵甲還帶著冰沁的涼意，凍得她打顫。

周焉墨哭笑不得地把她拎到一旁，道：「太冷了，快蓋上被子。」

葉未晴又慢吞吞地縮回被窩裡，裡面還帶著她剛才捂出來的暖意。

周焉墨把身上的鎧甲脫下，掛到架子上，隨便披了件常服，烏髮傾瀉而下，柔軟的燭光打在臉上，暖意爬上眼角，陰影留在鼻側，像是一個不染纖塵的戰神被她拉回凡塵。

他累了一天，身上出了汗之後又迅速在冰天雪地裡風乾，冬天穿著這身鎧甲太受罪，又沈又悶，他可不想這樣就去擁抱葉未晴。

他迅速地沐浴完之後，也擠到了被窩裡。

葉未晴一身乾爽，抱著特別舒服。

他問：「還冷不冷？」

「你來就不冷了。」葉未晴說著，又貼近他幾分，腦袋蹭著他的肩窩，她聲音帶著微微的鼻音，問道：「那你冷不冷呀？」

「我火氣大，不冷。」

「嗯。」她乖巧地點頭。

「以後再這麼晚，就別等我了，自己先睡，不然第二天精神都不好。」他在外面強硬了一天，直到晚上才喚回一點溫柔。「好不好？」

「不好，見不到你，我的心總是懸著，睡不著。」葉未晴道：「哎呀，你就別管我了，反正我每天都沒事，你該做什麼就做什麼，別顧著我。」

「周衡駐紮在城外，明天就要攻過來。我打算搶下先手去包圍他，打他一個措手不及。」周焉墨道。

方才，對明天的戰術他們商量了很久，最後才敲定。徐將軍是周衡自認為的底牌，不到萬不得已他不會使用，周焉墨也不想在最開始就讓周衡發現徐將軍真正的角色，他想真刀實槍地和周衡對決一場。

「經你同意的戰術一定有效。周衡生性多疑，這一點讓他可以提前敏銳地察覺不對勁，不過，也可以是用來牽制他的缺點，你們制定戰術的時候可以參考一下。」

葉未晴睏意上來，打了個哈欠，眼看說著說著就要睡著，卻有隻不安分的手沿著她的後脊滑下來，讓她的睏意一下子就消失得無影無蹤。

睜開眼睛就看周焉墨正眼神灼灼地盯著她，裡面帶著熄滅不掉的慾念和愛意，他附到她的耳邊說道：「夫人真是本王的賢內助，比軍師還聰明……現在在別的方面也幫幫為夫吧？」

葉未晴的耳根頓時變得通紅，周焉墨一翻身便壓在了她上方，他偏愛吻得又深又狠，讓她覺得自己變成了大海中的一葉孤舟，幾乎快要溺水，偶爾又溫柔至極，這葉孤舟就被衝到了岸上，讓人欲罷不能。

葉未晴最開始以為他累了一天，差不多就行了，沒想到他精力還是這麼好，到最後哭饒也不管用。

那盞孤零零的燈燃到了盡頭。

翌日早晨起來的時候，身邊人已經沒了蹤影，她挺著痠痛到不行的腰出去問了其他人才知道，原來一大早上周焉墨就帶兵去攻打城外駐紮的周衡。

她早就知道，周焉墨無論做什麼都十分厲害，運籌帷幄，絕地逢生，早在陽西關他就展露了用兵的天賦，而到這一役，他更完全發揮了自己領兵作戰的才能。

他先是派一隊士兵從前方騷擾周衡，在周衡接近時，他命大軍撤退，並在撤退時用兵器在地上拖激起塵土，營造後方慌亂的假象，引他追上來。周衡看到這一幕，認為有詐，命令所有人不許上前追擊，留在營地。

而這時，周焉墨提前安排好的軍隊便從其他三個方向攻入周衡的營地，周衡在遭受圍攻的情況下自亂陣腳，匆忙逃跑。

周焉墨首戰告捷，聲名大噪，大周百姓對他讚許有加。而之後，他更連連擊退周衡，奪回十城，勢如破竹，大周開始流傳著他用兵如神的傳說，連葉未晴出門都能聽到百姓誇讚他。

轉眼半年過去，葉未晴陪著他走了許多地方，軍中上下都認識她，偶爾也要她幫忙出謀劃策。

這段期間，岸芷、汀蘭非要堅持一路跟不可，雖說受了不少罪，然而她們最擔心的是王爺王妃成親半年有餘，怎麼夫人肚子裡一點動靜也沒有？

葉未晴被她們一說也注意到這個問題，恰巧旁邊有一個小鎮，趁周焉墨出去之後，她們來到鎮上看大夫，走在路上時聽見幾個擺攤的姑娘爭吵起來，主題讓葉未晴哭笑不得。

一個賣餛飩的姑娘說道：「大周年輕一輩最厲害的將軍肯定是葉鳴！誰不知道狄人以前天天來犯邊境，現在呢？他們還敢來嗎？葉鳴將軍守在邊關，北狄人聞風喪膽，哪裡還敢來！葉將軍若是有半點動靜，還不把他們嚇得屁滾尿流的！」

賣饅頭的姑娘說道：「我不同意！葉將軍那是多年積累的名聲，弈王才厲害，這才幾個月就把反賊奪下的城都奪了回去，若是沒有他，妳和我還能在這兒安然地賣東西？」

「呿！」賣餛飩的輕蔑道：「妳也就是看他長得好看，但論帶兵的本事，我還是佩服葉將軍！」

葉未晴聽到她們爭執，不由得停下腳步，賣饅頭的姑娘還以為她要買東西，便道：「我先不賣了，我今天非和她論個對錯不可！」

「什麼叫長得好看？妳方才也瞧見了，那叫風華絕代！妳這輩子見過那樣的男子嗎？要我說，葉將軍肯定沒有他俊美！」賣饅頭的道。

葉未晴和岸芷、汀蘭齊齊汗顏，葉未晴忍不住問道：「妳剛才見過弈王？」

賣餛飩的道：「對啊，他們軍隊剛從這裡過去，士兵還不小心碰翻了她剛蒸好的饅頭，弈王下馬給了她一錠銀子作為賠償，她看得眼睛都直了。那弈王確實生得好看沒錯，我也承認，但就事論事，最厲害的將軍還是葉鳴，畢竟他在邊關這麼多年，而弈王只是帶兵幾月，雖然從未戰敗，但總要時間久了才看得出實力嘛。」

葉未晴低頭笑了笑。

賣饅頭的姑娘嘆氣。「聽說他有王妃了，真是羨慕，若我出生在好人家，我撞破了頭也要做他的王妃。」

「妳算了吧，就妳長這樣，人家能看得上妳？」

「也就妳這般膚淺，只看樣貌，弈王肯定更看重內在呀！」

葉未晴回頭問岸芷、汀蘭。「妳們覺得奕王膚淺嗎？」

這問題可難回答了，岸芷和汀蘭都搖頭拒絕回答。

突然，那賣餛飩的姑娘指著葉未晴身後，話都說不出來了，只會「啊啊啊啊」。

葉未晴回頭，只見周焉墨一人策馬立在她身後，像山中孤立的松。他的軍隊正整裝待發，停在遠處的路口，齊齊瞧向這裡。

她被他拉到馬上，擁在懷裡，馬蹄急促，背影似風一般，遠離了這兩位姑娘。

兩位姑娘還愣愣地沒反應過來，後來才狠狠拍了下大腿，遲鈍地道：「原來那就是王妃呀！」

她們只顧著吵，都沒仔細看，後來回想確實是氣度不凡，美得十分有靈氣，只是穿得和她們差不多，一點都不像王妃該有的錦衣玉食樣兒，才讓她們一時沒想到。

如此有趣的談話就被他這樣打斷，葉未晴抱怨道：「你怎麼神出鬼沒的呀，這麼遠都能看到我。」

當然能看到了，人群裡，只需一眼，他就能認出她。

「怎麼來鎮子裡了？」他問。

葉未晴想了想，開始撒謊。「沒什麼，身子有些不舒服，去看大夫。」

「看完了沒？」

「嗯。」她瞎說。

「大夫怎麼說？」

「大夫說沒事，休息一下就好了。」她心虛地看向一旁。

周焉墨皺眉，對她的小動作瞭若指掌，一看就知道在撒謊。他有些生氣。「胡說，妳根本沒去看，身子不舒服，為何對我撒謊？」

葉未晴委屈道：「沒去看就沒去看，你這麼凶幹麼？」

聽她的語氣，一點都不當回事，她身子不舒服，他根本沒有聽說，連這種事情都不告訴他，真的有把他當成夫君嗎？如果不是他回程撞見她，恐怕到最後都未必能知道。

周焉墨冷冷道：「身子不舒服不是小事，妳連這都要瞞我，我怎麼能不生氣。」

葉未晴一時說不出話來，她以前雖然沒說什麼，但心裡卻極為在意。她有過前世，嫁過人，也懷過孩子，她很難過沒有把這些記憶留給這個人。現在雖然和他成親了，兩個人很和諧，次數堪稱頻繁，但這麼久都沒有懷上帶有他骨血的孩子，讓她有點害怕。

這些都是天意，強求不來。她怕她重活一世的代價就是無法擁有和他的孩子。

周焉墨再看她，發現她眼裡竟然含著淚水，他又驚又心痛，以為是自己語氣太重，傷到了她的心。

他停下馬，雙手緊緊環住她的腰，低聲哄道：「是我語氣太重，抱歉。」

葉未晴抹了抹眼淚，蔫蔫地說道：「不是你的錯，都是我的錯。」

「夫人哪裡不舒服，為夫陪妳去看。」他輕輕親了親她的臉頰，堪稱笨拙地哄著她。「別哭了，好不好？妳一哭讓我也非常不舒服，我也該看大夫。」

周焉墨的士兵還在遠處瞧著他們，這一幕自然落到了他們眼裡，他們紛紛睜大了眼睛，彼此用眼神交換震驚。雖然早就知道王爺對王妃特別好，但親眼看到這一幕之前，他們完全沒想到清冷淡漠的王爺竟然會如此低聲下氣地捧著王妃當寶貝。王妃也是個烈女子，跟著王爺到前線，細皮嫩肉的，本來以為裝個樣子跟個幾天就會回去，沒想到一直跟到現在，和他們一樣吃著粗糠、穿著粗布，還會幫他們包紮傷口，做大鍋飯。

副將接收到周焉墨遞來的眼神，立刻下令帶領軍隊先行回營。

葉未晴也說了實話。「其實我是想去看看大夫，確認一下為什麼我還是沒有身孕。」

周焉墨恍然大悟，安慰她道：「沒有也好，在這前線不利於保胎。不過，還是要去看看，別是有其他問題。」

於是二人一道去了醫館，大夫診脈完，詢問了許多問題之後，得出結論。「身子沒有問題，就是最近奔波多了，吃東西營養不夠，才不易受孕，只需要補充營養、安定下來，順其自然便好。」

兩個人都鬆了一口氣，放心地啓程回營。

馬兒慢悠悠地載著二人回去，一路上看到的都是平常百姓為生活而奔波，氣氛和美歡樂，他們兩個就像閒來無事出去散步的新婚夫妻。

周焉墨感覺懷裡的人似乎又瘦了幾分，道：「跟著我受苦了。」

「不苦，總比在家裡待著好。」葉未晴笑道：「以後你若是還要出征，我還想跟著你。」

「可是我捨不得。」他嘆氣。「最多三個月。」

「嗯？」葉未晴不懂。

「最多三個月，我們就回京。」他堅定地承諾。

「好。」葉未晴微微笑道。

周衡在屢次戰敗中損失不少兵力，最後走投無路，帶著僅有的幾千精兵困在山上，而周焉墨領著大軍在山腳下包圍著他。

此山地勢崎嶇，上山難下山易，人數多更不容易攻上去，所以原本的打算是等周衡耗乾糧食後便上去捉拿，可沒想到某天夜裡周衡竟然自己一人逃跑了。幾千名反叛軍留在山上，目標極大，連他們都不知道自己的主帥已經逃跑，所以周焉墨派去守崗的人自然也忽略了，直到反叛軍主動投降才發現。

周衡單獨去南方尋徐將軍，周焉墨派人分幾路尋找，最後才找到了他。

因為周焉墨和徐將軍早有聯繫，所有的一切都是針對周衡早早設好的一個局，徐將軍只要站在他們這邊，周衡必輸無疑。不過周焉墨到最後也沒有用到徐家的兵力，而是真正憑藉自己的能力一步步擊退叛軍，葉未晴打心眼裡覺得這場仗贏得太漂亮了。

葉未晴在幫忙為將士們煮飯的時候，看到周衡被綁著推到帳子裡，周衡似乎是看到了她，還遠遠地衝她笑了一下。

那笑容意味不明，連葉未晴都沒想明白是什麼意思。

等忙完了手中的事情，葉未晴朝那頂帳子走過去。有兩名守衛守在門口，看到她之後說道：「王妃，這裡關押著三皇子，王爺說了輕易不能讓人進去。」

葉未晴看著他道：「我也不能進去嗎？」

守衛猶豫片刻，王爺確實說的是不能隨便讓人進，可這位王妃向來都是例外，便讓出了路讓她進去。

葉未晴進去之前吩咐道：「你們都站遠一點。」

撩開帳簾，就看到周衡手腳都被鐵鏈鎖住，卻依然端正地坐在床上，面容淡淡的沒什麼神情，就好像他手腳上的鐐銬並不存在，他也在悠然等待著面見客人。

「晴兒，妳來了。」他淡淡道。

葉未晴皺了皺眉。「你別叫得這麼親熱。」

周衡毫不在意地笑了笑，說道：「妳嫁給弈王了，跟著他開心嗎？」

「開心啊。」葉未晴認真地道：「全天下獨一無二的開心。」

「可惜我沒能看到你們成親。」他用平淡的口吻說出了一個很好笑的笑話。「妳能放我走嗎？」

葉未晴啼笑皆非。「我為什麼要放你走？」

「我什麼都沒有了，不會對大周產生任何威脅，看在我們也曾相愛過，妳放我一馬，我會躲得很遠，讓別人再也找不到我。」他道。

葉未晴靜靜看著他，以前每次見到他，她都恨不得立刻將他殺死，可現在卻有種歷經千帆的淡然。

她笑著問：「相愛？你知道什麼是相愛？相愛是兩個人的事。」

「我確實做過對不起妳的事，可是哪個男人能從不犯錯？況且是我這種身分。」周衡抬頭看著她。「可是妳卻因此先放棄了我。若我娶了妳，我也一定會對妳很好的，不比弈王差。」

「你知不知道羅櫻現在是什麼境況？她一直在等你回去救她。」葉未晴定定地看著他，滿眼嘲諷。

「妳早就知道那個人是羅櫻了。」周衡這才反應過來。

「你現在是階下囚，就別再做這等可笑的承諾，什麼你娶了我一定會對我好？我告訴你，不會！」葉未晴冷笑。「你這個人打心底裡只愛權力，即使有真心，那也是在這真心能幫助到你奪取權力的時候。如果我嫁給你，你會榨取葉家每一絲價值，用完了就扔，你的正妻之位只會留給能幫到你的女人，我、然後是羅櫻，還會有下一個人，你心裡永遠只有你自己。」

周衡驚訝地看著她，怪不得有時候和她對視，都能看到她眼裡不經意流露出來的恨意。她的每一句話都沒有說錯，他也有真心，可若這真心是多餘的，他就會毫不猶豫地丟棄。

周衡笑容裡帶著涼意。「妳為什麼這麼恨我？想想我做過的那些對不起妳的事，妳要是想解恨，就殺了我吧，反正我到哪裡都是一死。」

他話語中帶著蠱惑，想讓葉未晴想起他曾經做過的每一樁每一件令她傷心的事。

他踐踏她的真心，他利用她除掉異己，他殺了她腹中的胎兒，他滅了葉家滿門忠烈。

周衡是注定得死的，死在前線理所當然，但若是她能親手手刃仇人，豈不快哉？葉未晴想著，便掏出隨身攜帶的匕首，緩緩走到他的面前。

周衡靜靜地閉上眼睛，等待著迎接死亡的到來。

但就在匕首即將落下的那一瞬間，她又猛地收回，周衡見她半天沒有動作，睜開眼睛，裡面閃過一絲失望。

葉未晴咬著牙，差點就中了他的計，他在故意激怒她，想求個好死！

葉未晴輕鬆地笑笑，把匕首收了起來，對他說道：「你對不起的不只是我，還有許多人。你毒害你父皇，毒害大嫂又嫁禍給大哥，帶人截殺一歲多的姪兒，栽贓給你最友好的四弟，你做過的錯事太多，你對不起天下人，自然要給他們一個交代，我怎麼能讓你白白死在我手裡？」

周衡眼睛變得血紅，從床上站起來，手腳縛著的鏈子嘩嘩作響，像是下一刻就要撲上來的樣子。見葉未晴沒中他的計，他再度試圖激怒她。「妳是不是不敢殺人，不敢殺了我？」

葉未晴搖頭。「你不知道，我殺過多少人。」

「妳殺了我，給我一個痛快。」周衡往她身上撲，卻被鐵鏈又拽了回去。

「以暴制暴終非正途。你犯的錯，會有人公正裁決。」葉未晴毫不留戀地往外走，留下一句。「好自為之。」

她不該再讓仇恨蒙蔽雙眼，明明身邊就是觸手可及的陽光，她沒道理再把自己關在黑暗中。

她現在該想的是今日周焉墨會不會勞累，她該和岸芷學一學怎麼幫他捏捏肩膀。

尾聲

賊首落網，戰爭便也結束，他們即刻返回盛京，期限恰好控制在周焉墨說的三個月內。情緒不再緊張之後，葉未晴才越發覺得疲累，跋山涉水一路回到盛京。

那一日，盛京的城門大敞，大軍浩浩蕩蕩成排地往裡走，訓練有素，整齊劃一，好不壯觀。

在最前頭的是周焉墨，一身黑甲，瀟灑恣意，在他右邊的是葉未晴，在左邊的副將舉著一面巨大的軍旗。百姓站在兩側，個個臉上洋溢著勝利的喜悅，弈王的戰神之名傳遍四海，所有人都搶著一睹他的天人之姿。

葉未晴見他的第一眼，是他跟在葉安身邊從陽西關回來，她身著素衣形容憔悴地站在侯府門前。

而現在，她走到了他的身邊。

歡呼聲響徹四周，百姓們齊齊喊著弈王的名號。

葉未晴開心又自豪，周焉墨有多好她當然知道，這些歡呼聲是他該得的，他就應該站在人群中央享受萬人景仰，這才是命運正確的方向。

周焉墨似乎感受到了她的情緒，嘴角微微勾了一下，她立刻就聽到人群裡的少女們發出的尖叫聲。

她有點不悅，明明知道這些小女孩花癡他的臉，怎麼還笑給她們看？

下一刻，他伸手握住她的手，抬到最高處停留片刻，人群中的歡呼聲改成了他們兩個人的名號。

微暖的陽光打下來，襯得她的臉如同白瓷一樣明亮，她微微驚愕，隨後又笑了出來。

他們兩個，本就該榮辱共擔，在高處時共用榮光，在低谷時相依相偎。

人群喧囂，世間擁擠，而他們卻只看進彼此眼裡。

——全書完

2019年12月出版

病夫不簡單

文創風 808～809

前世楊小秀被自己的懶惰自私害死，
這世重生，她要當個勤快、愛護家人的小娘子！
大伯娘一家老愛占她家便宜，又譏笑她娘是傻子，
她不使點手段給他們教訓，她就不是楊家女兒！

前緣未了 今生廝守暮與朝／指尖的距離

楊小秀想到那糊塗又憋屈的前世，簡直是一場惡夢！
她娘是別人口中的傻子，老爹和哥哥也都是老實沒主意的，
弟弟雖然聰明，卻跟村裡的壞小子鬼混不學好。
而她，任性懶惰又不孝，因為怕被嘲笑而不願跟傻子娘出門，
甚至為了一個不愛她的渣男，賠上自己的一生……
死後靈魂飄盪到現代，遇到了那個叫周行之的男人，
那男人長相俊美，陰錯陽差把她的魂魄收在玉珮裡，帶著她遊山玩水，
直到聽見她娘的哭聲，竟又把她送了回來，讓她重生回到少女時代，
她感謝這份讓她改過的機運，誓要重新當個好女人！
成為好女人第一步，就是要好好善待前世她最愧疚的人——
除了娘親，就是那無緣見面，只因生重病就被她無情退婚的周家病少爺周文，
可詭異的是，周文和周行之竟然有張一模一樣的臉孔?!

為流浪貓狗加油 和貓寶貝 狗寶貝 廝守終生(一定要終生喔！)的幸福機會

對人來說，貓寶貝狗寶貝只是生活的一部分，但妳(你)對牠們來說，卻是生活的全部，領養前請一定要考慮清楚——

▲ 能作伴一生的好狗狗　小尾

性　　別：女生
品　　種：米克斯
年　　紀：約莫於2017年年尾生
特　　徵：中小型犬，蛋黃色毛色，尾巴有一搓白毛，有一垂耳、一立耳
個　　性：喜歡跟著人趴趴走、安靜乖巧、親人親狗
健康狀況：已結紮，已打預防針

『小尾』的故事：

當大夥兒都期待著從106年邁向107年的跨年期間，在大雨滂沱的天氣裡，有一群小朋友正努力地拯救一群小小狗。

四隻小小狗兒們窩在樹洞內，洞口狹小且深，很難由成人救援出來，於是由還在就讀幼稚園的孩子們攜手合作，依序將狗兒們抱出，並交由中途做後續的安置及照料。

沒想到在一週後，有一位鄰居太太受中途所託，將一隻母狗、五隻小狗誘捕，經追蹤之後發現，原來前面救援的四隻小小狗，也是這狗媽媽的孩子，而這一家子後來被稱為「樹洞家族」，小尾就是其中的一員。

中途表示，小尾的特別之處在於尾巴有一搓白毛，好似小狐狸一樣，十分可愛；另外，小尾親人、親狗，很喜歡默默地坐在一旁陪伴，也喜歡將頭頂著人的手，示意要討摸摸。

安靜、乖巧的小尾很有靈性，非常適合做家庭的陪伴犬，歡迎有意者私訊臉書專頁：狗狗山-Gougoushan，將小尾領養回家作伴。

認養資格及注意事項：

1. 認養者須年滿23歲，有穩定經濟能力，並獲得全家人的同意。
2. 須同意簽認養寵物切結書，並讓中途瞭解小尾以後的生活環境。
3. 同意送養人日後之追蹤探訪，對待小尾不離不棄。
4. 同意讓小尾絕育，且不可長期關、綁著小尾，亦不可隨意放養。
5. 為讓中途對您有更深入的瞭解，中途會先有份線上問卷請您填寫。

來信請說明：

a. 個人基本資料：姓名、性別、年齡、家庭狀況、職業與經濟來源等。
b. 想認養小尾的理由。
c. 過去養寵物的經驗，及簡介一下您的飼養環境。
d. 若未來有結婚、懷孕、出國或搬家等計劃，將如何安置小尾？

814

棄婦好威 下

國家圖書館出版品預行編目資料

棄婦好威 / 飲歲著. --
初版. -- 臺北市 : 狗屋, 2020.01
冊 ; 公分. --（文創風）
ISBN 978-986-509-071-5（下冊：平裝）. --

857.7 108020202

著作者	飲歲
編輯	李佩倫
校對	黃薇霓
發行所	狗屋出版社有限公司
地址	台北市104中山區龍江路71巷15號1樓
電話	02-2776-5889～0
發行字號	局版台業字845號
法律顧問	蕭雄淋律師
總經銷	知遠文化事業有限公司
電話	02-2664-8800
初版	2020年1月
國際書碼	ISBN-13　978-986-509-071-5

本著作物由北京晉江原創網絡科技有限公司授權出版

定價250元

狗屋劃撥帳號：19001626

網址：love.doghouse.com.tw　E-mail：love@doghouse.com.tw